比較社会文化叢書 Vol.47

漱石と儒学・禅

― 西洋思想との交わり ―

藤本 晃嗣／著

花書院

目次

【引用・書誌情報について】

・漱石の作品、書簡、評論、講演等の引用は全て岩波書店最新版の『定本 漱石全集』（岩波書店、二〇一六（平28）年十二月〜二〇二〇（令2）年三月）からのものである。

・漱石の朝日新聞社入社以降の新聞紙上で発表された作品や評論は、いくつかの例外を除いて、「東京朝日新聞」と「大阪朝日新聞」の両方に掲載されているが、本書での初出の記載は「東京朝日新聞」のみとしている。

・儒学関連の漢文資料は、原則として原文を書き下したものを載せた。その際、異なる引用元のものや藤本によるものなどが混在しているため、その形式や語句、仮名遣いに違いが見られるが統一していない。

・禅関連の漢文資料は、本文においては、原則として漢文に句読点を施したものと書き下しを載せた。その際、書き下しについて、異なる引用元のものや藤本によるものなどが混在しているため、その形式や語句、仮名遣いに違いが見られるが統一していない。また現代語訳は、禅籍の性質を考え、論に必要な範囲で示すにとどめた。注記においては、原則として漢文と現代語訳を載せた。

・全ての引用について、ふりがなは必要と思われるもののみに付し、他は省略した。旧字体は新字体に改めた。

・引用に付した傍線や、番号付きの傍線、波線は、特に断りがない限り全て藤本によるものである。ただし、傍点やイタリック体表記は原文のものである。

・引用内の角括弧［ ］は藤本による注である。英文の日本語訳や漢文の現代語訳は亀甲括弧〔 〕内に記入した。

・「氏」などの敬称は省略した。

序章　漱石と東西思想の問題

一　漱石と東西の思想

本書は、夏目漱石の文学活動における儒学・禅の意義を、西洋思想との交わりという観点から考察するものである。明治時代が日本の歴史の上できわめて大きな変革の時代であったことはよく知られているが、その中心にあったのは西洋の衝撃であった。西洋から新たに流入してきた思想・文化が、それまでの伝統的な学問に代わり中心となっていく。その変化の大きさは、明治初期の啓蒙思想家の代表的な人物である福沢諭吉の「一身にして二生を経るが如く、一人にして両身あるが如し(1)」という言葉によく表現されている。

夏目漱石は、明治維新の前年に生まれ、大正五年に没するというように、まさに明治時代を生きた人物である。福沢より三十年ほど後に生まれ、一世代違うが、先の福沢とよく似た思いを述べている。

私は明治維新の丁度前の年に生れた人間でありますから、今日此聴衆諸君の中に御見えになる若い方とは違つて、どつちかといふと中途半端の教育を受けた海陸両棲動物のやうな怪しげなものでありますが、私等のやうな年輩の過去に比べると、今の若い人は余程自由が利いて居るやうに見えます、又社会が夫丈の自由を許して居るやうに見えます、

（「文芸と道徳(2)」）

ここに「中途半端の教育を受けた」とあるのは、幼い頃から漢籍に親しみ、また漢学塾に通った一方で、その後英語を学び、大学で英文学を専攻した後にイギリスへ留学したという経歴をふまえたものであろう。また、「海陸両棲動物のやうな怪しげなもの」からは、他のところで「私の頭は半分西洋で、半分は日本だ」(「将来の文章」[3])とも述べていることとあわせて、前述のような経歴の結果として、東洋的な思想・文化と西洋的な思想・文化の両方を身につけたという自己認識を持っていたことがうかがえる。

漱石が東西両文化に精通していたという指摘は多く、それは漱石が学生であったときから存在した。学生時代に漱石が漢文で書いた紀行文『木屑録』に正岡子規が付けた評「余、以為えらく、西に長ぜる者は、概ね東に短なれば、吾が兄も亦た当に和漢の学を知らざるべし、と。而るに今此の詩文を見るに及んでは、則ち吾が兄の天稟の才を知れり」[4]はよく知られている。他にも、成立学舎で友人となった太田達人が当時の漱石について「ひとり英語ばかりでなく、漢籍の読破力も恐ろしいもの」であったと述べたことが、小宮豊隆の『夏目漱石』に紹介されている。[5]大学で英文学を学び、英文学者となった漱石であるが、漢文の方も、その力が青年の頃から卓越したものであったことがうかがえる。

このような東西両文化の素養は、漱石の作家活動においても存分に活かされ、その点が同時代においてしばしば指摘されている。

嘗て生田長江氏が漱石氏のユーモアを評して、大部分 Lustiger Humor［おかしみのユーモア］であるとなし、Verzweifelter Humor［必死のユーモア］だとか、Galdenhumor［絞首台のユーモア］だとかいふものがないと言つてゐるのは大体に於て首肯し得る所だ。これ儒教思想と俳諧趣味とに養はれた上に、外国文学では常識本位の英文学に主として親まれた氏にとつては自然なことであるかも知れない。

（石山徹郎「夏目漱石氏の芸術」[6]）

同氏は人も知る如く英京に留学中予て涵養された東洋独特の俳諧趣味から西洋文明乃至は泰西の思想人生観を冷かに客観的に観取して此処に同氏独特の詩的才筆を以て先づ『倫敦塔』を書き（後略）

（「猫の主人公　夏目漱石先生逝く」[7]）

然しあの人のユーモアはあの人独特のものであつた。或る人も云つてゐたやうに、あの人に於て東西の趣味が融合一致してゐた。この点は鴎外さんも似たところがある。

（徳田秋声「書斎の人」[8]）

これらは漱石の晩年もしくは死直後に出されたものである。「趣味」の問題などの面で、東西両洋の思想を受け入れ、表現したことが述べられている。特に徳田秋声のものには、漱石において東西の趣味が「融合一致」し、そこに独自のものが産み出されたことが述べられている。また、この徳田秋声のものと同じ誌上に載った中村星湖の文章では、漱石について「東洋思想の真髄を掴まれたもの」[9]との表現で、その修養の深さが語られる。これらから同時代において、漱石の東西両文化の素養の深さが顕著なものとして評価されていたことがわかる。

二　東西の素養と時代

このような評価が存在する一方で、漱石にとって重要であったのはやはり西洋的な思想・文化であった。例えば、自らの文学の仕事について、「余の過去、――もつと大きく云へば、わが祖先が余の生れぬ前に残して行つて呉れた過去が、余の仕事の幾分かを既に余の生れた時に限定して仕舞つた様な心持がする」と語りながらも「さう考へながら、新しい眼で日本の過去を振り返つて見ると、少し心細い様な所がある」として、次のように述べている。

余が現在の頭を支配し余が将来の仕事に影響するものは残念ながら、わが祖先のもたらした過去でなくつて、却つて異人種の海の向ふから持つて来てくれた思想である。一日余は余の書斎に坐つて、四方に並べてある書棚を見渡して、其中に詰つてゐる金文字の名前が悉く西洋語であるのに気が付いて驚ろいた事がある。

（「東洋美術図譜」[10]）

自らの文学の仕事において重要な影響を与えるものは、西洋を中心とした近代的な思想や、それに基づく問題であるという認識が存在した。また近い時期には、「近頃読んでゐる物は、無論西洋物許りであるが」（「読書と創作」[11]）とも語っており、作家となった自身の課題の中心にあるのは、東洋的なものではなく、西洋的なものであると考えていたことがわかる。

そして東洋的な思想、特に明治以前において学問そのものであったと言える漢学との関わりについて、漱石の次のような述懐がある。

元来僕は漢学が好で随分興味を有つて漢籍は沢山読んだものである。今は英文学などをやつて居るが、其頃は英語と来たら大嫌ひで手に取るのも厭な様な気がした。（中略）考へて見ると漢籍許り読んで此の文明開化の世の中に漢学者になつた処が仕方なし、別に之と云ふ目的があつた訳でもなかつたけれど、此儘で過すのは充らないと思ふ処から、兎に角大学へ入つて何か勉強しやうと決心した。（「落第」[12]）

漱石は、このように漢学は好きであったが、しかし「漢籍許り読んで此の文明開化の世の中に漢学者になつた処が仕方なし」として二松学舎をやめ、漢学を学ぶ道を断念したことを語っている。その他にも、高等学校（第一高等中学校）の時代のことを述懐したものには、「私も十五六歳の頃は、漢書や小説などを読んで文学といふものを面白く感じ、自分もやつて見ようといふ気がした」と考えていたが、この時期には文学者になることを決心しつつ、「然し漢文科や国文科の方はやりたくない。そこで愈英文科を志望学科と定めた」（「時期が来てゐたんだ」[13]）と英文学を専攻した経緯が語られている。二松学舎をやめて以降、漱石は英語を学び、英文学を専攻するというように、西洋的な学問を自らの中心に据え、漢学的なものとしては、趣味として時に漢詩を作成することにとどまるようになる。これらには、いわば漱石が漢学を見切ったことが語られているわけであるが、その理由として「漢学者になつた処が仕方なし」とする漱石の時代認識があったことがうかがえる。漱石の東西の素養の意義を考えるためにも、その背景となる社会の様相を確認しておこう。

漱石が漢学塾二松学舎をやめたのは明治十五年頃のことであるが、この頃は、明治十年以前の急激な西洋化に対する反省もあり、漢学が復興しつつある時期にあたる。そして、この時期に漢学塾は隆盛を迎え、漢学塾には多くの生徒がいた。[14]一方で、この時期は、明治初年の西洋化によって、「漢学ノ用ハ既ニ尽タリ更ニ之ヲ研究スルハ無用ノ事ナリ」[15]という風潮があると漢学者が嘆くような状況でもあった。それでは、多くの学生が漢学塾へ通った理由は何か。それは一般的な教養や作文のためという面が強かった。当時はまだ、正式な教育システムが十分に整備されていない時代であり、向学心をもった者たちが「各種ノ学校」である私塾のような教育機関で学んでいた[16]。また実用的な意味として、漢文を書き下した文が様々な分野で使用されており、読み書きにおいて漢文の知識は必須とされていたということもその理由であろう[17]。

そのような漢学塾の隆盛の一方で、この時代にしばしば説かれたのが、漢学のみを学ぶことの弊害である。例えば、『西国立志編』を訳出し、啓蒙思想家として有名な中村正直は、一方で漢学の大家であり、明治期に入っても漢学の重要性を説いているが、次のように漢学を過信することは厳しく戒めている。

漢学者ハ、或ハソノ自カラ信ズルノ甚シキヨリ、世ニ孔子ノ学ヨリ正シキモノナシ、孔子ノ学ニ外ナル者ハ皆異端邪説ナリトセリ、是レソノ狭隘ノ見、自カラ一偏ニ流レテ、孔子ノ真意ト矛盾スルヲ知ラザルナリ、

（中村正直「漢学不可廃論[18]」）

漢学のみを学び、それ以外を「異端邪説」とするような考えを厳しく批判しているわけであるが、この際、他に学ぶべきものとされるのが西洋的な学術であった。同じく漢学擁護の立場にあり、漢学の振興に努めた加藤弘之は次のように述べている。

漢学を以て、今日も猶無上の学問として、更に洋学の必要を知らざる老腐儒、今日も往々なきにはあらざれども、是等は固より論ずるに足らず。

（加藤弘之「漢学[19]」）

これは明治三十年頃のものであるが、このように漢学を「無上の学問」とする見解は批判され、「洋学」を学

ぶことの必要性が語られている。どちらも漢学の重要性を説く文章であるが、漢学だけを学ぶことは戒められている。

このような点は、学問の場である大学にも見られる。明治十年に東京大学が設立された際に、文学部の本科第二科として設置された和漢文学科について、当時の東京大学綜理である加藤弘之が文部省に提出した上申書に、「和漢文ノミニテハ固陋ニ失スルヲ免カレサルノ憂アレハ幷ニ英文哲学西洋歴史ヲ兼修セシメ以テ有用ノ人材ヲ育セント欲ス」[20]とあるように、和漢文学科で外国語をはじめ、西洋の学問を学ぶことの必要性を説いている。

また、漱石が学んだ漢学塾二松学舎も例外ではない。『二松学舎舎則』の「漢学大意」には「苟モ有用ノ学ニ志スモノハ、洋籍モ亦兼学ハサル可ラス、故ニ漢学ノ課ヲ簡易ニシ、洋籍ヲ学ブノ余地ヲ留ルノミ、」[21]とあり、洋学の兼修が奨励されていた。

漱石が英文学を専攻することに決めた明治二十年頃には、東洋的な学問を中心に据える「漢学者」は、例えば、幕末以来の漢学者である依田学海が「当時の書生は洋学を事として、和漢学を喜ばず、漢学者といへばこれを愚とし嘲るに至れり」[22]と記すような状況であった。これは、漢学がすでに学問の中心的なものではなくなったにも関わらず、漢学者がそれまでの考えを墨守しているとイメージされたことに起因するものであろう。「落第」における「考へて見ると漢籍許り読んで此の文明開化の世の中に漢学者になつた処が仕方なし」という言葉、また、別の談話で述べられた「約一年許りも麹町の二松学舎に通つて、漢学許り専門に習つてゐたが、英語の必要――英語を修めなければ静止してゐられぬといふ必要が、日一日と迫つて来た」（「一貫したる不勉強」[23]）という言葉などは、このような時代の空気をよくつかんだものである。

漱石が教育をうけた明治初期は、漢学塾などで読み書きなどの基礎的教養を育成するために漢学は学ばれたが、漢学的な知を絶対視するような姿勢は批判されるような状況であった。齋藤希史が漱石の漢学について、「漱石における漢学は、知的基盤としての素養というよりも、まずはこうした感覚的嗜好の問題であった[24]」と指摘しているが、先の「余が現在の頭を支配し余が将来の仕事に影響するもの」は「異人種の海の向ふから持つて来てくれた思想である」という言葉とあわせて、このような時代の中で教育を受けた漱石の知的な素養を、正しく言い当てたものと考えられる。

そして、冒頭に「海陸両棲動物のやうな怪しげなもの」という漱石の言葉と、福沢の「一身にして二生を経るが如し」との類似性を指摘したが、これまでの考察で両者の決定的な違いが見えてくる。福沢は「また当時世間一般のことであるが、学問といえば漢学ばかり[25]」というように、漢学こそが学問であり、「漢学者」になることが学問に進む道であった時代に教育を受けたのに対して、漱石はそうではなかった。漱石は、「私等のやうな年輩の過去に比べると、今の若い人は余程自由が利いて居るやうに見えます。」と述べるが、福沢からすると、漱石達の世代は漢学的な知や素養から、自分たちと比較してずっと「自由」であると感じたのではないだろうか。啓蒙思想家たちが相対化すべく格闘した伝統的な思想は、漱石たちの世代においては、すでに相対化されたものであった。

三　東西両思想の「ミックス」の問題

漱石が東西両文化に精通したと評価されていたこと、一方で伝統的な学問が「知的基盤としての素養」ではなかったと考えられることを確認した。このように漱石の知的な素養を捉えるなら、伝統的な思想に対する姿勢について、前の世代である啓蒙思想家とは異なったものとなる。しばしば指摘されることであるが、啓蒙思想家たちの漢学の意義について、次のようにある。

わが国における哲学の歴史的特質について考える場合、まずわれわれが留意しなければならないのは、最初に哲学を受容した人たちの経歴であろう。彼らはいずれも人生の前半において漢学（とくに宋学）を学び、中途で洋学に転向している。西周、津田真道、西村茂樹、加藤弘之、福沢諭吉等、いずれもそうである。その理由や動機については人によって多少の違いはあっても、幼少の頃から儒学で鍛えられ、その後に蘭学や英学に転じたという点では一致している。彼らは彼らの生涯において二度、教育を受けた。しかも、それはまったく異質な教育であった。そして、そのことがわが国における哲学の主要な特質を形成した。すなわち彼らは西洋の哲学を受容する際、彼らが幼少の頃から身につけた儒教的教養でもってそれをおこなった。いわば儒教という眼鏡をとおして、その眼鏡に映った西洋の哲学を理解しようとしたのである（のちには、これに仏教という別の眼鏡が加わった）。

（小坂国継「日本の近代化と哲学[26]」）

ここには、儒教や仏教といった旧来の伝統的な思想をもとに、西洋哲学・思想を理解したことが述べられている。先にも述べた通り、明治より三十年ほど前に生まれ、江戸時代末期に教育を受けた者たちにとって、たしかに蘭学という新たな学問は広がりつつあったものの、主となったのはやはり漢学をはじめとした伝統的な学問であった。一方で、漱石たちの世代にとって、漢学はすでに正統な学問とはみなされておらず、齋藤の言葉を借りれば、「知的基盤としての素養」たりえなかった。この違いに注目するとき、先のような指摘を漱石たちの世代に適用することは慎重でなければならないだろう。

最初に漱石が東西両洋の思想に精通したという指摘を見てきたが、これは、漱石の死後でもしばしば論じられ、漱石研究において重要な課題とされてきた。その内、主要なものを年代順にあげていく。

現在の日本文学を代表して居られると云ふよりは、寧ろ日本文学の当に赴く可き、正しい道を指示して居られた人のやうに思はれるのは、吾夏目さんである。と云ふのは、日本の今の文学界には、色々のヨオロッパの思潮が流れ込んで来ては居るが、其れが一向融和統合されず、各自はなれぐになつて居る姿である。しかるに夏目さんは英文学に精通され、漢学の素養が深く其上禅文学をも究め、凡てこれらのものを悉皆調和して、自分のものとされていた。（中略）即ち恁う云ふ事も言ひ得ると思ふ、若し仮りに東西文明を綜合して居るのが吾日本であるとすれば、東西文学を綜合して居た人が吾が夏目さんであったと

（長谷川天渓「故夏目漱石氏の根本思想[27]」）

漱石に於ける重要なテーマの一つは、東洋的情操及び思想と西洋的情操及び思想との彼の生活に於ける交渉である。これは自ら東洋的―漢詩的、俳句的な―文学と西洋的―英吉利的―文学との間に立つて、親しく苦労を重ねた漱石自身の生きた問題であるのみならず、更に拡げては東洋文化と西洋文化との交渉といふ、文化史的に見て我が国に独特な全般的問題であり、殊に漱石の生きて居た明治時代を特徴づける重要な意義を有した問題である。

（安倍能成「『夏目漱石』を読む[28]」）

日本の近代文学、ないし近代思想にとって、最大の問題の一つは、東西両洋をどのように調和し、あるいは混融するかということである。いいかえればナショナリズムとコスモポリタニズムを自己の思想として、どの程度に身に体しているかということである。両者の一方だけでは、鴎外のいわゆる「一本足」の学者文

人であって、意味のある近代文化の創造に参加しえない。両者のそれぞれの深さが、そしてまた深いところでの交じりあいの度が、その人間の思想や人格の深みに照応するといってよい。

漱石は鷗外とともに、文学者・作家として、この意味での典型的な「二本足」的存在であった。東洋と西洋とが、彼ほど渾然と深いところでミックスした例はまれであった。

しかし彼の場合の「東洋」とは、主として中国を意味する。

（吉田精一「漱石における東洋と西洋(29)」）

最初の天渓のものは、漱石の死の直後に出された追悼の文章である。漱石を「英文学に精通」するとともに、「漢学の素養が深く」、また「禅文学をも究め」、そしてこれら全てを「調和」した存在として見る。

次の安倍の文章は漱石の死から二十年ほど経ち、昭和十年に岩波書店より『決定版　漱石全集』が出され、漱石の作品が文学研究の対象とされていく時期のものである。ここでも、漱石の重要なテーマとして、「東洋的情操及び思想と西洋的情操及び思想」と漱石の「生活の交渉」の問題が提示され、それが「東洋文化と西洋文化との交渉」という日本の文化の問題にまで広げられて説かれている。

また、吉田の文章は、第二次世界大戦後、日本近代文学の研究が本格化し、漱石研究がその中心となっていく中で、昭和四十二年に出された『夏目漱石必携』のものである。ここでも、「日本の近代文学、ないし近代思想」の問題という大きな観点から、漱石を鷗外とともに東洋と西洋にまたがる「典型的な「二本足」的存在」とし、特に漱石について、両者を「深いところでミックスした例」としている。

三者とも、漱石が東西両思に精通し、それらを調和した存在であることを指摘するとともに、それを日本の問題、特に明治大正期における近代化の問題として捉えている。

このように、漱石が東西両思想・文化を「ミックス」したという指摘は枚挙に暇がないわけであるが、重要なのはその「ミックス」の仕方である。漱石の中で、伝統的な東洋の文化・思想と、明治以降に受容し、学問の中心となっていく西洋的な文化・思想という、異なる源を持つ両者をいかに「ミックス」したのかという点は、漱石の作品や評論を一つ一つ当たりながら、その思想的背景を指摘していくという丹念な作業を積み重ねていく必要がある。その際、その「ミックス」のあり方を考える方向性について、漱石の「知的基盤」が西洋的な思想にあるならば、それは前世代のような「儒教という眼鏡をとおして、その眼鏡に映った西洋の哲学を理解しようとした」という形とは異なるものである可能性がある。つまり、西洋の思想・哲学による眼差しを通して伝統的な思想を捉え、そこに新たな意義を見出したことが考えられる。

漱石を東西両思想の混合という観点から考えるとき、そのトピックは多岐にわたる。比較文学研究者の平川祐弘が、漱石について、「和漢洋の三世界の文化に通じ、自在に文筆を揮えるような人は、二十世紀の初頭には西洋にも中国にもアフリカにもアメリカにもいなかった[30]」と指摘するように、漱石は小説だけでなく、若い時期から晩年にいたるまで漢詩や俳句を作るとともに、ある時期には英詩を作成している。加えて文学のみならず、例えば絵画についても、南画や江戸の書画を好むとともに西洋の印象派絵画も好んだ。そして、それらが漱石の小説になんらかの影響を与えていることに関する様々な研究がある。

すでにこのような漱石の思想的背景という問題について多くの研究があるが、分量的に多いのは西洋思想や文学との関わりである。一方で小説作品における伝統文化や東洋思想との関わりについてであるが、例えば近世日本で大きな影響力をもったとされる儒学については、平成四年に発行された『夏目漱石事典』に「漱石が禅や老荘の影響を受けていることは一般に知られているが、儒学との関連を云々する評者は少ない[31]」とあるように、分量的にも決して多くはなく、十分に研究されてきたとは言い難い。禅についても、加藤二郎『漱石と禅[32]』をはじめとした成果もあり、その関わりが常に注目されてきたものの、評論や作品内の禅に関わる部分と禅書との対照など、すべき作業が多く残されている。[33] 近年発行された『漢文脈の漱石』の「あとがき」では、編者の山口直孝により「文学者の功績はこれまで西洋の思想・文化の受容面からのみ語られがちであった。彼らが最初に獲得した知が果たした役割については、十分に光が当てられてこなかった観がある」[34] と指摘されている。

本書は、これまでの成果を承け、漱石作品における東洋思想の意義を西洋思想との関わりの中で考察していく。具体的なテーマとして取り上げるのは、「自己本位」や「自己の確立」における儒学の役割、そして漱石晩年の禅への接近と西洋思想との関わりである。

四　漱石と儒学

先に述べたように、漱石が教育をうけた時代においては、すでに漢学的な知を絶対視するような発想は批判にさらされていた。その中で漢学の中心である儒学はその再評価の上で、西洋哲学の「個人主義」に対するものとして、その道徳性がしばしば強調されてきた。西村茂樹『日本道徳論』[35] などに見られるように、明治初期に儒学を道徳の基盤とする考えがあり、それが「教育勅語」につながったことはよく知られている。このような発想は、漱石が小説家として活躍した明治後期においても見ることができる。明治後期に評論家として活躍した大町桂月のものを見ておこう。

近年煩悶者、堕落者多くなりたるにつれて、之が救済の道を説くもの少なからざれども、凡そ病を治するには、その原因をきはめざるべからず。余以為へらく、煩悶者、堕落者の多くなりたるは、その大半は、漢学の廃れたる結果也。（中略）

そのふくむ所、修身也、斉家也、治国也、平天下也。人の道は、すべて、これにふくまる。個人的の教にあらずして、社会的の教也。今日社会の堕落し、煩悶の声多きは、要するに、西洋の思想を生嚙りして、個人主義、利己主義に傾けるの致す所也。(中略)明治二十年以後、漢学すたれたる結果、一般に人格下り、小才子のみ輩出し、気風繊弱となり、神経質的となり、匹夫的となり、黄金主義となり、軽便主義となり、文学も、文章も之につれて、大いに下りたり。これ大半は漢学思想を失へるの致す所也。教育勅語の罪人也。

(大町桂月「漢学を興すの議[36]」)

桂月は、漢学を「社会的の教」として、「個人主義、利己主義」たる「西洋の思想」と対比させ、漢学が廃れた結果として「煩悶者、堕落者」が増えたことを論じる。漢学の特徴を述べる上で、「修身也、斉家也、治国也、平天下也」と漢学の徳目を並べながら漢学の意義を説き、それを「人格」に結び付けている。

このように、漢学、特に儒学の意義を西洋的な思想と対比させて説くという発想はしばしば見られるものである。そして、この点は漱石における儒学の意義を説く際にも見られる。例として、次の高等学校などで使用される便覧の記述がわかりやすいであろう。

彼の文学は、四書五経を典型とする東洋的倫理性、潔癖な道義観と、西洋文学から学んだ高度な近代的知性に支えられ、人間存在の底に潜むエゴイズムの追究といった近代的テーマは、門下生をはじめ多くの後輩に引き継がれていった。

(「夏目漱石の文学と年譜[37]」)

ここでは、漱石の東洋的な素養、特に四書五経とあるように儒教的な素養は、西洋的な「知性」と対比される形で「東洋的倫理性、潔癖な道義観」とその意義が道徳性や道義観に集約されている。漱石における儒学の意義としてこのような面を否定するつもりはないが、一方で儒学には多様な面があることを忘れてはならない。明治期において儒学を中心とする漢学はしばしば批判の対象となったのであるが、それに対する反応として、漢学はその意義や有効性を様々な形で発信してる。

例えば、明治初期における漢学への批判として、漢学が「空理空論」であるという批判が存在した。漢学に対する最も強烈な批判者であった福沢諭吉は、西洋的な学問と東洋的な学問を比較して次のように述べている。

> 然るに今東洋西洋の学説を比較してその大意の在る所を見るに、両者おの〳〵由て来る所の根本を異にし、彼れは陰陽五行の空を談じて万物を包羅し、此れは数理の実を計えて細大を解剖し、彼れは古を慕うて自から立つことを為さず、此れは古人の妄を排して自から古を為し、彼れは現在のまゝを妄信して改むるを知らず、此れは常に疑を発してその本を究めんとし、彼れは多言にして実証に乏しく、此れは有形の数を示して空を云うこと少なし。
>
> （福沢諭吉「半信半疑は不可なり[38]」）

漢学は「空を談じて万物を包羅し」「実証に乏」しいものとされる。このような主張は明治初期からあり、他の啓蒙思想家の漢学への言及にも見られる。[39]このように観察や実験により捉えた事実をもとに論を立てていくという考え方の欠如が、漢学に対して指摘されていた。

一方、このような実証性の欠如という問題について、漢学側にも動きがあった。重野安繹は「学問は遂に考証に帰す[40]」として中国清朝以来の考証学を帰納法の中に位置づけ奨励するとともに、対する演繹を「憶測」に繋がるものとして排する。日本・中国・西洋で帰納法が重んじられるようになったことについて、「世界中の学問か、遂に一轍に帰したのは、世の開くるに随ひ、何事も精微着実になり、空論憶測ては、人か承知もせす、又それては実用にも遠くなるから、事々物々、悉く証拠を取つて考へ合はすれは」と述べ、「空論憶測」を排し、「実用」に適するようになったためとする。これは、漢学が「空理空論」であり「実用」に沿わないものと位置付けられたことに対して、そのような漢学のイメージを覆すために、漢学の考証学の実績を強調したものである。つまり、西洋の学問に接した結果、漢学の道徳性とは異なる形で、しかも西洋的な発想に即した形で、その意義を主張したものと言える。

漱石においても、漢学、特に儒学の意義を、西洋的な思想と対立するものとしての儒学的な徳目による「潔癖な道義観」とは異なる点から考えることが可能であると思われる。第一部では、漱石の「自己本位」や作品内での「自己（自我）の確立」といった問題について、西洋的な思想を受容する中で、東洋的な思想が果たした意義を考察する。まず第一章において、漱石の明治三十九年の書簡の「イブセン流」という言葉の背景を考察することを通して、「自己」の問題を追究する。この書簡においては、H・イプセンと幕末の志士とが、漱石自身の行動のモデルとされている。明治四十年ごろに流行したイプセンは、その代表作として知られる『人形の家』に見られるように、西洋的な「自己」を主張する「新しい思想家[41]」として受容されていた。この書簡で語られることは『野分』に反映しているものと考えられるが、ここでは「自己」をつらぬくこと、つまり「自己本位」の思想が主張される。このような、「自己本位」の思想において、イプセンと維新の志士とをつなげるものとして、「狂」の思想の存在を指摘し、そこから漱石の「自己」の意味を検討する。

次に第二章では、『それから』を取り上げる。『それから』における儒学は、『中庸』の語句「誠者天之道也」

に対して「誠は天の道なりの後へ、人の道にあらずと附け加へたい様な心持がする」（『それから』三の四）と考えることに象徴的に示されるように、主人公である長井代助にとって否定すべき価値観とされている。ところが代助は、彼にとって最も重要な行動である三千代への告白を行う直前に「自己の誠」を強く意識している。従来の論において、「近代的知識人」である代助の、「自己（自我）の確立」のためのものと意義づけられてきた三千代への告白を、儒学的な「誠」の文脈から再解釈し、代助の行動の背景に日本近世儒学思想の影響を読み込んでいく。

五　漱石と禅

第二部においては、漱石晩年の禅への接近と西洋思想との関わりを問題にする。

漱石と禅の関わりは様々な点に見ることができる。若き日の漱石が明治二十七年末から鎌倉の円覚寺に参禅し、公案を与えられたことは、それを題材にした『門』などによりよく知られている。また、その後も漱石が禅に対して一定の関心を持ち続けたことは、旧蔵書に『碧巌録』をはじめいくつかの禅書が見られること、漢詩を含め作品内に禅由来の言葉が数多く存在することなどからうかがうことができる。

その中でも従来から特に注目されてきたのが晩年における禅への接近である。このことは、「私は今道に入らうと心掛けてゐます[42]」、「五十になつて始めて道に志ざす事に気のついた[43]」といった書簡、若い禅僧との交流や遺作『明暗』のタイトルが禅書から取られるなどいくつかの点に見ることができる。

そのような晩年の漱石に関する批評や研究の問題としてしばしばもちあがるのが「則天去私」である。死の直前となる大正五年の木曜会で語られたとされる「則天去私」については様々な意義が指摘され、語られてきたが、多くの場合、東洋思想、特に禅との関わりの中で捉えられてきた。それらを概観して、三好行雄は次のようにまとめている。

もちろん、ことばの常識的な理解からいえば、則天去私を精神のある位相として把握するほうがより妥当である。儒学・仏教・老荘のいずれに典拠を求めるにしろ、それは東洋的な心境の表現とみなしうる。(中略)我の自覚が消えて、一切を無と感じるこころの状態である。(中略)漱石の文学に底流し続けた反西洋＝反近代の根拠とも通底するところがあったはずである。

(三好行雄「則天去私[44]」)

「則天去私」を、「我」(自己)を超えたより大きな世界とつながる東洋的な心境とし、そこに西洋を中心とした近代思想に対立するものとして、禅をはじめとした東洋的な思惟の意義を見る。このような三好の理解は、弟子の一人、松岡譲が伝える次の漱石の言葉がその淵源となっている。

漸く自分も此頃一つさういつた境地に出た。『則天去私』と自分ではよんで居るのだが、他の人がもつと外の言葉で言ひ現はしても居るだらう。つまり普通自分自分といふ所謂小我の私を去つて、もつと大きな謂はば普遍的な大我の命ずるまゝに自分をまかせるといつたやうな事なんだが、さう言葉で言つてしまつたんでは尽くせない気がする。その前に出ると、普通えらさうに見える一つの主張とか理想とか主義とかいふものも結局ちつぽけなもので、さうかといつて普通つまらないと見られてるものでも、それはそれとしての存在が与へられる。つまり観る方からいへば、すべてが一視同仁だ。差別無差別といふやうな事になるんだらうね。

（「宗教的問答」[45]）

この漱石の言葉として伝えられている「則天去私」の意義は、漱石の死の直前に語られたとされることもあり、弟子たちを中心に注目され、以後の漱石作品の読み方を大きく規制した。やはり弟子の一人である小宮豊隆は、この「則天去私」を次のように捉える。

それは人間の中には私が即ちエゴイズム我が満ちみちている。それを出来るだけ追求してその我を無くし則ち私を去つて天に則つた生活がしたい。即ち自然な、自然と同じやうな公平な正しい生活といふ事を自分の生活の目標として居つたわけであります。

（三好行雄「夏目漱石　特にその明暗を中心として[46]」）

小宮は「小我の私」を「エゴイズム我」とするが、そこには三好の指摘するように西洋近代的な認識を見ているものと考えられる。小宮のような「則天去私」の捉え方は、他の弟子たちをはじめいくつかの文章に見ることができる。さて、ここで問題にしたいのは「則天去私」の中身ではなく、このような捉え方の背景となる考え方である。「則天去私」という言葉は、「伝統」的なものが「近代」的なものを超克するという形でしばしば解釈されてきた。このような見方の一例として、仏教学者である秋月龍珉が「則天去私」と「禅」の関わりについて述べた文章を確認する。秋月は、「則天去私」を「『禅』の悟りと紙一重」として、次のように述べる。

これに対して、滝沢克己の『漱石の世界』（創文社・原版昭18）以来、私どもはこの通説にプロテストして、漱石においては「自己本位」という立場自体が、すでに単なる近代的自我の立場に尽きるものではなく、もっと深いものに関わっていた。それが漱石自身のその後の十数年の人生の苦闘によって、はっきりとした形で自覚にもたらされたものが、晩年の「則天去私」に外ならない、とこう主張する。すなわち、「自己本位から則天去私へ」は、世の論者の言うように、「前近代《プレ・モダン》」への逆コースなどではなく、「近代から現代へ」という、いわゆる「後近代《ポスト・モダン》」への先駆的苦悩の足跡であり、それは決していわゆる近代化の挫折などではなく、反対にその徹底であり、超克である、と見るのである。

（秋月龍珉「『漱石と禅』ノート」[47]）

この後の部分では「則天去私」を、「近代人」の「初めに自我ありき」に対する、「初めに無我ありき」の思想として語っている。秋月は、「則天去私」を「禅」の悟りと同様のものとして捉えた上で、「後近代《ポスト・モダン》」の思想として位置づける。このように、西洋思想を中心とする「近代」の行き詰まりの中で、「伝統」的な東洋思想が注目されるとき、それは「後退」ではなく「前進」、つまり「反西洋＝反近代」としての「後近代《ポスト・モダン》」の思想として評価される。ちなみに、すでに研究の場において、漱石の神話化につながる「則天去私」の解釈に見られるような晩年の漱石理解が注目されることはないが、学校教育の場で使用される便覧[48]などにおいては依然として提示されており、漱石理解に一定の影響を与えている。

また同様の問題の広がりとして、西谷啓治が師の西田幾多郎について語る次の文章を見てみたい。

禅は先生のうちに於ける強烈な生命エネルギーを正し、それを砥ぎすまされた意志に練磨するのであった。同時にまた、そのエネルギーの発現してくる源に、小さな「自我」の枠を超えた所に、出会はれる宇宙の正法を自覚的に明らめるものであつた。一言でいへば、宇宙の正法に合するやうに意志を練磨することであり、逆にいへば自己を意志的に純正にすることによつて、宇宙の大法に合してゆくことであつた。（中略）つまり、自己とそれを包む世界、内面的にいへば個人的なるものと超個人的なるもの、個物と一般者というやうな関係である。

（西谷啓治「わが師西田幾多郎先生を語る[49]」）

ここでも「小さな「自我」の枠を超えた所に」ある「宇宙の大法に合してゆく」や、「個人的なるもの」と「超個人的なるもの」の結びつきという形で、禅の意義が語られる。それぞれに対する評価のあり方はより詳細に考察されなければならないが、ともに西洋的な「自我」や「知性」の問題の行き詰まりの中で、それを乗り越えるものとして東洋的な思想に注目し、活かしたと捉えられている点は共通している。このような発想を考える上で、仏教学者である末木文美士の次の指摘を参考にする。

ところで、日本の近代思想には、この「個を超えるもの」はどのような形で現われるのであろうか。「個をこえるもの」は、実態は多くの場合、前近代的な発想の流入である。だが、それは前近代的とみなされず、むしろ近代的な「個」を超えるポスト近代的なものとして自覚的に捉え直され、再編される。それと同時に、そこに反西欧主義、ナショナリズムが投影される。近代＝個の確立＝西欧化という等式に対して、ポスト近代（＝前近代）＝個を超えるもの＝日本（東洋）というもう一方の等式が仮構されるのである。

（末木文美士「1　日本の近代はなぜ仏教を必要としたか[50]」）

このような「近代＝個の確立＝西欧化」に対するものとしての禅という発想が、小宮をはじめとする弟子たちが強調した「則天去私」の捉え方にも見ることができる。また、それは秋月の論に見られるように「ポスト近代的なもの」として語られてきた。このことは晩年の漱石を神秘化し権威化するのに少なからず寄与したことが想定される。確かに晩年の漱石の禅への接近には、『行人』に見られるように、「反西洋＝反近代」の意義を見ることはできる。しかし単に「反西洋＝反近代」という言葉で捉え、そこに「個」を越えたものを見るだけでは、末木の「ポスト近代（＝前近代）＝個を超えるもの＝日本（東洋）というもう一方の等式が仮構される」という批判から免れることはできまい。そのためには、漱石の禅への接近の意義を様々な形でより明確化していく必要がある。

漱石における禅の意義について、加藤二郎は、『行人』の長野一郎の希求を解説する中で、次のように述べている。

そうした一郎の姿は、自己及び他者への懸命の「誠実」（「塵労」三十六）にもかかわらず、或いはその「誠実」の故に、「獄裡の人」へと頽落して行かざるを得ないという（「兄」十六）、近代の自我の悲しみを典型していると言える。併しそうした一郎に自己解脱への行程、即ち「心」の攪乱者でしかなくなった近代の知性を根柢から救恤し得る様なより包括的な「論理（暗＝理）」の立場が見えていないのではない。

（加藤二郎「漱石と禅」[51]）

加藤は『行人』の一郎の希求に、「近代の知性」とは異なる「より包括的な「論理（暗＝理）」」を見、禅の意義として語っている。加藤が同書でこの「論理（暗＝理）」を禅の立場から明らかにすることを試みているように、漱石の禅認識の内実を禅書をもとに考察する必要がある。そのためにも、一度「則天去私」という言葉から禅を解釈することをやめ、作品や評論などの禅に関わる記述を禅書の文章とつきあわせていく作業を積み重ねていく必要がある。

そしてそれと同時に、漱石の禅への接近を「反西洋＝反近代」としての意義を持つものと見るならば、前近代的な発想を「ポスト近代的なもの」とする文脈を漱石の時代の中で捉え直すことが求められる。つまり、漱石が禅へと接近するとき、その背景にある西洋思想の文脈、またそれにより新たに発見され、創造される禅の意義を明らかにする必要がある。

第二部では、まず第三章において、漱石の禅認識を明らかにするため、漱石の禅に関わる文脈を『校補点註禅門法語集』（以下『禅門法語集』）の文章と対照させていく。『禅門法語集』は、その扉の裏に漱石が書いた批判的な言葉をはじめ、全体にわたる書き込みが否定的であることから、漱石が禅の悟りに対して違和感を持っていたことを示すものとされてきた。しかし、そのような違和感が表明されているにも関わらず、『禅門法語集』の文章と漱石の禅に関わる描写をつきあわせていけば、そこに様々な形で類似点を発見することができる。本章では、そのような作業を通して『禅門法語集』が漱石の禅に関する記述に大きな影響を与えていること、そして、漱石の禅認識が書物が伝える禅のあり方と密接な関係があることを明らかにする。

その上で第四章において、漱石の禅認識の転換点と考えられる『行人』「塵労」篇の長野一郎の禅的世界への希求を問題にする。『行人』「塵労」篇で語られる「香厳撃竹」の挿話においては、漱石が参禅以来向き合ってきた公案「父母未生以前」について語られている。漱石は、禅の公案を「珍分漢ノ囈語」とする見方を『禅門法語集』に書きつけているが、『行人』においては、一郎の救済の方向性として提示されていると言える。本章では、「香厳撃竹」の挿話を公案「父母未生以前」に対する一つの帰結と捉え、禅の公案の意義から『行人』の「香厳撃竹」を検討する。

そして最後に第五章において、漱石の禅への接近の背景を西洋思想との関わりから検討する。ここでは、一郎の「研究的な僕」と「実行的な僕」の対立の根源に、講演「中味と形式」における「観察者」の問題があるとし、その背後にW・ジェイムズとH・ベルクソンの思想があることを指摘する。そしてベルクソンの思想をもとに、『行人』の「香厳撃竹」の挿話の意義を捉え直し、漱石が見いだした禅の意義を明らかにする。

【注記】

（1）福沢諭吉『文明論之概略』（一八七五（明8）年八月）の「緒言」。引用は、『文明論之概略』（岩波書店、一九九五（平7）年三月、12頁）による。

（2）明治四十四年八月十八日に大阪市で行われた講演。文章としては、『朝日講演集』（朝日新聞合資会社、一九一一（明44）年十一月）に集録。

（3）「学生タイムス」一九〇七（明40）年一月。

（4）引用は『定本　漱石全集』（第十八巻、578頁）による。原文は漢文（「余以為長于西者概短于東吾兄亦当不知和漢之学矣而今及見此詩文則知吾兄天稟之才矣」（『子規全集』（第九巻、講談社、一九七七（昭52）年九月、388頁）より引用）である。

（5）小宮豊隆『夏目漱石』岩波書店、一九三八（昭13）年七月。引用は、『夏目漱石』（上巻、岩波書店、一九八六（昭61）年十二月、122〜123頁）による。

（6）「帝国文学」一九一六（大5）年四月〜六月。引用は、平岡敏夫編『夏目漱石研究資料集成』（第二巻、日本図書センター、一九九一（平3）年五月、264頁）による。

（7）「中央新聞」一九一六（大5）年十二月十日。引用は、『夏目漱石研究資料集成』（第二巻、360頁）による。

（8）「新小説」一九一七（大6）年一月。引用は、『夏目漱石研究資料集成』（第三巻、日本図書センター、一九九一（平3）年五月、165頁）による。

（9）「天に則つて私を去る」（「新小説」一九一七（大6）年一月）。引用は、『夏目漱石研究資料集成』（第三巻、168頁）による。

（10）「東京朝日新聞」一九一〇（明43）年一月五日。

(11)「中学世界」一九〇九（明42）年二月。
(12)「中学文芸」一九〇六（明39）年六月。
(13)「文章世界」一九〇八（明41）年九月。
(14)例えば、漱石が入った二松学舎は、『二松学舎百年史』（二松学舎、一九七七（昭52）年十月、117・183頁）によると、塾が開かれた明治十年度に四十二名の生徒が応募、翌年度には二百名あまりが入門し、在学生は二百四十八名になっていた。明治十四年には五百六十七名、十六年は四百八十九名と相当の人数の在学生がいた。
(15)重野安繹「漢学宜ク正則一科ヲ設ケ少年秀才ヲ選ミ清国ニ留学セシムベキ論説」（「東京学士会院雑誌」（一－四）、一八八〇（明13）年）。
(16)近世期の私塾は、明治五年の学制でその多くが中学校へ転換したが、明治十二年の教育令により多くが中学校の枠外となり、明治十三年より「各種ノ学校」となった。（神立春樹「第一章　漢学塾と漢学者」（『漢学と漢学塾』戎光祥出版、二〇二〇（令2）年二月、204～206頁）参照。）
(17)品田悦一「国学と国文学　東京大学文学部古典講習科の歴史的性格」（『近代日本の国学と漢学』東京大学、二〇一二（平24）年三月、22頁）参照。
(18)「東京学士会院雑誌」一八八七（明20）年五月。引用は、『明治文学全集　明治啓蒙思想集』（第三巻、筑摩書房、一九六七（昭42）年一月、322頁）による。
(19)『天則百話』博文館、一八九九（明32）年一月、46頁。
(20)『東京帝国大学五十年史』上冊、東京帝国大学、一九三二（昭7）年十一月、687頁。
(21)『二松学舎舎則』一八七九（明12）年六月、5頁。
(22)『学海日録』（第八巻、岩波書店、一九九一（平3）年一月）「明治二二年一一月」（16頁）。
(23)「中学世界」一九〇九（明42）年一月。
(24)「漢学」（『漱石辞典』翰林書房、二〇一七（平29）年五月、493頁）。
(25)『福翁自伝』時事新報、一八九七（明30）年七月。引用は、『福翁自伝』〈改版〉（岩波書店、二〇〇八（平20）年十二月、22頁）による。
(26)『近代日本哲学のなかの西田哲学』ミネルヴァ書房、二〇一六（平28）年九月、7～8頁。
(27)「時事新報」一九一六（大5）年十二月十六日。引用は、『夏目漱石研究資料集成』（第二巻、373～374頁）による。

（28）「思想」一九三八（昭13）年九月。引用は、『夏目漱石研究資料集成』（第九巻、日本図書センター、一九九一（平3）年五月、266頁）による。
（29）『夏目漱石必携』学灯社、一九六七（昭42）年四月。
（30）『内と外からの夏目漱石』河出書房新社、二〇一二（平24）年七月、484頁。
（31）加茂章「儒学と老荘」（三好行雄編『夏目漱石事典』学灯社、一九九二（平4）年四月、162頁）。
（32）翰林書房、一九九九（平11）年十月。
（33）松本常彦「漱石と禅――「行人」の場合――」（「語文研究」二〇〇六（平18）年十二月）に『行人』「塵労」篇について、一郎が希求する「禅的世界」の内実、またその限界を探るためにも「禅的」文脈を一旦は禅の章句と具体的に対比する作業が不可欠」という指摘がある。
（34）山口直孝編『漢文脈の漱石』翰林書房、二〇一八（平30）年三月、204頁。
（35）『日本道徳論』一八七四（明7）年四月。
（36）初出について、『桂月全集』（第八巻、興文社、一九二二（大11）年十二月）には、明治四十年とあるが、『近代文学研究叢書』（第二十四巻、昭和女子大学、一九六五（昭40）十二月）の「大町桂月　二、著作年表」の明治四十年の箇所（161～162頁）には掲載されていなかった。ただし、内容から考えて明治四十年頃に発表されたものと考えられる。引用は、『桂月全集』（第八巻、180・181・185頁）による。
（37）『新訂国語総覧』〈第六版〉、京都書房、二〇一三（平成25）年一月、252頁。
（38）『福翁百話』時事新報、一九〇一（明34）年四月。引用は、『福翁百話』（慶応義塾出版会、二〇〇九（平21）年六月、86～87頁）による。
（39）例えば津田真道は「開化を進る方法を論ず」（「明六雑誌」（三）一八七四（明7）年。引用は、『明六雑誌』（上、岩波書店、一九九九（平11）年五月、117頁）による。）において学問を「実学」と「虚学」とに大別し、「それ高遠の空理を論ずる虚無寂滅、もしくは五行性理、あるいは良知良能の説のごときは虚学なり」として、「虚無寂滅」（仏教）、「五行性理［の説］」（朱子学）、「良知良能の説」（陽明学）などを「空理を論ずる」ものとしている。
（40）「東京学士会院雑誌」（十二－五）一八九〇（明23）年。なお、ここの記述は、渡邊和靖「明治期「漢学」の課題」（「愛知教育大学研究報告」（人文科学編）一九八六（昭61）年）を参照した。この論では、「重野安繹は、儒教のうちから陰陽五行説などの形而上学を捨て去り、そのことによって、儒教を「人生日用の事」へと局限する。さらに、西洋学に拮抗しうるものとして、内容をぬきにした実証性という観念をとり出し、そのことによって、儒教＝「漢学」の意義を弁証しようと試みるのである。」と指摘されている。

(41) イプセンの死の直後、「早稲田文学」の「イプセン特集」で高安月郊はイプセンを「君は道徳家なり、しかも老朽せる権威に服せざる者なり、腐敗せる形式を破る者なり、新代の要求を解し、精神の上に、真情の上に新なる道徳を置かんとする者なり、しかも抽象的に論ぜずして、具象的に示し、哲理的に説かずして、劇的に提出す」(「イブセンを吊ふ」(「早稲田文学」一九〇六(明39)年七月))と述べている。このようなイプセン受容を藤木宏幸は、「イプセンがひとりの劇作家としてよりも、「新しい思想家」として衝撃をもって迎えられた」とまとめている(「イプセン」(福田光治他編『欧米作家と日本近代文学　ロシア・北欧・南欧篇』第三巻、教育出版センター、一九七六(昭51)年一月))。

(42) 一九一三(大2)年十月五日、和辻哲郎宛書簡。

(43) 一九一六(大5)年十一月十五日、富沢敬道宛書簡。

(44) 三好行雄編『夏目漱石事典』(177頁)。

(45) 松岡譲『漱石先生』岩波書店、一九三四(昭9)年十一月、214～215頁。

(46) 『夏目漱石　特にその明暗を中心として』信濃教育会木曾部会、一九三五(昭10)年七月。引用は、『漱石作品論集成　漱石関係記事及び文献』(別巻、桜楓社、一九九一(平13)年十二月、290～291頁)による。

(47) 「理想」一九八五(昭60)年三月。

(48) 例えば第一学習社の『新訂総合国語便覧』(二〇一六(平28)年一月)には、「晩年は「則天去私」の境地を志向」(272頁)とあり、京都書房の『新訂国語総覧』〈第六版〉には、「晩年には、「私」(エゴ)の超克を天に則ることに求めようとする人生態度——「則天去私」の心境に達して」(252頁)とある。

(49) 社会思想研究会編『わが師を語る』社会思想研究会出版部、一九五一(昭26)年四月、211～213頁。

(50) 『近代日本の思想・再考Ⅱ　近代日本と仏教』トランスビュー、二〇〇四(平16)年六月、11頁。

(51) 『漱石と禅』138頁。

第一部

西洋的「自己」における儒学の影響

第一章　「自己本位」におけるイプセンと儒学

——漱石の「イブセン流」書簡をめぐって——

一　はじめに

> 只きれいにうつくしく暮らす即ち詩人的にくらすといふ事は生活の意義の何分一か知らぬが矢張り極めて僅少な部分かと思ふ。で草枕の様な主人公ではいけない。あれもいゝが矢張り今の世界に生存して自分のよい所を通さうとするにはどうしてもイブセン流に出なくてはいけない。
>
> 此点からいふと単に美的な文学は昔の学者が冷評した如く閑文字に帰着する。俳句趣味は此閑文字の中に逍遥して喜んで居る。然し大なる世の中はかゝる小天地に寐ころんで居る様では到底動かせない。然も大に動かさゞるべからざる敵が前後左右にある。苟も文学を以て生命とするものならば単に美といふ丈では満足が出来ない。丁度維新の当士〔志〕勤王家が困苦をなめた様な了見にならなくては駄目だらうと思ふ。間違つたら神経衰弱でも気違でも入牢でも何でもする了見でなくては文学者になれまいと思ふ。（中略）僕は一面に於て俳諧的文学に出入すると同時に一面に於て死ぬか生きるか、命のやりとりをする様な維新の志士の如き烈しい精神で文学をやつて見たい。

これは、漱石が明治三十九年に鈴木三重吉に宛てた書簡(1)である。漱石がこの書簡において、自らの文学に対する姿勢を「イブセン流」とノルウェーの劇作家ヘンリック・イプセン（Henrik Ibsen）の名前を用いて表現したことはよく知られている。従来の研究においてもこの書簡は、『草枕』[2]から『二百十日』[3]『野分』[4]における作風の変化にあわせて、「『草枕』否定から「志士的文学」へ」[5]や「文明批評家としての作家漱石の自立」[6]などと注目されてきた。そしてここでの「イブセン流」という言葉もまた、そのような流れの中で、たとえば『野分』が「イプセン流の問題小説」[7]と述べられるように、社会問題にかかわっていく側面を強調するものとして捉えられてきた。

また、この書簡では自らの文学の姿勢を語る上で、「イブセン」とともに、「維新の志士」という言葉も使われている。この言葉は、「死ぬか生きるか、命のやりとりをする様な維新の志士の如き烈しい精神で文学をやつて見たい」と、まずはその意気込みや覚悟の強さを表すものとして受け取れる。しかしこの点はそれだけにとどまらず、漱石がイプセン作品の中に「維新の志士」と通底するものを感じていたことを推測させる。この時期の漱石の「志士」的な意識について、次のような指摘がある。

「左国史漢」の史書類は、高度な社会的倫理的批判性をもつその士大夫的もしくは国士的要素に連なり、「唐宋」の詩文を範とする文人的要素は、一面においてその強烈な自意識の処理や静的な自己凝視への方向に結びついていた。これが漱石における漢学の意味であった。そしてそれが、彼の内部にようやくはぐくまれてゆく西欧的な近代思想と対決しつつ、実はかえってその近代的な内容に、例の自然主義的な平面写実の域を越えた、まったく独自な輪郭を与えていくのであって、前者からは『坊ちゃん』『二百十日』『野分』などの「志士的文学」が生れ、後者からは『漾虚集』や『草枕』などのいわゆる「俳諧的文学」、初期の俳句や晩年の漢詩があらわれる。

（猪野謙二「日本の思想家・漱石」[8]）

ここでは、「『坊ちゃん』『二百十日』『野分』など」の作品を「志士的文学」とし、「漢学」との関わりが指摘されている。ここでの「漢学」、特に前者の「国士的要素」は、「「左国史漢」の史書類」や「高度な社会的倫理的批判性」とあることから、主に儒学を指すものと考えてよい。先の書簡の「イブセン流」と「維新の志士」のつながりからは、イプセンという西洋的な思想と、「志士」という儒学的な思想に共通点を見出していたことが考えられる。そしてこのことは、漱石の中にある儒学的なものが、イプセン作品を受容する上で一定の影響を与えたとともに、イプセンに代表される西洋的な文脈の中で、儒学の思想が再解釈された可能性を想定させる。

本章においては、まず先の書簡に関わる点を中心にイプセン受容の様相を考察した上で、この時期の漱石の文学に対する姿勢においてイプセン作品が与えた影響を明らかにする。その上で、イプセン作品受容と儒学思想との関わりを論じる。

二　『野分』におけるイプセンへの言及

先の書簡で自らの姿勢を「イブセン流」と語った漱石であるが、後述するように、このころ談話などでイプセンについて言及しており、イプセンの作品に対して高い評価を与えている。しかしその一方で、漱石はイプセン作品を否定的にも語っている。「文芸の哲学的基礎(9)」において、この頃興隆してきた自然主義が「真」を描くことのみを重視する風潮を「真に対する理想の偏重」として批判する上で、その代表としてイプセン作品があげられている。

必竟ずるに只真と云ふ理想丈を標準にして作物に対する為ではなからうかと思ひます。現代の作物に至ると、此弊を受けたものは枚挙に遑あらざる程だらうと考へる。ヘダ、ガブレルと云ふ女は何の不足もないのに、人を欺いたり、苦しめたり、馬鹿にしたり、ひどい真似をやる、徹頭徹尾不愉快な女で、此不愉快な女を書いたのは有名なイブセン氏であります。

（「文芸の哲学的基礎」第十八回）

漱石は、『ヘッダ・ガブラー』のヘッダを、「徹頭徹尾不愉快な女」としてその嫌悪感をあらわにしている。このような「真」の偏重というイプセンの特徴は、例えば長谷川天渓が「幻滅時代の芸術[10]」で「真実其の物に基礎を定めた」芸術の代表としてイプセンを論じているように、典型的なイプセン理解の一つであった。当時は、先の「イブセン流」という言葉が、「このような表現で大まかな意味が通る程にイプセンの作品は当時の日本人の間で読まれていた[11]」とされるほど、イプセン作品の受容熱が高まった時代である。漱石はイプセン作品にこのような否定的な面があると認識しながら、それでもあえて自らの文学に対する姿勢を「イブセン流」と表現したのである。そこには、当時の漱石がイプセン作品に対して感じていた強い親和性の存在が考えられる。それでは、この親和性はイプセン作品のどのような点に由来するものであろうか。

この点を『野分』から考察する。『野分』は、明治三十九年十二月九日に執筆が開始され、同年十二月二十日ごろに擱筆したと考えられる。先の書簡にある「イブセン流」という言葉を実践した作品と考えられ、その言葉の意義を問う上で格好の材料と言える。

『野分』において、「イブセン」の名前は、道也の演説「現代の青年に告ぐ」に見ることができる。ここでイプセンは「自己を樹立せんが為めに存在した」（十一）代表者として、メレジス、ニーチェ、ブラウニングらとともにあげられている。この道也の演説については、『野分』執筆前に、高浜虚子に宛てた書簡において、「近々「現代の青年に告ぐ」と云ふ文章をかくか又は其主意を小説にしたいと思ひます[12]」とあることから、『野分』一篇のそもそものモチーフとなっている。またこの演説では、現代において「則とるに足るべき過去は何にもない」（十一）、そのため「現代の青年たる諸君は大に自己を発展して中期をかたちづくらねばならぬ」として「自己」を強調し、イプセンが当時の青年に対する一つの理想像として示されている。この演説のもととなったと思われる「断片」のメモにも「イブセンは自己ノ為メニ生存セル人ナリ」（明治39年「断片三五Ｄ」）という考えが述べられており、「先例のない社会に生れたものは、自から先例を作らねばならぬ」（十一）代表としてイプセンが捉えられている。

また同様に道也の文章である「解脱と拘泥」に関して、そのもととなったと考えられる「断片」のメモにおいて、イプセンの名前があげられている。

㈠ハ他人ガイクラ拘泥シテモ自分ハ拘泥セヌコトデアル。人ガ目ヲ峙テヽモ、耳ヲ聳ヤカシテモ冷評シテモ罵詈シテモ、自分丈ハ拘泥セズニ勝手ニ振舞フノデアル。（中略）

右ノ解脱方ノウチ　㈠ハ自己ガ本位デアル。非常ニ自己ガエライ人、若クハ他ヲ念頭ニ置ク必要ノナイ程ナ権力アル人（学者デモ、宗教家デモ、或ハ外部ノ権威者ナポレオン、豊太閤デモヨイ）ガヤル解脱法デアル。ニイチエ、イブセンノ主唱スル理想ハコヽデアル。

（明治39年「断片三五Ｅ」）

㈠の内容が『野分』において道也の主張する「解脱」法にあたることは明らかであり、それが「自己ガ本位デアル」ものとして説明され、その代表者としてニーチェとともにイプセンの名前が挙げられている。

この「自己ガ本位」という言葉から、漱石が後年「私の個人主義」[13]において、英国留学中の体験から形成され、以後の自らの中心的な思想として語った「自己本位」との関連が考えられる。この「自己本位」は、当時の「西洋人のいふ事だと云へば何でも蚊でも盲従して威張」(「私の個人主義」) っていた風潮を批判し、自らの意見を確立しそれを貫くことの大切さを主張するものである。事実漱石は、談話「戦後文学の趨勢」[14]などにおいて「自己の標準」を確立することの重要性を説いている。さらに同じ時期に漱石が、「自己本位」確立の経緯を述べた『文学論』の「序」[15]を書いていることも考えると、この「自己本位」がイプセンと漱石のつながりの要にあるものと言える。そしてこれは、『野分』において「凡ての理想は自己の魂である。うちより出ねばならぬ」(十一) と説く道也にそのまま活かされている。さらに、そのような道也の姿勢は「妻君は常に此単純な世界に住んで居る。妻君の世界には夫としての道也の外には学者としての道也もない、志士としての道也もない」(一) と、「志士」という言葉でも表現されている。

先の「イブセン流」などの言葉に見られる、漱石が感じていたイプセン作品に対する親和性も、このような「自己本位」の姿勢がその核にあると考えられる。では、漱石は自らの姿勢と通底する「自己本位」をイプセン作品のどのような点に見ているのであろうか。

三　漱石のイプセン受容について

漱石は、留学中から明治四十年頃にかけて、イプセンの著作を購入し、読んだものと考えられる。[16]また、明治四十年前後は、評論や談話においてもしきりにイプセンに言及しており、高い関心をもっていたことがうかがえる。

漱石のイプセンに対する評価は、一貫して高かったと言える。例えば談話「愛読せる外国の小説戯曲」[17]において漱石は、「イブセンは豪い」と述べ、また談話「予の希望は独立せる作品也――予の描かんと欲する作品」[18]では、漱石は自らの書こうとする作品に関して、「何者の支配命令も拘束も受けずに、作品其物を作り上げるを目的として作られた作品」とし、その観点からイプセン作品を高く評価している。先に見たように、漱石が感じていたイプセン作品に対する親和性は「自己本位」の姿勢に関わるものであった。ここでは、これらのうちで『野分』が書かれた明治三十九年頃を中心に、「自己本位」の姿勢と関連したものについて検討する。

評論や談話において漱石がイプセンに関して言及しているものの中で、最も古いものは「夏目漱石氏文学談[19]」である。この談話はまず、漱石が島崎藤村の『破戒』を非常に高く評価していることが語られ、そこから漱石は「文学は進めば進むほどある意味に於て個人的なものである」という考えを述べる。「個人的なもの」ということについては、漱石が「たとへば日本の旧派の和歌などといふものは、作者の名を消して見ればどれも〳〵殆ど同様で、一つも明瞭に作者の個人性といふものが現はれてゐない」と「個人性」という言葉でも説明しており、作者の「個性」に関わるものである。漱石はここで、文学における作者のオリジナリティとしての「個人性」の重要性を指摘しており、そのような問題との関連でイプセンについて次のように言及する。

あくまでも個人の自由を十分に与へて働かして見なければいけない。しかし現今の文明が又一方に於てこの個人主義に対するレヸリング、テンデンシー（平衡的傾向）とでもいつたやうな傾向があつて、個人的な傾向ばかり進まして置かぬやうになつてゐる。つまり強い烈しい個人主義と、これを平均しやうとする一般の傾向と、この二つの相反した傾向が妙な具合に並んで進んで行くのです。詳しく言へば少しは面白い事が云へさうです。で個人主義のことを自覚といつても、無論悟りといふのとは違ひませう。イブセンの描いた人物などが、このレヸリング、テンデンシーに対して個人主義の矛盾を自覚したものでせう。

（「夏目漱石氏文学談」）

ここで漱石は、文学の「個人主義」の重要性について語る一方で、それに反する傾向としての「レヅリング、テンデンシー（平衡的傾向）とでもいつたやうな傾向」の存在を指摘している。この問題について中村都史子は、『草枕』における画工の文明論とともに、近代社会の「個人の解放」とそれと「ひきはがすことの出来ない裏面として、個性の平準化、画一化」を漱石が指摘しているとし、そこに漱石とイプセンに共通の問題として「エリート対大衆の対立葛藤の問題」を見ている。[20] このことは重要な指摘であるが、ここではまず漱石が自らの主張する文学の「個人性」の意義を、イプセン作品を通して説明している点に注目したい。文学と「個人性」の問題はこの当時における漱石の主要な問題であった。先にも触れた『文学論』の「序」における「自己本位」の重要性の指摘、西洋の評価におもねることなく、自らの評価基準を確立する必要性を漱石が述べていることに加え、この「個人性」ということについては、この頃の談話で頻りに繰り返されている。

それではこの時期に漱石が強調する「個人性」とは如何なる意味での「個人性」であるのか。それから一ヶ月後の談話である「文学談」[21]を参照したい。漱石はこの談話で、「何うしても小説には道徳上に渉つたことを書かなくてはならない」と述べ、「文学は矢張り一種の勧善懲悪」であるとする。そしてそのために、「作者は我作物によつて凡人を導き、凡人に教訓を与ふるの義務があるから、作者は世間の人々よりは理想も高く、学問も博く、判断力も勝ぐれて居らねばならない」ことを強調する。そしてこの「道徳上」の「勧善懲悪」について、「自己の見識に負かぬ様に」することを強調し、その代表としてイプセンを挙げている。ここから先にみた「個人性」というのが、「道徳上」の問題における「個人性」であると捉えられる。このように漱石は文学の道徳性と、個性の発露という点を挙げ、その代表の一つとしてイプセンを捉えている。この文学における「個人性」と道徳についてであるが、先の「夏目漱石氏文学談」の内容に対応するものとして『漱石全集』所収の『ノート』に次のようにある。

文芸ノindividualナルハ所々ニ述ベタリ．而シテ皆有益ナリ一ヲトリ他ヲ棄ツベカラズ．惰弱ノ人ニハ雄壮（殺伐ナルモ）ナル文学趣味ヲ吹キ込ムベシ

殺伐ナル者ニハ平和文学ヲ教フベシ．名利ニ齷齪タル者ニハ名利以上精神界アルヲ感ゼシムベシ．壺中ノ天地ニ独住スル者ニハ天下ノ志ヲ起サシムベシ要ハ時弊ニ適スルニアリ．又人々ノ弊ヲ拯フニアリ．故ニ外国ニ賞翫セラル丶者必ズシモ可ナラズト知ルベシ．又他ノ賞スル方必ズシモ妙ナラザルヲ知ルベシ．弊極マレバ之ニ反抗スル文学ハ必ズ生ズベシ是人間ノ性情ヲ満足スルニ必要ナレバナリ Ibsen 然リ Tolstoi 然リ

（〔Ⅲ－6〕「文芸の Psychology」）

注目すべきは、「文芸ノindividual」が、「弊極マレバ之ニ反抗スル」ものとして捉えられている点である。「個人性」は、決して単純な個人の見解というものではなく、「時弊ニ適」し、「人々ノ弊ヲ拯フ」ものとして考えられている。「文学談」でも、作者には「凡人を導き、凡人に教訓を与ふるの義務」があることが語られていたが、漱石の述べる「個人性」はこのような多くの人を導く社会性を伴うものなのである。[22] イプセンが高い見識を持った作家であるという漱石の評価は、この点を土台にしたものと考えられる。

四 『文学論』とイプセン『社会の敵』

以上をもとに、『野分』の具体的な文脈に沿ってイプセン作品が漱石に与えた影響を考察する。イプセン作品のうち「自己」という言葉でまず思い浮かぶものは、『人形の家』のノラや『ヘッダ・ガブラー』のヘッダであろう。しかし先に見たように、漱石がヘッダを「徹頭徹尾不愉快な女」と嫌悪しており、また『野分』の次に執

筆された『虞美人草』[23]で、「我の女」藤尾を「嫌な女」と述べ[24]、殺していることを考えると、先に見た漱石の共感がこれらの作品にあると考えるのは的外れに思われる。また『ブラン』については、道也が演説で「行ける所迄行くのが人生である」（十一）、「斃るゝ覚悟をせねばならぬ」（同）と述べている点に近いものを感じないでもないが、漱石の所蔵書に線引きや書き込みもなく明確なことは分からない。これらのうち、『野分』との関係で注目されるのは『社会の敵』（*An Enemy of Society*）である[25]。

漱石旧蔵書に所蔵されている『社会の敵』を調査すると、七カ所の線引きがあり、また、そのうち一カ所に漱石の書き込みが見られる。これらのうち注目すべきは、『社会の敵』の主要な思想を語ったと考えられるストックマンの演説の次の部分である[26]。

> The majority is never right. Never, I say. That is one of those conventional lies against which a free, thoughtful man must rebel. Who are they that make up the majority of a country? It is the wise men or the foolish? I think we must agree that the foolish folk are, at present, in a terribly overwhelming majority all around and about us the wide world over. But, devil take it, it can surely never be right that the foolish should rule over the wise! [*Noise and shouts*] Yes, yes, you can shout me down, but you cannot gainsay me. The majority has might — unhappily — but right it has not. I and a few others are right. The minority is always right. (...) I have said that I will not waste a word on the little, narrow-chested, short-winded crew that lie behind us. Pulsating life has nothing more to do with them. But I do think of the few individuals among us who have made all the new, germinating truths their own. These men stand, as it were, at the outposts, so far in advance that the compact majority has not yet reached them — and *there* they fight for truths that are too lately borne into the world's

consciousness to have won over the majority.

(*An Enemy of Society*)[27]

〔多数が正しいなんてことは決してない。決して！　それはこの世にはびこっている虚偽の一つだ。自由で判断力のある人間ならそんなことは信じないだろう。国民の大多数はどういう人間だ？　賢い人間か、愚かな人間か？　目下世界中どこだって、僕たちのまわりで恐ろしいほどの圧倒的多数を占めているのは愚かな人間だ、それはだれも否定できないだろう。しかし、いったい、愚かな人間が賢い人間を支配することほど馬鹿げたことがあるだろうか！〔騒ぎと叫び。〕ああ、君たちは僕を怒鳴り負かすことはできるだろう、しかし、ぼくの言うことに反対はできないだろう。多数は力をもっている――不幸なことに――しかし、正しいのではない。正しいのは、ぼくやぼくのような少数の人間だけだ。正しいのは、常に少数派なんだ。(中略) すでに言ったように、あの、心の小さな、ぜいぜい息をして、私たちのうしろにいる連中のことを話すつもりは、まったくない。彼らからは、脈打つ鼓動のような人生を期待することはもはや無理だ。ぼくが期待するのは、新たな未来をめざして真実に身を捧げる、われわれの中の少数の人間だ。そういった人たちは、いわば最前線にいるのであり、絶対多数の連中には決して追いつくことができないようなはるか遠くにいち早く到達している。――そして、そのような進んだ地点で、彼らは、大衆に受け入れられない、この世に生まれたばかりの真実のために戦う。〕

漱石は初めの「The majority is never right.」の部分、そしてその後の「That is one of those conventional lies」から「in a terribly overwhelming majority all around and about us the wide world over.」の部分に下線を付し、また、以下の部分については、まとめて横に傍線を付している。この部分において、ストックマンは、真実が常に多数

ではなく、賢明な「少数の人間」のもとにあることを述べている。特にそのような「少数の人間」は、「新たな未来をめざして真実に身を捧げ」、「はるか遠く」まで進み「この世に生まれたばかりの真実のために戦う」とされており、一方「多数の連中」は、「ぜいぜい息をして、うしろにいる」ものとされている。

またもう一つ、これと関連して次の部分も注目すべきものと思われる。

Besides, what I want is so simple, so clear and straightforward. I only want to drive into the heads of these curs that the Liberals are the worst foes of free men; that party-programmes wring the necks of all young living truths; that considerations of expediency turn morality and righteousness upside down, until life is simply hideous.

(*An Enemy of Society*)(28)

〔ぼくがやろうとしているのは、単純明快、簡単なことだ。雑種連中の頭にたたき込んでやりたいのは、自由主義者ほど、自由な人間にとって最悪の敵はいないということだ、——組織がしめつける規律ほど、将来の真実の息の根をとめるものはないということだ、——ご都合主義的な考えほど、道徳や正義を逆立ちさせるものはないということだ。おかげで、生活はいまわしいものになる。〕

漱石はこの横の部分に数行まとめて傍線を付している。ここでは「Liberals〔自由主義者〕」や「party-programmes〔組織がしめつける規律〕」や「considerations of expediency〔ご都合主義的な考え〕」が、自由を阻害し、真実を犯し、道徳や正義を滅茶苦茶にするということが述べられている。この点は『ノート』内の『社会の敵』のメモでも、「西洋ノ幣」として「輿論ト云フ者ノ為ニ如何ニ圧迫セラルヽカヲ見ヨ」(「東西ノ開化」)と記されている。

ストックマンの言動が周囲から受け入れられず迫害されていることを考えるなら、先の「真実のために戦う」「少数」が周囲から理解されることなく、排斥されるという点に漱石が注目していたことがわかる。

注目すべきは、このような考え方の基本的な構図が、『文学論』の「天才的意識」において見られるということである。

『文学論』の「第五編」は「集合的F」として、「Fの差異」を説明している。[29] その中で「第一章 一代に於る三種の集合的F」で、漱石は一代における集合的意識を模擬的意識、能才的意識、天才的意識の三種類に分け、それぞれ次のように説明している。

模擬的意識とは、「嗜好に於て、主義に於て、経験に於て他を模倣して起るもの」、つまり他の後に従って、それを模倣することに満足する意識である。それは「只従来の習慣に遵」う、「社会の大多数を構成」するものとされている。そしてそれは「単に数字の上に於てのみならず大抵は実力に於ても優勢」ではあるが、「創造力(originality)の多寡を本位として此意識を評価すれば、其勢力頗る貧弱」であるとされている。つまり保守的な考えを持った大多数であり、他者の後を従って行くだけの存在である。

次に二番目の能才的意識とは「一波動づゝ天下の公衆に先んづる」意識である。つまり、一般大衆を形成する模擬的意識より一歩進んだ意識のことであり、漱石はこの意識を「機敏」「才子」と評している。漱石は、この意識は模擬的意識に数の上では及ばないものの、次第に模擬的意識が能才的意識の先進性を認め、それに従うことから、勢力としては模擬的意識より優位にあるものとして捉えている。

そして最後の天才的意識であるが、これは周囲に比してあまりに前に進み過ぎた意識である。この天才的意識について漱石は次のように説明している。

天才の意識は数に於て遠く前二者に及ばず。且つ其特色の突飛なるを以て危険の虞最も多し。多くの場合に於て其成熟の期に達せざるにあたつて早く既に俗物の蹂躙する所となる。（中略）然れども天才の意識は非常に強烈なるを常態とするを以て、世俗と衝突して、夭折するにあらざるよりは、其所思を実現せずんば已まず。此点より見て天才は尤も頑愚なるものなり。もし其一念の実現せられて、たまく其独創的価値の社会に認めらるゝや、先の頑愚なるもの変じて偉烈なる人格となり、頑愚の頭より赫灼の光を放つに至る。而も彼自身は偉烈に関せず、頑愚に関せず、只自己の強烈なる意識に左右せられて之を実現するのみ。

（『文学論』第五編　第一章）

漱石は天才的意識を「其特色の突飛なるを以て危険の虞最も多」く、多くの場合「俗物の蹂躙する所となる」と指摘している。それはその前の部分に、「天才的Fは声誉を俗流に擅にする能はざるのみならず、時としては一代の好尚と相反馳して、互に容るゝ事能はざるの不幸に会す」とあるように、天才的意識があまりに先に進みすぎた結果、「俗物」から理解されず、時には排斥されるということである。しかし天才的意識は、そのように社会から排斥されようと「其所思を実現せずんば已まず」というように、「自己の強烈なる意識」を持ち、あくまでそれを貫くような激しい個性を持った存在として捉えられている。

このような図式と、先のストックマンの発言とを見比べてみよう。模擬的意識は、大多数を形成し、他の意識のあり方を模倣するのみという意味で、『社会の敵』における「あの、心の小さな、ぜいぜい息をして、うしろにいる連中」としての大多数の人間という、ストックマンの見解と非常に近い関係にある。一方天才的意識については、あまりに進みすぎているがために、世の中の常識や慣習と反し、そのために凡人から排斥される可能性があるが、あくまで自らを貫き通すという姿勢が、「新たな未来をめざして真実に身を捧げる、われわれの中の少数の人間だ。そういった人たちは、いわば最前線にいるのであり、絶対多数の連中には決して追いつくことができないようなはるか遠くにいち早く到達している。——そして、そのような進んだ地点で、彼らは、大衆に受け入れられない、この世に生まれたばかりの真実のために戦う」と主張するストックマンの考えと重なってくるであろう。

事実、漱石は『ノート』に次のように書いている。

Ibsen ノ *Pillars* and *Enemy*〔『社会の柱』と『社会の敵』〕等ノ作ヲ読ミシトキ余ノ如ク現世ヲ見ルハ余ノミニアラザルヲ思ヒ余ガ所見ノ此大文豪ト同ジキヲ喜ブヨリモ却ツテ其差《たが》ハザルガ為ニ益悲観ノ度ヲ高メタリ.

（〔Ⅳ－14〕「Taste, Custom etc.」）

漱石は松山時代における「愚見数則[30]」において、「多勢を恃んで一人を馬鹿にする勿れ」、「馬鹿は百人寄つても馬鹿なり」、「理想を高くせよ」と述べており、先に見たような世の中の見方は漱石がもともと持っていたものと言える。そのために漱石が『社会の敵』における強烈な個性を持ち、先に進む少数と、後ろから時にはそのような少数を排斥しながらついてくる大多数という構図に強い共感を覚えていたことがわかる。

そして『野分』執筆時期の書簡に見られる漱石の激しい言葉は、このような構図をもとにしたものと考えられる。たとえばこのころ漱石は、狩野亨吉に宛てた書簡で「世の中」の人々を「下等」と見、彼らが「衆を恃み勢に乗じて失礼千万な事をしてゐる」として、「敵を打ち斃」すことを宣言している。[31] そしてこのような姿勢が、『野分』の道也の「人格に於て流俗より高いと自信して居る。流俗より高ければ高い程、低いものゝ手を引いて、高い方へ導いてやるのが責任である」（一）とする考え、また「大いなる理想」をもって「行ける所迄行く」（十一）

という発言につながっていると言えよう。

そしてここにあるような、自らを〈進んだ意識〉とし、〈後をついてくるだけの意識〉としての大多数と対立させるという捉え方は、当時の漱石の文学に対する考えにおいて、その基盤となるものであった。このころの漱石の文学に対する考えを、比較的まとまった形で述べた「文芸の哲学的基礎」においても、文芸の役割は、文芸家が「如何に生きて然るべきかの解釈を与へて、平民に生存の意義を教へる事」（第二十七回）であるとされており、そのような文芸家は「尤も新し」く、「尤も深」く、「尤も広」い「理想」を実現する存在とされている。このころの漱石の文学に対する考えにおいて、〈進んだ意識〉としての作者と、〈後をついてくるだけの意識〉としての大多数という捉え方は、その根幹をなしていたことがわかる。その上で、漱石の「自己本位」には、そのような遅れた大多数によって構成される「世俗」と衝突しても、「其所思を実現せずんば已まず」という強烈な「自己」の存在があった。それと同様のものを『社会の敵』のストックマンに見ていたことが、イプセン作品に対して漱石が強い親和性を感じていた所以であると考えられる。

五　「一人」であることをめぐって

それでは何故にこの当時、漱石にこのようなイプセンに対する強い親和性が見られるのか。このことについては、先にあげた狩野亨吉宛ての書簡において「僕は洋行から帰る時船中で一人心に誓つた。どんな事があらうとも十年前の事実は繰り返すまい」とあり、漱石の留学体験が重要なポイントであったことが考えられる。そしてそのような点から注目されるのが、『文学論』の「序」の執筆が、漱石が自らを「イブセン流」と語る時期とほぼ一致しているということである。しかし留学時期の漱石を問う前に、『社会の敵』と漱石の関係について、もう少し考察を進めておこう。

先に漱石の『社会の敵』の線引きについてふれたが、もう一つ、漱石が非常に注目したと考えられるところがある。それは次の部分である。

You see, the fact is that the strongest man upon earth is he who stands most alone.

〔知ってるかい、この世でいちばん強い人間、それは、まったく独りで立っている男であるということを。〕

(*An Enemy of Society*)[32]

漱石は「the strongest man upon earth is he who stands most alone」の部分に下線を付し、さらに下の余白の部分に「Splendid!〔あっぱれ〕」とまで書き込んでいる。ここから漱石のこの言葉に対する共感の深さがうかがえるわけであるが、この言葉で注目すべき点は、「独りで立っている」ということが、「強い人間」として積極的な意味づけを与えられている点である。

先の「天才的意識」においても、それが「時としては一代の好尚と相反馳して、互に容るゝ事能はざるの不幸に会す」と説明されているように、社会に受け入れられず、排斥されるということが述べられていた。それは、理解を得ることなく、転々とする道也、その道也が語る「一人坊っちは崇高なもの」（八）という言葉にそのまつながる思想である。道也は「一人」であることの価値について、「君は人より高い平面に居ると自信しながら、人がその平面を認めてくれない為めに一人坊っちなのでせう。然し人が認めてくれる様な平面ならば人も上つてくる平面です」（八）というように「一人」であること、周囲から理解を得られぬことを「高い」ことに結びつけている。

本来、「一人」であるということ自体には、特別な価値はない。それはむしろ高柳のように「一人坊っちの様な気がして淋しくつていけません」（六）と嘆くようなものであろう。しかし、道也はこのような「一人」で誰からも理解を得られないということを、自らが「高い平面に居る」こととして、価値づけているのである。

ここで「序」における、漱石の英国留学の回顧に注目したい。

倫敦に住み暮らしたる二年は尤も不愉快の二年なり。余は英国紳士の間にあつて狼群に伍する一匹のむく犬の如く、あはれなる生活を営みたり。（中略）

帰朝後の三年有半も亦不愉快の三年有半なり。去れども余は日本の臣民なり。不愉快なるが故に日本を去るの理由を認めず。日本の臣民たる光栄と権利を有する余は、五千万人中に生息して、少くとも五千万分一の光栄と権利を支持せんと欲す。此光栄と権利を五千万分一以下に切り詰められたる時、余は余が存在を否定し、若くは余が本国を去るの挙に出づる能はず、寧ろ力の継く限り、之を五千万分一に回復せん事を努むべし。是れ余が微少なる意志にあらず、余が意志以上の意志なり。余が意志以上の意志は、余の意志を以て如何ともする能はざるなり。余の意志以上の意志は余に命じて、日本臣民たるの光栄と権利を支持する為めに、如何なる不愉快をも避くるなかれと云ふ。

（『文学論』「序」）

注目すべきは、「狼群に伍する一匹のむく犬」といった状況が『野分』の高柳と、そして帰国後の漱石の決意が道也の姿勢と重なってくる点である。また、同じ部分で漱石は、「五千万粒の油」のなかの「一滴の水」や、「白シヤツ」の「一点の墨汁」に自らを例えているが、これらなどは、「音楽会」で「自分は矢張り異種類の動物のなかに一人坊っちで居つたのである」（四）とする、高柳の感じていた疎外感に同様のものを見ることができる。

また「如何なる不愉快をも避くるなかれ」などは、当時の漱石の書簡とつながるものであり、自らの行為を「是れ余が微少なる意志にあらず、余が意志以上の意志なり。余が意志以上の意志は、余の意志を以て如何ともする能はざるなり」と述べる点などは、まさに「道」のために進む道也と同様である。ここから、倫敦での孤立した状況から、それを積極的な姿勢へと変換する漱石の姿が、『野分』の高柳と道也の姿勢の違いとして表現されていると考えられる。二人は「同じく一人坊っちでありながら是程違ふ」（八）とされるが、この二人の違いを生みだしているものこそ、「一人坊っち」という状況に対する姿勢の違いである。ここに「私の個人主義」で語られた「他人本位」から「自己本位」の転換をみることはけっして的外れではあるまい[33]。

さらに『文学論』の「序」で、漱石は自らの状況について、次のように述べている。

英国人は余を目して神経衰弱と云へり。ある日本人は書を本国に致して余を狂気なりと云へる由。賢明なる人々の言ふ所には偽りなかるべし。たゞ不敏にして、是等の人々に対して感謝の意を表する能はざるを遺憾とするのみ。

帰朝後の余も依然として神経衰弱にして兼狂人のよしなり。親戚のものすら、之を是認するに似たり。親戚のものすら、之を是認する以上は本人たる余の弁解を費やす余地なきを知る。たゞ神経衰弱にして狂人なるが為め、「猫」を草し「漾虚集」を出し、又「鶉籠」を公けにするを得たりと思へば、余は此神経衰弱と狂気とに対して深く感謝の意を表するの至当なるを信ず。

（『文学論』「序」）

この文章から読みとれるのは、周囲が自分を理解しないこと、親戚ですら、自分を「神経衰弱」、「狂人」として排斥することに対する漱石の憤りと、「猫」、「漾虚集」、「鶉籠」といった自らの小説がそのような「神経衰弱」や「狂気」によって生まれてきたと、自らが「神経衰弱」、「狂人」とされることを逆手にとる漱石の発想の転換である。漱石が、留学中に「神経衰弱」となり、それが帰国後も続いたことは夏目鏡子の語った『漱石の思ひ出』[34]などが示すものであるが、この文章に見られるのは、まさにそのような周囲から理解されず、「神経衰弱」、「狂人」として排斥される自己を、逆に価値づけようとする精神である。ここに、周囲から排斥されながら「この世でいちばん強い人間、それは、まったく独りで立っている男」と主張するストックマンの姿に「Splendid!」と強い共感をよせる漱石の姿と同様のものを見ることができるのではないか。事実漱石は『文学論』の先の「天才的意識」を説明したところで、「天才」が「神経衰弱」や「畸形児」として見られ、「社会の大多数の忌む所となる」と述べている。そして『社会の敵』のストックマンも、対立する市長からの「Surely you're not such an arrant fool as all that?〔本当にお前はそれほどまでの大馬鹿ものなのかい。[35]〕」という問いに「I am.〔ああ、そうだよ〕」と答え、「fool」を自認する。また、ストックマンの妻がストックマンに賛同すると市長は、「Now he's sent her mad too!〔おお、あいつは女房まで気狂いにしてしまった。[36]〕」とストックマンたちの行動を「mad」という言葉で表現する。ストックマンもまた、群衆から「an enemy of the people〔人民の敵[37]〕」と罵られ、周囲の人々から「fool」や「mad」として排斥される自らの状況を価値づけていくのである。

漱石は、高柳と同様の死と狂気の想念を自身も抱いており、そこから発した一つの主義を、あえて現実に対置しようと全力を傾ける。つまり、漱石の内部に偏執のごとく宿っている死と狂気と、彼の現実批評はけっして二つのものではないので、それは『虞美人草』の甲野さんがハムレットに擬せられていることからも、うかがえるだろう。

（越智治雄「野分」[38]）

右は、漱石の「狂気」とその「現実批評」が「けっして二つのものではない」とする越智治雄の指摘である。漱石が自らの「狂気」、周囲から理解されず排斥される状況を、積極的な「現実批評」へと転換する上で、イプセン『社会の敵』の存在は大きな意味を持っていたのである。

六　『野分』の中の儒学

書簡の「イブセン流」という言葉に見られる、漱石が感じていたイプセン作品に対する親和性を起点に、漱石が、イプセンの「個人性」の主張に単なる利己的なものではなく社会性があるとしていたこと、そして先駆性ゆえの孤立という問題を見ていることを明らかにした。さらに、『社会の敵』が、当時「神経衰弱」や「狂人」として排斥される自らの状況を、積極的な「現実批評」へと転換する上で大きな役割を果たしたことを指摘した。それでは、このような漱石のイプセン作品の捉え方において、「維新の志士」という言葉で表現されるような儒学的な教養はどのような意義があったと考えられるだろうか。

『野分』における道也の主張やその振る舞いについては、同時代に「道也先生のやうな人は何だか文学士とい ふ肩書を有つ人の中に居さうにない。飄軽な漢学者臭い[39]」とする評価がある。この点について、当時の文学者像に触れつつ、道也を「時代のなかで変容した漢学者の姿」として捉える次のような論が存在する。

自分の人格を世間一般より高いものとし、「文筆の力で」以て「世間を警醒しやうと」（三）とする道也の姿勢は、こうした漢学者の理想像に相似している。（中略）漢学者の唱える修養が「時候おくれ」と言われるようになっていく時期の後に、近代的学問を身につけながら「世間を警醒しやうと」して筆を執る道也の「文学者」としてのあり方は、時代のなかで変容した漢学者の姿なのだと言えよう。

（阿部和正「漢学塾のなかの漱石――漱石初期文芸における「漢学者」」[40]）

確かに道也が「漢学者」とされた理由の一つに、「世間を警醒しやうと」する姿勢があるだろう。特にこの時期は、煩悶の時代でもあり、多くの修養書が出され、その際、漢学的な道徳の重要性が主張された。本書序章でも示した、次の大町桂月のものなどはその典型であると言える。

近年煩悶者、堕落者多くなりたるにつれて、之が救済の道を説くもの少なからざれども、凡そ病を治するには、その原因をきはめざるべからず。余以為へらく、煩悶者、堕落者の多くなりたるは、その大半は、漢学の廃れたる結果也。（中略）

そのふくむ所、修身也、斉家也、治国也、平天下也。人の道は、すべて、これにふくまる。個人的の教にあらずして、社会的の教也。今日社会の堕落し、煩悶の声多きは、要するに、西洋の思想を生嚙りして、個人主義、利己主義に傾けるの致す所也。（中略）

明治二十年以後、漢学すたれたる結果、一般に人格下り、小才子のみ輩出し、気風繊弱となり、神経質的となり、匹夫的となり、黄金主義となり、軽便主義となり、文学も、文章も之につれて、大いに下りたり。これ大半は漢学思想を失へるの致す所也。教育勅語の罪人也。

（大町桂月「漢学を興すの議[41]」）

桂月は、「今日社会の堕落し、煩悶の声多き」理由は漢学が廃れたためであるとし、「個人的の教にあらずして、社会的の教」である漢学の重要性を主張する。また、漢学が廃れた結果として「一般に人格下り、小才子のみ輩出し、気風繊弱となり、神経質的となり、匹夫的となり、黄金主義となり、軽便主義となり、文学も、文章も之につれて、大いに下りたり」と述べ、漢学を身につけることと「人格」を結びつけている。この文章からは、自らが高い位置にいて、そこから世間を警醒しようとする姿勢を読み取ることができる。

このように自らを「人格」的に上にあるものとし、人々を導こうとする姿勢は、道也にも見ることができる。

道也は人格に於て流俗より高いと自信して居る。流俗より高ければ高い程、低いものゝ手を引いて、高い方へ導いてやるのが責任である。高いと知りながらも低きに就くのは、自から多年の教育を受けながら、此教育の結果がもたらした財宝を床下に埋むる様なものである。

（『野分』一）

このような世間を警醒しようとする姿勢という点において、道也は漢学的なものと共通している。しかし、道也の主張には「修身斉家治国平天下」といった儒学の徳目が出てくることはないように、その内容において、儒学的な発想から大きく外れている。儒学の復興を論じる際には、「孝」や「忠」といった儒学の徳目などをもとに、その徳育に果たした意義が強調されるのが一般的であるが、道也の演説にはそのよう復古主義的な主張はでてこない。道也は「儒者」について次のように語る。

自己は過去と未来の連鎖である（中略）

自己のうちに過去なしと云ふものは、われに父母なしと云ふが如く、自己のうちに未来なしと云ふものは、われに子を生む能力なしといふと一般である。わが立脚地はこゝに於て明瞭である。われは父母の為めに存在するか、われは子の為めに存在するか、或はわれ其物を樹立せんが為めに存在するか、吾人生存の意義は此三者の一を離るゝ事が出来んのである（中略）
耶蘇教徒は基督の為めに存在してゐる。基督は古への人である。だから耶蘇教徒は父の為めに存在してゐる。儒者は孔子の為めに生きてゐる。孔子も昔への人である。だから儒者は父の為めに生きてゐる。

（『野分』十二）

ここでは儒者が「父の為めに生きてゐる」とされており、儒学は「過去」のために存在する教えとされる。このような儒学の尚古思想的な発想は、明治期においてしばしば批判されたものであった。ここではその一例として、高山樗牛のものを見ておこう。

支那の文化は何故に其歴史と共に進まざりしか。其国民の性質保守的なればなり。支那の人文は何れの方面に於ても自由の発展を為さず、一種の形式に拘泥して常に回顧退嬰に傾く。而して是の如き形式は国民が初めて将来に実現せむとする所の理想にあらずして、却て既に過去に実現せられたる法制にあり。国民の正学と称して一般に遵奉せらるゝものは儒教なり。而して儒教なるものは何ぞ。孔丘が今を去る二千数百年前、堯舜を祖述し文武を憲章し、即ち所謂先王の道を演繹して後の典謨と為したるものにあらずや。支那人は時勢の推移と共に政教の変遷すべきを知らず、一意成憲に法りて其教義を実行せむと擬す。故に上は国家より、下は個人に至るまで、其の理想とする所は唐虞三代の国家及び個人なり。

（高山樗牛「支那文学の価値[42]」）

ここで樗牛は、「支那の人文は何れの方面に於ても自由の発展を為さず、一種の形式に拘泥して常に回顧退嬰に傾く。而して是の如き形式は国民が初めて将来に実現せむとする所の理想にあらずして、却て既に過去に実現せられたる法制にあり」と、中国の思想は「回顧退嬰」、つまり新しいことをする意気込みがなく、過去を模範とするものであるということを述べ、「支那人は時勢の推移と共に政教の変遷すべきを知らず」と、中国人は時勢の変化に適応する能力がないとして批判している。儒学においては、過去、特に「唐虞三代」、つまり古代の堯と舜、そして、夏・殷・周の三代において理想的な政治が行われたとする考えがあり、過去にこそ模範とすべき社会や制度があったという発想がある。このように過去を理想とし、過去に戻るべきという、尚古思想、復古主義的な発想は、明治時代以降、様々な形で批判されている。

このような過去に模範とするものはないとする考えを道也も共有している。

吾人は無論過去を有してゐる。然し其過去は老耄した過去か、幼稚な過去である。則とるに足るべき過去は何にもない。明治の四十年は先例のない四十年である（中略）

先例のない社会に生れたものは、自から先例を作らねばならぬ。束縛のない自由を享けるものは、既に自由の為めに束縛されて居る。此自由を如何に使ひこなすかは諸君の権利であると同時に大なる責任である。諸君。偉大なる理想を有せざる人の自由は堕落であります

（『野分』十一）

道也は過去を「則とるに足るべき過去は何にもない」として尚古思想的、復古主義的な発想からは一線を画している。道也の主張の核心は「自から先例を作らねばならぬ」点にあり、その「先例」たる「理想」は、「理想は諸君の内部から湧き出なければならぬ」として、「内部」たる学問見識から作られるものとされている。

このように「漢学者臭」と同時代に指摘をうけてはいるが、道也の姿勢は漢学的、儒学的なものとは一線を画すものであった。道也の主張に、「修身斉家治国平天下」といった儒学の徳目が出ることはなく、そのような復古主義的な道徳が、現在において活きるものとはみなされていない。その主張の中身は、阿部の論に「近代的学問を身につけながら」とあったが、まさに「近代的」な、「個人主義」的なものと言える。(43)

さて、そのような道也の儒学観を見る中で興味深いのは、儒学の創始者たる孔子の扱いである。道也の「解脱と拘泥」の中で孔子について次のように語られている。

芸妓、紳士、通人から耶蘇孔子釈迦を見れば全然たる狂人である。耶蘇、孔子、釈迦から芸妓、紳士、通人を見れば依然として拘泥して居る。

（『野分』五）

また、高柳との会話の中では、次のように語る。

わたしも、あなた位の時には、こゝ迄とは考へて居なかつた。然し世の中の事実は実際こゝ迄やつて来るんです。うそぢやない。苦しんだのは耶蘇や孔子許りで、吾々文学者は其苦しんだ耶蘇や孔子を筆の先でほめて、自分丈は呑気に暮して行けばいゝのだ抔と考へてるのは偽文学者ですよ。そんなものは耶蘇や孔子をほ

める権利はないのです

（『野分』六）

孔子は耶蘇や釈迦とともに、「拘泥」を免れた、それゆえ周囲から「狂人」とされる人物として、また、「世の中」のために苦しんだ人物として語られる。特にこの「世の中」のために苦しんだという点は、「志士」について語られる次の点につながるものであろう。

「社会は修羅場である。文明の社会は血を見ぬ修羅場である。四十年前の志士は生死の間に出入して維新の大業を成就した。諸君の冒すべき危険は彼等の危険より恐ろしいかも知れぬ。血を見ぬ修羅場は砲声剣光の修羅場よりも、より深刻に、より悲惨である。諸君は覚悟をせねばならぬ。勤王の志士以上の覚悟をせねばならぬ。斃るゝ覚悟をせねばならぬ。太平の天地だと安心して、拱手して成功を冀ふ輩は、行くべき道に躓いて非業に死したる失敗の児よりも、人間の価値は遥かに乏しいのである。

「諸君は道を行かんが為めに、道を遮ぎるものを追はねばならん。彼等と戦ふときに始めて、わが生涯の内生命に、勤王の諸士が敢てしたる以上の煩悶と辛惨とを見出し得るのである。

（『野分』十一）

道也の演説においては「志士」は「自から先例を作」るために世間と戦った人物として語られているが、孔子もまた同じような人物として捉えられていると言える。そして、そのような世間や社会と戦った人物の特徴として提示されるのが「狂人」であること、つまり周囲の人から排斥されるという状況なのである。ここでも先のイプセンを検討した際に見た「狂」という言葉が「現実批評」と結びつけて語られている。最初に見た「イプセン流」の書簡におけるイプセンと「志士」は、いわばこの「狂」によって結び付けられていると考えられる。では、「志士」において、そして「志士」の教養を形成した儒学において、「狂」とはどのような概念とされてきたのであろうか。

七　「イプセン流」と「維新の志士」

儒学における「狂」について、まず見るべきは『論語』にある次の言葉である。

子曰く、中行を得て之に与せずんば、必ずや狂狷か。狂者は進みて取り、狷者は為さざる所有るなり。
（『論語』「子路[44]」）

「中行」とは「過ぎることもなく、及ばないこともない、中道にして正しい理想的な行い[45]」のことであるが、そのような行いができる人を得られない時は、「狂狷」、つまり「狂者」と「狷者」とともに行動することが説かれる。「狂者」は「進みて取り」として進取の気風のある人物とされ、また「狷者」は「為さざる所有る」とあるが、一般には慎重な人物とされる。ここでは「狂狷」として、「狷者」とともに「狂者」、つまり「狂」というあり方に一定の価値がおかれている。『孟子』においても、『論語』の「進みて取り」という捉え方がうけつがれつつ、「狂者」について「其の志、嘐嘐然たり[46]」と、志が大きく、言うこともまた大きいが、続く部分で実行がともなっていない人物とされる。この見方は、江戸時代の日本に大きな影響を与えた朱子学にも引き継がれ、朱熹（朱子）の『論語集注』では、「狂者は、志極めて高くして行い掩わず[47]」とされている。このように、「狂」には志が大きく、進取の気質のある人物という意義がある。
さらに、幕末の日本の志士たちに大きな影響を与えた陽明学の祖、王陽明の言行録である『伝習録』には、王陽明が自らの姿勢を語る上で次のように述べたことが記されている。

僕誠に天の霊に頼つて、偶〻良知の学を見る有り。以為へらく、必ず此に由つて而る後に天下得て治む可しと。是を以て斯の民の陥溺を念ふ毎に、則ち之が為に戚然として心を痛め、其の身の不肖を忘れて、此を以て之を救はんことを思ふ。亦自ら其の量を知らざる者なり。天下の人、其の是の如きを見、遂に相与に非笑して之を詆斥し、以為へらく、是れ狂を病み心を喪ふの人のみと。嗚呼、是れ奚ぞ恤ふるに足らんや。我疾痛の体に切なるに方りて、人の非笑を計るに暇あらんや。

（『伝習録』中巻「答聶文蔚[48]」）

ここでは、「斯の民の陥溺」を見、その状況を救おうとする決意が語られ、その自らの行動を「天下の人」、つまり周囲の人々から「是れ狂を病み心を喪ふの人のみ」と「非笑」され、「詆斥」されるも、「嗚呼、是れ奚ぞ恤ふるに足らんや」、「人の非笑を計るに暇あらんや」として自らがすべきことを行う姿勢が主張される。この王陽明の自らの姿勢の意義づけには、社会の状況を変革する思いから行動するが、進取のあまり「排斥」されてしまうという、先の「ストックマン」と共通するものを見ることができる。
このような「狂」の価値づけは、維新の志士においても共有されるものであった。志士の代表的な人物であり、また多くの志士たちに影響を与えた吉田松陰は、その主著である『講孟余話』で、先に引用した『論語』の一節と、それに対する『孟子』の言葉を解説して、次のように述べる。

孟子の任、至重至大、必ず気力雄健（狂者）性質堅忍（狷者）の士を得て、其の盛業を羽翼するに非ずんば、何ぞ其の任を負荷することを得んや。是を以て孟子の狂者を重んじ、狷者を之れに次ぎ、郷原を悪むの心事を忖度すべし。孔子と雖も亦同じ。抑ゝ余大罪の余、永く世の棄物となる。然れども此の道を負荷して天下後世に伝へんと欲するに至りては、敢へて辞せざる所なり。是の時に当りて中道の士の遽かに得べからざるは、古今一なり。故に此の道を興すには、狂者に非ざれば興すこと能はず。此の道を守るには、狷者に非ざれば守ること能はず。則ち其の狂狷を渇望すること、亦豈に孔孟と異らんや。且つ郷原の害、今猶ほ古の如し。其の人、口には孔孟程朱を唱へ、身には忠信廉潔を飾り、其の吾が輩を視ること鬼蜮の如く、蛇蝎の如く、国体を尊び夷変を憂ひ、臣節を励まし人材を育するの説を悪むこと、異端曲説、外道邪魔の如し。此の説熄まずんば天地の誣罔に陥り、道義の荊棒を生ずる、勢禁ずべからざるのみ。然れど狂者狷者を網羅し、是れを中道に帰せば、何ぞ郷原を悪むに足らん。

（『講孟余話』巻の四下[49]）

このように『孟子』を解説する中で、「郷原」と対比する形で「狂者」と「狷者」に高い評価を与えている。「郷原」とは「村のおりこうさん」くらいの意味で、ここでは「口には孔・孟・程・朱を唱へ、身には忠信・廉潔を飾」るような人、つまり口では立派なことを言う、表面的には道徳的な人物とされる。そして松陰はこれらの人物が、自らのように人々のことを思い、その任を負って行動を起こそうとする者たちを、「鬼蜮の如く、蛇蝎の如く」見て排斥することを述べる。これは『社会の敵』において、「the Liberals are the worst foes of free men〔自由主義者ほど、自由な人間にとって最悪の敵はいない[50]〕」とあることと相似の主張である。この文からは、志が高く、進取の気勢に富む人物が、時代に容れられず、凡庸な人々から排斥されるという状況に対する批判的な意識が読み取れる。

このような「狂」と松蔭の関連について、前田愛はこの時期の松蔭の漢詩などをもとに次のように指摘している。

> 「太平」がたんなる幻想にすぎないことが暴露されたとき、世界は逆転し、人間的諸価値も顛倒しはじめる。太平の幻想に執着する才良の徒にかわって変革を惧れぬ狂愚の士が登場しなければならぬ。他者から「狂」のレッテルを貼られるのを俟つまでもなく、狂者は自らを狂者として肯定し、例外者の境位を自認することによって現実の敗北を勝利の確信へと転回させねばならぬ。松陰にとって「変革」とは政治の体制ないし機構の問題である以前に、人間的価値の転回を意味していたのである。
>
> （前田愛「松蔭における狂愚」[51]）

松蔭は他者から「狂」のレッテルを貼られることを厭わず、むしろ自ら「狂」を自任して、社会改革を成しとげようとする強い意志を表明することを通して、「例外者の境位」、つまり孤立する状況を「転回」させる。このような発想は、先に見た道也の「狂人」や漱石の「狂」の意義づけに通じるものである。

加えて、先の『講孟余話』の引用には「余大罪の余、永く世の棄物となる」とあったが、ここでの「大罪」はこの『講孟余話』の成立と関係している。『講孟余話』は、松蔭が来航したアメリカの軍艦に搭乗しようとしたことを罪とされ、それによる投獄と謹慎の中で行われた『孟子』の講義をもとに書かれた。最初の漱石の書簡には、「維新の当士〔志〕勤王家」を例に出し、「間違つたら神経衰弱でも気違でも入牢でも何でもする了見でなくては文学者になれまいと思ふ」と述べられていたが、『伝習録』や『講孟余話』に見られるように、儒学において「狂」

という文字は、「神経衰弱」や「気違」、「入牢」という言葉と密接につながりつつ、積極的な意義のあるものとなっている。道也における「狂」の積極的な位置づけ、そして道也を「志士」とする背景には、儒学が持つこのような「狂」の概念の存在がある言える。

八　結び

自らが周囲から理解されない状況を「狂」という言葉で表現し、そこに新たな価値を見いだしたことが、当時の漱石を支え、そしてイプセン作品、特に『社会の敵』に共鳴する漱石の根底にあった。最初に引用した猪野謙二の論においても「漢学」の持つ「高度な社会的倫理的批判性」が指摘されていたが、本章において、漱石がイプセンの「個人性」に「時弊ニ適」し、「人々ノ弊ヲ拯フ」ものを見、単純な個人の満足とは異なる社会性を見ていること、さらにそれが時代の先駆性を持つものとして捉えていたことを明らかにした。実際、儒学は自らの思想を仏教や老荘と区別し価値づける上で、自己の探求による自己確立を説く点は共通しながらも、それが社会の貢献につながることを強調し続けた歴史がある。そして「狂」もまた、社会変革、社会改良をその背景として持つ言葉である。一方で、漱石は旧来的な儒学が持つ尚古思想の文脈で道徳を語ることはない。主張されるのは、自分たちが新たに作り出すべき「理想」である。漱石は後年においても、例えば次の談話に見られるように、単に旧来の道徳を復活させるべきといった、復古主義的な主張をすることはなかった。

そこで現今日本の社会状態と云ふものは何うかと考へて見ると目下非常な勢ひで変化しつつある、それに伴れて我々の内面生活と云ふものも亦、刻々と非常な勢ひで変りつゝある、瞬時の休息なく運転しつゝ進んで居る、だから今日の社会状態と、二十年前、三十年前の社会状態とは、大変趣きが違つて居る、違つて居るからして、我々の内面生活も違つてゐる、既に内面生活が違つてゐるとすれば、それを統一する形式と云ふものも、自然ヅレて来なければならない、若し其形式をヅラさないで、元の儘に据ゑて置いて、さうして何処までも其中に我々の此変化しつゝある生活の内容を押込めやうとするならば失敗するのは眼に見えてゐる、我々が自分の娘若くは妻に対する関係の上に於て御維新前と今日とはどの位違ふかと云ふことを、貴方が御認めになつたならば、此辺の消息はすぐ御分りになるでせう、

（「中味と形式」[52]）

社会の変化、そして「内面生活」の変化に伴って、「形式」、人間関係や道徳は変化しなければならないという考えは、明治の時代に儒学の古い徳目を持ち出すことを否定するものである。同様に、漱石が自らの姿勢を「志士」と結びつける時、「忠」や「孝」などといった旧来の徳目が語られることはなく、「自己」を貫くことが主張されていた。これは、儒学思想を新たに西洋思想の文脈の中で再解釈したものと言える。ただし、一方で漱石は「自己」を各人が自由気ままに主張することには批判的であった。それは、『ヘッダ・ガブラー』のヘッダを、「徹頭徹尾不愉快な女」としてその嫌悪感を示していたように、単なる「自己」の主張をそのまま肯定することがなかった姿勢に見ることができる。

冒頭の書簡における「イブセン」と「志士」、この両者をむすびつけたものが、「狂」であった。漱石が自らの姿勢を「イブセン流」とするとともに、「維新の志士」と表現したのは、儒学思想における「狂」の精神の積極的な意義づけがあった。このように漱石の儒学、漢学の素養は、「自己本位」を表現する上で極めて積極的な役割を果たすものでもあった。儒学はしばしば西洋的な個人主義と対比される形でその意義が説かれてきたが、一方で「狂」の分析を通して見てきたように、西洋的な「自己」と結びつく可能性も秘めている。[53] 次章においては、

この点をさらに『それから』を題材に考察する。

【注記】

（1）一九〇六（明39）年十月二十六日、鈴木三重吉宛。
（2）「新小説」一九〇六（明39）年九月。
（3）「中央公論」一九〇六（明39）年十月。
（4）「ホトトギス」一九〇七（明40）年一月。なお、本章で本文中に『野分』を引用した際には、後に章数のみを示す。
（5）内田道雄「漱石と社会問題」（『夏目漱石――『明暗』まで』おうふう、一九九八（平10）年二月、63頁）。
（6）小泉浩一郎「『野分』の周辺」（『夏目漱石論――〈男性の言説〉と〈女性の言説〉』翰林書房、二〇〇九（平21）年五月、75頁）。
（7）瀬沼茂樹「『鶉籠』と『野分』」（『夏目漱石』東京大学出版会、一九七〇（昭45）年七月、117頁）。
（8）「文芸読本　夏目漱石」一九七五（昭50）年六月。
（9）「東京朝日新聞」一九〇七（明40）年五月四日～六月四日。
（10）「太陽」一九〇六（明39）年十月。
（11）中村都史子「イプセンの三つの顔――夏目漱石の押さえ方」（『日本のイプセン現象　一九〇六－一九一六年』九州大学出版会、一九九七（平9）年六月、210頁）。
（12）一九〇六（明39）年十月十六日、高浜虚子宛書簡。
（13）大正三年十一月二十五日に学習院で行われた講演。文章としては、『孤蝶馬場勝弥氏立候補後援　現代文集』（実業之世界、一九一五（大4）年三月）に集録。
（14）「新小説」一九〇五（明38）年八月。
（15）『文学論』（大倉書店、一九〇七（明40）年五月）の「序」は、『文学論』に先だって「読売新聞」（一九〇六（明39）年十一月四日）に掲載された。「序」には、「明治三十九年十一月」という日付がある。
（16）漱石が読んだイプセン作品とその時期については、拙論「漱石のイプセン受容をめぐって――明治四十年前後の漱石の文学観との関連から――」（「九大日文」二〇〇九（平21）年三月）参照。おおまかには次のようにまとめられる。なお、イプセン作品の邦題は『世界文学大事典』（第一巻、集英社、一九九六（平8）年十月）の毛利三彌執筆「イプセン」の項目のものによった。ただし、*An Enemy of Society* のみは英語訳にあわせて『社会の敵』とした。英語訳は漱石旧蔵書のものによった。

また、細かな書誌情報は省いた。

〈購入時期、読書時期ともに留学時〉
・『ヘッダ・ガブラー』（*Hedda gabler*）
・『社会の柱　他』（*The Pillars of Society, and Other Plays*）
※『社会の柱』の他に、『幽霊』（*Ghosts*）と『社会の敵』（*An Enemy of Society*）を収録。
・『人形の家』（*A Doll's House*）
・『ブラン』（*Brand*）〈ただし、読書時期は不明〉
〈一九〇六（明39）年頃に購入、一九〇七（明40）年中頃から後半頃にかけて読書〉
・『棟梁ソルネス』（*The Master Builder*）
・『小さなエイヨルフ』（*Little Eyolf*）
・『私たち死んだものが目覚めたら』（*When We Dead Awaken*）
・『ヨーン・ガブリエル・ボルクマン』（*John Gabriel Borkman*）
〈一九〇七（明40）年に購入、同年後半頃に読書〉
・『ロスメルスホルム・海の夫人』（*Rosmersholm and the Lady from the Sea*）

（17）「趣味」一九〇八（明41）年一月。
（18）「新潮」一九〇九（明42）年二月。
（19）「早稲田文学」一九〇六（明39）年八月。
（20）中村都史子「イプセンの三つの顔――夏目漱石の押さえ方」（『日本のイプセン現象　一九〇六－一九一六年』208頁）。
（21）「文芸界」一九〇六（明39）年九月。
（22）このような漱石のイプセン観は後々までの機軸になっていると思われる。例えば大正二年に行われた講演「模倣と独立」においても、漱石はイプセンに関して「イブセンと云ふ人は人間の代表者であると共に彼自身の代表者であると云ふ特殊の点を発揮して居る」（『定本　漱石全集』（第二十六巻）の「（『漱石全集』版「模倣と独立」）」より引用）と述べており、その「個人性」が「人間の代表」という広がりの中で捉えられている。

（23）「東京朝日新聞」一九〇七（明40）年六月二十三日～十月二十九日。

（24）一九〇七（明40）年七月十九日、小宮豊隆宛の書簡。

（25）『野分』と『社会の敵』との関連については、つとに小宮豊隆の指摘がある（「短篇」（『漱石の芸術』岩波書店、一九四二（昭17）年十二月、103頁））。

（26）『社会の敵』（*An Enemy of Society*）の引用は、漱石旧蔵書の Henrik Ibsen, *The Pillars of Society, and Other Plays.* London: Walter Scott, Ltd. による。イプセン作品の訳については、ノルウェー語原典を訳した毛利三彌『イプセン戯曲全集』（東海大学出版会、一九九七（平9）年十一月）を参考にした、藤本による拙訳である。

（27）*The Pillars of Society, and Other Plays*, p.280 - 281
なお、引用中の角括弧［　］は原文のものである。

（28）*The Pillars of Society, and Other Plays*, p.312

（29）漱石は『文学論』において「凡そ文学的内容の形式は（F+f）なることを要す。Fは焦点的印象又は観念を意味し、fはこれに附着する情緒を意味す。されば上述の公式は印象又は観念の二方面即ち認識的要素（F）と情緒的要素（f）との結合を示したるものと云ひ得べし」（第一編　第一章）として、Fを「焦点的印象又は観念」、「認識的要素」として説明している。しかし、本論を進める上では、「意識」として捉えても問題はない。

（30）「保恵会雑誌」一八九五（明28）年十一月。

（31）一九〇六（明39）年十月二十三日、狩野亨吉宛。

（32）*The Pillars of Society, and Other Plays*, p.315

（33）越智治雄「野分」（『漱石私論』角川書店、一九七一（昭46）年六月）、相原和邦「「野分」の位置」（「国文学」一九七四年十一月）などの論で指摘されているように、高柳の孤独感を留学中の漱石から捉えることには、明らかに限界があると思われる。しかし、この時期の漱石の問題意識について考えるのであれば、先の「序」における記述とあわせて、このような解釈が可能であると考える。また小田島本有「漱石『野分』論――白井道也は〈文学者〉である――」（「釧路工業高等専門学校紀要」一九九七（平9）年十二月）も、道也と高柳の「一人」に対する姿勢の違いを、留学前後の漱石から捉ている。

（34）夏目鏡子述、松岡譲筆録『漱石の思ひ出』、岩波書店、一九二九（昭4）年十月。

（35）*The Pillars of Society, and Other Plays*, p.268

（36）*The Pillars of Society, and Other Plays*, p.269

(37) *The Pillars of Society, and Other Plays*, p.288
(38) 『漱石私論』81頁。
なお、唐木順三「漱石における「狂」の問題」(「文章読本　夏目漱石」)において、漱石の「狂」と本章第四節で検討した『文学論』の「天才的意識」との関わりが指摘されている。
(39) 銀漢子「漱石氏の『野分』」(「早稲田文学」一九〇七(明40)年二月)。引用は、『夏目漱石研究資料集成』(第一巻、日本図書センター、一九九一(平3)年五月、217頁)による。
(40) 山口直孝編『漢文脈の漱石』翰林書房、二〇一八(平30)年三月、138頁。
(41) 初出については本書序章注記(36)参照。引用は、『桂月全集』(第八巻、興文社、一九二二(大11)年十二月、180・181・185頁)による。
(42) 「太陽」一八九七(明30)年九月。引用は『樗牛全集』(第二巻、博文館、一九一四(大3)年、488頁)による。
(43) 漢学の尚古主義的な面は、しばしば西洋の学問が新しい説を立てて、過去を乗り越えていくものであることと対比させて批判されていた。例えば、福沢諭吉は「彼れ[漢学]は古を慕うて自から立つことを為さず、此れ[西洋の学問]は古人の妄を排して自から古を為し」(「半信半疑は不可なり」(『福翁百話』時事新報、一九〇一(明34)年四月。引用は、『福翁百話』(慶応義塾出版会、二〇〇九(平21)年六月、86〜87頁)による。))と述べている。道也の「自から先例を作らねばならぬ」という主張は、福沢の「自から古を為し」と相似の主張である。
(44) 引用は、『新釈漢文大系　論語』(吉田賢抗解説、明治書院、一九六〇(昭35)年五月、297頁)による。
(45) 『新釈漢文大系　論語』(297頁)の語釈による。
(46) 『孟子』「尽心下」。引用は、『新釈漢文大系　孟子』(内野熊一郎解説、明治書院、一九六二(昭37)年六月、509頁)による。
(47) 『論語集注』「巻七」。引用は、土井健次郎訳注『論語集注』(第三巻、平凡社、二〇一四(平26)年十月、467頁)による。
(48) 引用は、『新釈漢文大系　伝習録』(近藤康信解説、明治書院、一九六一(昭36)年九月、364頁)による。
(49) 引用は、『吉田松陰全集』(第三巻、大和書房、一九七二(昭47)年九月、416頁)による。なお、ここでの「猥」は「狷」に同じ。
(50) *The Pillars of Society, and Other Plays*, p.312
(51) 『幕末・維新期の文学』法政大学、一九七二(昭47)年十月、201頁。
(52) 「中味と形式」は明治四十四年夏に大阪朝日新聞社の依頼により行われた連続講演の三回目であり、八月十七日に堺で講演された。文章としては、『朝日講演集』（大阪朝日新聞社、一九一一（明44）年十一月）に収録。

（53） 小島毅『近代日本の陽明学』（講談社、二〇〇六（平18）年八月）には、一般に陽明学派とされる大塩平八郎の「良知」を西洋思想的な「個人の主体性が確立した、何物にも囚われない自由で批判的な精神」（29頁）として解釈できる可能性について触れられている。

第二章　『それから』における「誠」
――日本近世儒学の伝統――

一　はじめに

実際彼は必要があれば、御白粉さへ付けかねぬ程に、肉体に誇を置く人である。彼の尤も嫌ふのは羅漢の様な骨骼と相好で、鏡に向ふたんびに、あんな顔に生れなくつて、まあ可かつたと思ふ位である。其代り人から御洒落と云はれても、何の苦痛も感じ得ない。それ程彼は旧時代の日本を乗り超えてゐる。

（『それから』一の一）

これは、『それから』[1]第一回目の最後の文である。『それから』の書き出しについては、すでにさまざまな問題が提起されているが、その一方で最後の「旧時代の日本を乗り超えてゐる」という点は、多くの論者において代助を語る上で前提とされてきた。これは作品内において、三年前、「自己の道念を誇張して、得意に使ひ回し」（六の五）「人の為に泣く事が好きな男」（八の六）であったころに、友人平岡に恋人三千代を譲った代助が、現在は自らのその行為を「あの時は、何うかしてゐたんだ」（四の三）と冷ややかに批判する人物となっていることに対応している。そしてこのように、代助が「旧時代の日本」の価値観を否定することを示す最も象徴的なものが、次の場面である。

　親爺の頭の上に、誠者天之道也と云ふ額が麗々と掛けてある。先代の旧藩主に書いて貰つたとか云つて、親爺は尤も珍重してゐる。代助は此額が甚だ嫌である。第一字が嫌だ。其上文句が気に喰はない。誠は天の道なりの後へ、人の道にあらずと附け加へたい様な心持がする。

（『それから』三の四）

父、長井得は「儒教の感化を受けた」（三の二）人物であり、「旧時代の日本」の価値観を体現した人物の象徴とも言える。その長井得が最も大切にする言葉が「誠」なのであるが、代助はそれを「人の道にあらず」と否定するのである。

　このように代助は、「誠」によって代表される「旧時代の日本」の価値観を否定する「近代的知識人」という枠組みで捉えられてきた。[2] そして次の場面の「誠」も同じように、このような「近代性」の枠組みから、その問題が解消されてきたと言ってもよい。

　代助は酒の力を借りて、己れを語らなければならない様な自分を恥ぢた。彼は打ち明けるときは、必ず平生の自分でなければならないものと兼て覚悟をして居た。けれども、改たまつて、三千代に対して見ると、始めて、一滴の酒精が恋しくなつた。ひそかに次の間へ立つて、例のヰスキーを洋盃で傾け様かと思つたが、遂に其決心に堪えなかつた。彼は青天白日の下に、尋常の態度で、相手に公言し得る事でなければ自己の誠《まこと》[3]でないと信じたからである。酔ひと云ふ牆壁を築いて、其掩護に乗じて、自己を大胆にするのは、卑怯で、残酷で、相手に汚辱を与へる様な気がしてならなかつたからである。彼は社会の習慣に対しては、徳義的な態度を取る事が出来なくなつた、其代り三千代に対しては一点も不徳義な動機を蓄へぬ積であつた。否、彼をして卑吝に陥らしむる余地が丸でない程に、代助は三千代を愛した。

（『それから』十四の八）

『それから』において、代助の三千代への告白は最も重要な場面の一つである。ここで代助は「自己の誠」を強調している。先に見たように「人の道にあらず」と代助が否定したはずの価値観である「誠」がここに突如として持ち出されるのである。

従来の先行論において、三千代への告白は、代助の「自己」や「自我」の問題として論じられ[4]、そのことと関連してこの「誠」は、しばしば「誠実」という言葉に置き換えられて説明されてきた。例えば、熊坂敦子は次のように述べる。

漱石は、およそ純粋や誠実に遠くなった代助をして、三千代への愛の感傷と追憶に浸らせているのであって、代助が純粋や誠実の行為につきすすんで、人間回復をめざしていくことは、全く代助にとって突然の変異ともいうべきもので、その意味は慎重に、問われなければならないのである。（中略）代助の愛は、自己の再発見であり、自己の確立のためにあるものであった。

（熊坂敦子『『それから』――自然への回帰――』[5]）

この論においては、「自己の誠」は「誠実」と解され、それは「人間回復」、つまり「自己の確立」という問題と関連づけられている。「誠」が「誠実」と解されるのは、例えば作品内に生活のために最上の料理をしない料理人を「不誠実」とする場面（六の八）などがあり、決して理由なきことではない[6]。しかし、代助の「自己の誠」

は、このように自分自身に向けられたものであるとともに、「相手に汚辱を与へる様な気がしてならなかつた」、「三千代に対しては一点も不徳義な動機を蓄へぬ積であつた」というように他者に対しても向けられたものなのである。はたしてこれを従来の「自己の確立」としての「誠実」という観点からのみ捉えることが可能であろうか。

　このことを考察する上で、明治四十年前後に日本において盛んに取り上げられたイプセンの『人形の家』（*A Doll's House*）のノラと比較してみよう。夫であるヘルマンから、「夫に対し児共に対する」義務をすてるのかと尋ねられた際に、ノラは自己の行為のよりどころとして、「私自身に対する義務（My duties towards myself）」を強調し、「何よりも第一に、私は人間です（I believe that before all else I am a human beings）」と答える。(7) このような行為こそ、先の熊坂の指摘するような「自己の再発見」であり「自己の確立」としての「誠実」であろう。なにより、作者漱石はこの「誠」という字の選択に非常に意識的である。それは次の場面からわかる。

　代助は今の平岡に対して、隔離の感よりも寧ろ嫌悪の念を催ふした。さうして向ふにも自己同様の念が萌してゐると判じた。昔しの代助も、時々わが胸のうちに、斯う云ふ影を認めて驚ろいた事があつた。其時は非常に悲しかつた。今は其悲しみも殆んど薄く剥がれて仕舞つた。だから自分で黒い影を凝と見詰めて見る。さうして、これが真《まこと》だと思ふ。已むを得ないと思ふ。たゞそれ丈になつた。

（『それから』八の六）

漱石は「まこと」という言葉を「誠」と「真」とに使い分けている。そして「真」は、「誠」の価値観を否定した代助が中心に据えたものと言える。本文に次のようにある。

是は、彼の性情が、一図に物に向つて集注し得ないのと、彼の頭が普通以上に鋭どくつて、しかも其鋭さが、日本現代の社会状況のために、幻像《イリュージョン》打破の方面に向つて、今日迄多く費やされたのと、それから最後には、比較的金銭に不自由がないので、ある種類の女を大分多く知つてゐるのとに帰着するのである。

（『それから』七の六）

代助をあくまで「近代性」という観点から捉えるならば、むしろその行為を「自己の真」としたほうが適切ではあるまいか。例えば、以前までの自分を「人形」と自覚し、「私」と「社会」の対立を強く意識するノラには、自己の行為の意味づけを「自己の真」とすることがあてはまるだろう。[8] 熊坂の先の論文には代助の決断について、「真に生きるということは、他者との人間関係を排除して、自己の真実に徹しきることにほかならない[9]」とあり、「自己の真実」が強調されている。しかし『それから』において、この最も重要な場面で使用されるのは「誠」なのである。同様に、代助が『煤烟』を批評する場面において、「所が、要吉といふ人物にも、朋子といふ女にも、誠《まこと》の愛で、已むなく社会の外に押し流されて行く様子が見えない。彼等を動かす内面の力は何であらうと考へると、代助は不審である」（六の二）と、「内面の力」と関わるものとして「誠《まこと》の愛」が強調されていることが確認できる。ここでも「真」ではなく「誠」なのである。[10]「人の道にあらず」と否定したはずの「誠」が、当の批判者である代助自身の行動において、極めて重要な意味をもったものであることがわかる。[11]

以上の点から「自己の誠」にもとづく代助の三千代への告白を、従来のように「自己の確立」という点からのみ捉えることは不十分であると考える。それでは、何故三千代への告白という大切な場面において、「誠」という言葉が出てくるのか。そもそも「誠」とは『それから』においていかなる意義を有する言葉として理解すべきなのか。『それから』における「誠」の背景を検討することで、代助の三千代への告白という行為を「誠」の観点から明らかにすることが本章の課題である。

二　中国思想における「誠」

『それから』の「誠」の背景について、考えるべきは先に引用した「誠者天之道也」という言葉であろう。『定本　漱石全集』の「注解」に「『中庸』第二十章に「誠は天の道なり。これを誠にするは人の道なり」とある。[12]」とあり、代助が、「人の道にあらず」と付け加えるのは、この後の部分をふまえたものであることがわかる。また、集英社版『漱石文学全集』の「注解[13]」では『孟子』「離婁上」にも同様の言葉があることが指摘されているが、成立時期や中国思想における経緯から考えて語句自体は『中庸』に由来すると考えてよいであろう。[14]

『中庸』は孔子の孫とされる子思の作として知られており、中国宋代以降の儒学の中心的な教典である「四書」の一つである。「五経」を中心としていた儒学が、宋代以後「四書」を中心としたものに変化する上で契機となったのは、朱子学の登場であった。朱子が「五経」の一つである『礼記』から『中庸』と『大学』二篇を抜き出し、『論語』、『孟子』とともに「四書」として体系化した。このような『中庸』の成り立ちについては後に触れるが、まず『中庸』が朱子学を中心とする宋学以降に重んぜられてきたことを確認しておきたい。そして『中庸』において重視されてきたのが、先の「誠者天之道也」に見られる「誠」の思想である。では、この「誠」はどのように解釈されてきたのか。

朱子の『中庸』解釈を述べた『中庸章句[15]』では、「誠者天之道也」が「誠は、真実無妄の謂にして、天理の本然なり[16]」と解説されている。島田虔次によると「真実」と「無妄」とは「同じ一つの事態を表裏から言ったものにすぎ」ず、それは「でたらめでなく然かある」、つまりそれぞれの事物が、「本来的なあり方」をしているということである。[17]それは朱子学の理想たる「聖人」が「聖人における仁は表も裏もみな仁でひとかけらの不仁もなく、聖人の義は表も裏もみな義でひとかけらの不義もない[18]」とあるようなあり方であり、つまり内の心と外の行為が「本来的なあり方」として一致しているということである。このような内と外の一致は、「誠」の基本的な認識と言える。それでは、「真実無妄」たるにはどうすべきか。『中庸章句』では、『中庸』の「誠者天之道也」の少し後にある、「博く之を学び、審かに之を問ひ、慎んで之を思ひ、明かに之を弁じ、篤く之を行ふ[19]」について、以下のように解釈されている。

此れ之を誠にするの目なり。学問思弁は、善を択ぶ所以にして知を為す。学びて知るなり。篤く行うは固く執る所以にして仁を為す。利して行うなり。

（『中庸章句』）

朱子学の「誠」においては、このように「知」と「行」がそれぞれ分けられ、「知」の探求に基づいて「行」をなすものとされている。つまり「知」の働きが前提とされている。この点は、『四書』の一つ、『大学』の解釈からも確認できる。『大学』の重要な概念である「八条目」（格物・致知・誠意・正心・修身・斉家・治国・平天下）においても、「誠意（意を誠にす）」は「格物致知」が前提とされている。朱子学における「格物致知」とは以下のように説明される。

われわれは、まず自分自身を含めた宇宙の物事を対象とする知的探求を行い、〈理〉とは何かを体得しなければならない。それによって人間は人間としての本来のあり方に気づき、そのあるべき姿に適った生き方をすることができるようになる。——こうした考え方にもとづいて、朱子学的な修養が求められる。

（小島毅「格物と親民」[20]）

朱子学における「格物致知」とは、自らの内外に対する「知的探求」である。その具体的実践については、次のようにある。

その具体的実践は、近くは自らの日常的営為の理を検討し、さらには古えの聖賢の言行が表された経書を読んで、その言行を支える理を究明・把握し、その理をわが身に検証するということになる。

（「朱子学」[21]）

つまり、朱子学の「誠」とは、外界のあり方や秩序を明らかにすることと密接な関わりを持つものなのである。このような「誠」は、『それから』における「誠」と大きく異なると言える。例えば、父、長井得は「何によらず、誠実と熱心へ持つて行きたがる」（三の四）人物である。また「書物癖のある、偏窟な、世慣れない若輩」（同）と代助を評する言葉からも、朱子学が重視する読書を必ずしも重視していないことがわかる。[22]代助についても、『煤烟』を評した際に「誠の愛」を「内面の力」に関わるものとして捉えており、このような朱子学的な「誠」とは考え方が異なると言える。

むしろ「誠」を内面の「心」と結びつけて解釈したのは、明代における王陽明である。漱石と陽明学との関わりについてはすでに指摘があり、[23]また、漱石が学んだ二松学舎の創設者である三島中洲は、当時の官学であった朱子学を学んだ後、陽明学から強い影響をうけた所謂折衷派として知られる人物である。また『それから』本文にも、代助が父、長井得を批判する際に「論語だの、王陽明だのといふ、金の延金を呑んで入らつしやる」（三の四）というように王陽明の名前が挙げられている。

それでは、陽明学における「誠」とはどのようなものか。陽明学が「四書」を重視するのは朱子学と同じであるが、万物に「理」が備わるとして心外の「理」も重視する朱子学に対し、「心」を重んじることはよく知られている。王陽明の語録『伝習録』には、先に見た朱子学における「誠」と「格物」の関係が問題にされている。『中庸』と『孟子』の共通性を前提に、『孟子』の解釈について王陽明は弟子に答える形で次のように述べる。

朱子は、心を尽し、性を知り、天を知る、を以て、物格り知致る、と為し、心を存し、性を養ひ、天に事ふ、を以て、意を誠にし、心を正し、身を修む、と為す。（中略）豈専ら心を尽し、性を知る、を以て知と為し、心を存し、性を養ふ、を以て、行と為す可けんや。（中略）夫れ心の体は性なり。性の原は天なり。能く其の心を尽すは、是れ能く其の性を尽すなり。中庸に云ふ、惟だ天下の至誠のみ能く其の性を尽すを為す、と。

（『伝習録』中巻「答顧東橋書[24]」）

朱子が「格物」、「致知」を、外界の「理」を窮める「知」の働きとして解釈し、万物の「理」を窮めた後に「誠意」、「正心」、「修身」という「行」の働きに及ぶべしとすることを問題視し、「格物」、「致知」と「誠意」、「正心」、「修身」とを分ける考えを批判する。先に朱子学が「知」の探求に基づいて「行」をなすことを指摘したが、陽明学においては、そもそも「知」と「行」は本来一つのものであって、「能く其の心を尽す」、つまり自らの「心」さえ明らかであったなら「至誠」、つまり「誠」にかなうのである。[25] このような陽明学における朱子学との違いが明確に現れるのが『大学』の「格物」の解釈である。

つまり、格物は「朱子学の言うような」「物にいたる」という外物に依存した動きではなく、「物をただす」という内面主体の様相で理解されることになる。

（小島毅「格物と親民(26)」）

このような内面の心を重視する陽明学において、「誠」は物事に処する上での「心」のあり方を説いたものであると言える。この点を具体的に示しているのが、『伝習録』上巻三条である。弟子の徐愛が「父に事ふるの孝、君に事ふるの忠、友に交るの信、民を治むるの仁の如き、其の間許多の理の在る有り(27)」として、それぞれの外的な状況において「理」が変わる以上、それぞれのあり方を考察する必要があるのではないかと尋ねたのに対し、「都て只だ此の心に在り。心は即ち理なり。此の心に私欲の蔽無ければ、即ち是れ天理にして、外面より一分を添ふるを須ひず(28)」と、全ては自己の心のありよう次第であるとして、徐愛の考えを退けている。

このような陽明学のあり方は、先に見たような代助の父、長井得が全てを「誠実」と「熱心」にもっていくことにつながるものと言える。代助が父を批判する際に王陽明の名前を出すことは、十分に理由のあることなのである。

しかし『それから』の「誠」と陽明学の「誠」のあり方にもやはり相違がある。陽明学の「格物」について、『伝習録』上巻七条に「是れ其の心の不正を去つて、以て其の本体の正を全くするなり(29)」とあるように、「心」の「本体」が「正」、つまりあるべき状態と結びつくことが述べられている。陽明学の特徴として「心即理」が挙げられるが、「理」を「秩序」と解するならば(30)、「心」と「理」（秩序）の合致が前提とされていると言える。朱子学、陽明学ともに「理」を重視する立場に変わりはない。しかし、代助の父、長井得はともかく、代助の「自己の誠」とは「社会の習慣に対しては、徳義的な態度を取る事が出来なくなつた」（十四の八）とあるように、自己の心と社会秩序の不一致が前面に押し出されている。代助が『煤烟』を評した際に、「誠の愛で、已むなく社会の外に押し流されて行く」(六の二)と述べていることは、同様に「誠」が社会のあり方や秩序と一致しないことを示している。この点は、代助の「誠」において重要な要素であると言える。

それでは、『それから』の「誠」の源流をどこにもとめるべきか。ここにこそ、代助が乗り越えたとされる「旧時代の日本」、つまり日本近世儒学の伝統を見るべきものと考える。

三　日本近世儒学思想と「誠」

日本において「四書」を中心とした儒学が盛んになったのは、江戸時代以降であると言われている。日本近世儒学思想と「誠」との関わりについて、武内義雄は次のように述べている。

かうした支那近世の儒教[朱子学や陽明学など]も相当ひろく深く日本にうけ入れられてゐたが、その間から忠信主義や誠主義が強調されて日本独自の儒教と成つたのは、恐らく儒教の中から日本固有の道徳に一致する部分が強調闡明されたものと解せられる。

(武内義雄「日本の儒教[31]」)

武内は、日本の近世儒学思想において、中国にはなかった「誠」を中心とする儒学が生まれたこと、そして「誠」に日本独特の意味づけがなされたことを指摘している。それでは日本の近世儒学思想における「誠」とはどのようなものなのか。この点については、相良亨の詳細な研究がある。相良は日本の「誠の倫理」について次のように述べる。

誠の倫理は、以上のごとく、概括的にいえば①不得已ものとして内から湧き出る思いを養い生かすことを求めた。内から湧き出る心は、②他者との合一を求める心であり、この心を生かすことは、③他者に対して表裏がないこと、あるいは他者を大切に思う心から、④なさなければならぬ、なしとげなければならぬ事を徹底的に実行することと捉えられた。

（相良亨「徳川時代の「誠」」[32]）

この相良がまとめた「誠の倫理」において、まず注目すべきは①「不得已ものとして内から湧き出る思いを養い生かすこと」という点である。例えば、江戸時代後期において広範な影響力をもった儒学者、佐藤一斎はその主著『言志四録』で「誠」について次のように述べている。ちなみに漱石の学んだ二松学舎を創設した三島中洲も一時、佐藤一斎のもとで学んでいる。

雲烟、已むを得ざるに聚まり、風雨、已むを得ざるに洩れ、雷霆、已むを得ざるに震ふ。斯ち以て至誠の作用を観る可し。

（「言志録」百二十四条[33]）

ここでは、「誠」が「已むを得ざる」ものとして示されている。これは中国近世儒学にはなかった理解と言えよう。「誠」をこのようなものとして最初に提示したのは、山鹿素行である。

誠は、已むことを得ざるの謂にして、純一にして雑駁ならず、古今に通じ上下に亘り、必然にして易ふべからざるなり。好色を好み悪臭を悪むが如し。

（『山鹿語類』巻第三十七[34]）

ここでの「已むことを得ざる」とは、「仕方がない」という意味ではなく[35]、「抑えようとしても抑えがたく、内から自然に湧き出てくるものの意味[36]」である。つまり、ここで「誠」は、人間が持つ内的な欲求という自然な感情により基礎づけられている。

そして④「なさなければならぬ、なしとげなければならぬ事を徹底的に実行すること」という点であるが、「誠」はこのように「行動」と関連づけられて理解された。この点を再び佐藤一斎に見てみよう。

已むを得ざるに薄《せま》りて後、これを外に発するものは、花なり。

（「言志録」九十二条[37]）

已む可からざるの勢に動けば、則ち動きて括られず。枉ぐ可からざるの途を履めば、則ち履みて危ふからず。

（「言志録」百二十五条[38]）

事、已むを得ざるに動かば、動くともまた悔无し。

（「言志後録」百九十六条[39]）

一斎が強調するのは、「行動」を「已むを得ざる」ものとして為すべきことである。それはつまり内的な欲求により行動することに他ならない。そして、このような「誠」と「行動」の結びつきもまた、日本儒学の伝統の中で形成されたものである。荻生徂徠の弟子の太宰春台に次のような言葉がある。[40]

事をなして其心なきは、誠に非ず。心ありて其事をなさざるも誠に非ず。

（『聖学問答』巻之下[41]）

所謂「知行合一」として理解される文章である。そもそもこの「知行合一」という言葉は陽明学のものである。ただ、陽明学においては、先に見たように朱子学が「知」の働きと「行」の働きを分離するのに対し、それは本来一つであり、例えば「孝行を知るのはそれが自然に行えてからのことである」というように、「知」と「行」が離れるべきではないという理解であった。[42]一方、日本においては先の引用の後半部分「心ありて其事をなさざるも誠に非ず」という考えが重視されてきた。[43]自らの「心」を「行動」に結びつけることが「誠」とされたのである。例えば時の政府に背いた大塩中斎は、「君子の善に於けるや、必ず知と行と合一す。（中略）而して君子若し善を知りて行はずんば、則ち小人に変ずるの機なり。[44]」と、正しいと考えることを行動へ移すことの重要性を説いている。[45]

また③「他者に対して表裏がないこと、あるいは他者を大切に思う心」についてである。「誠」の基本は、朱子学を検討した際に見たように内外の一致であった。それを他者に対する姿勢として明白に語ったのが伊藤仁斎である。仁斎は『語孟講義』において、「之を誠にする」と「忠信を主とする」は「意甚だ相近し[46]」と述べており、また「忠信」を次のように説明している。

程子の曰く。「己を尽す之を忠と謂ふ。実を以てする之を信と謂ふ」と。皆人に接する上に就いて言ふ。夫れ人の事を做すこと、己が事を做すが如く、人の事を謀ること、己が事を謀るが如く、一毫の尽さざる無き、方に是れ忠。凡そ人と説く、有れば便ち有りと曰ひ、無ければ便ち無と曰ひ、多きは以て多きと為《し》、寡きは以て寡きと為《し》、一分も増減せず、方《まさ》に是れ信。

(『語孟字義』巻之下「忠信[47]」)

ここで「忠」とは、自らのことのように他者のことを考え、全てを尽くして行動すること、また「信」とは、他者に対して表裏ないこととされている。[48]「忠信」つまり「誠」とは、このように他者に向けられたものなのである。

また、ここで「忠信」は「皆人に接する上に就いて謂ふ」というように、他者との交流の中で現れることが強調されている。仁斎はまた『童子問』で、「忠信とは実心[49]」と「実」の字で語っている。続けて「忠信を仁を行うの地と為」とも語っており、「忠信」と「仁」が近い関係にあることを述べている。「仁」とは「愛」であり[50]、「四端の心」の一つ「測隠の心」はその根本であるが[51]、その「発動」について、次のように述べる。

其の所謂善とは、四端の心に就いて言う。未発の時、斯の理有るを謂うに非ず。故に曰く、『人の性の善なるや、猶水の下に就くがごとし』と。夫れ水の下に就く、流行の時に在って見つべきときは、則ち人の性の善、亦発動の時に就いて之を言うこと、知るべし。

(『童子問』巻の下　第一章[52])

「未発」とは「已発」に対する朱子学の用語で、心が発動する前を言うのであるが、仁斎は、「四端の心」が「未発」のものではなく、あくまでも「発動の時に就いて之を言う」ことを強調する。つまり仁斎にとっては、このような「人の性の善」は具体的な状況の中で現れるものであるということである。[53]これは代助が次のように語る場面につながるものである。

代助の考によると、誠実だらうが、熱心だらうが、自分が出来合の奴を胸に蓄はへてゐるんぢやなくつて、石と鉄と触れて火花の出る様に、相手次第で摩擦の具合がうまく行けば、当事者二人の間に起るべき現象である。自分の有する性質と云ふよりは寧ろ精神の交換作用である。

（『それから』三の四）

そして、このような日本の「誠」の思想がもっとも絶頂に達したのが、代助の父長井得が「戦争に出た」（三の一）とされる幕末維新期における志士たちの間であった。[54]相良は、次のように述べる。

仁斎以後、誠を重視する思想が次第に思想界の支配的傾向となった。そして、この思想の高まりの頂点に、幕末の志士たちの至誠の倫理があらわれた。志士の遺文を読むものは、ただちに、彼らがいかに誠（至誠・赤誠・誠意）を強調したかをしるであろう。彼らはただ誠であることを自らに求めまた人に求めた。

（相良亨「日本における道徳理論[55]」）

このような「誠」を体現した「志士」の代表的事例として吉田松陰を参照する。

松陰は「誠」を重んじた[56]。松陰の「誠」は「実」、「一」、「久」という言葉によって語られる[57]。「実」とは、「今日より実に行ふこと」、一とは「此の事のみに専一」であること、「久」は「久しく行ふこと」、つまり成就するまで行い続けることである。つまり「誠」が行動へとつながることが強調されているわけであるが、ではその行動は何に基づいてなされるべきとされているのか。

換言すれば、松陰においてもっとも重要なことは、眼前の君主の意思とはかかわりなく、おのれ自身の内的確信を堅持することであり、それを自分が独自に保持するためには、何が道義であるかに関して、自己をとりまく状況との間で強烈かつ持続的な緊張をもたざるをえないはずである。

（本郷隆盛「6章　幕末思想論[58]」）

松陰の「かくすればかくなるものとしりながら、やむにやまれぬやまとだましひ[59]」という歌は有名なものであるが、松陰の行動原理は「やむにやまれぬ」思い、自らの「内的確信」であったと言える。だが、この「内的確信」はけっして自己のためではない。松陰は、主君に対する「誠」を次のように説明する。

我れ誠敬を尽せば、上其の誠敬を信じ、我れ忠貞を致せば、上其の忠貞を信じ、凡そ吾が心を竭す所、上皆是れを信ずれば、吾が心皆上の心と流通して、吾が心は上の物となり、上の心は又吾が物となる。上下相得るなり。

（『講孟余話』巻の三上[60]）

松陰の「誠」は、「上」に対し「誠敬」「忠貞」をつくす心であり、これが相手の心に「流通して、吾が心は上の物となり、上の心は又吾が物となる」。これは、相手を思う心から自己の真実を伝えること（③「他者に対して表裏がないこと、あるいは他者を大切に思う心」）により、それが「流通」する、つまり②「他者との合一を求める心」となるということである。松陰は「何ぞ至誠の人を動かすに如かんや[61]」と「誠」が人を動かすことを述べている。ただし注意すべきは、松陰の「誠」が伝わるというのは、自らの「内的確信」が朱子学や陽明学のように「理」に合致していると考えるからではない。それはあくまでも目の前の相手に通じるという意味であり、その結果として全体に広がるべきものとして捉えられていた。周の文王について「文王の心初めより伯夷・太公を動かさん、天下の人を動かさんとの心あるに非ず。若し此の心あらば至誠に非ず[62]」と述べた言葉は、自らの内的確信に基づいてのみ行動することを強調すると共に、それが必ずしも受け入れられない可能性を示唆している。それはまた、「至誠にして動かざる者未だ之れあらざるなり」という言葉に対して「此の語、高大無辺な聖訓なれど、吾れ未だ之れを信ずる能はざるなり。此の度此の語の修行仕る積りなり。[63]」と語る言葉にも表れている。この言葉は、松陰が罪を問われて死を覚悟した時の言葉であった。「誠」とは、自己の内的な思いに基づいて、例えそれが既存の秩序に反したものであったとしても、相手に通じることを信じ、専一に行動する際の原理であったと言える。

大切なことは、このような松陰の「誠の倫理」は、先に見たように日本近世儒学思想の伝統の上に成立したものであるという点、そして松陰のみに見られることではないという点である。

このように自己の思想と行動の究極的拠り所を自己の内的真実にのみ求め、そのような思想や行動の及ぼす現実的効果や影響、人々の毀誉褒貶をいっさい考慮しない考え方を内面的動機主義と呼ぶとすれば、松陰をはじめとする幕末の志士たちはそれぞれの意味合いにおいていずれもそうであったといえる。

（本郷隆盛「6章　幕末思想論[64]」）

このような「誠の倫理」こそが、代助を動かした力であると考える。代助が三千代への告白に向け行動を開始したことは、第十四章に「今日から愈積極的生活に入るのだと思つた」（十四の二）という言葉で表されている。これは具体的には父から奨められていた佐川の娘との縁談を断ることを決めたことを示しているが、代助の内心では、この縁談は第十四章の初めから断ろうとしていたことがわかる。では、何故に縁談の破棄を明確にすることをためらい続けるのか。

縁談を断る方は単独にも何遍となく決定が出来た。たゞ断つた後、其反動として、自分をまともに三千代の上に浴せかけねば已まぬ必然の勢力が来るに違ないと考へると、其所に至つて、又恐ろしくなつた。

（『それから』十四の一）

代助が縁談を断ることを躊躇するのは、縁談を断れば三千代へ向かっていく自らの心がおさえられなくなることを意識しているためである。「積極的生活に入る」とはこの「已まぬ必然の勢力」、つまり「抑えようとしても抑えがたく、内から自然に湧き出てくる」感情に身を委ねるということに他ならない。

そして、このような自らの内的な思いに基づいて「相手に汚辱を与へ」ぬよう、「一点も不徳義な動機を蓄へぬ積」で、つまり相手を思って自己を偽らないように行動する。先に見たように「誠」とは、旧来のあり方、習慣に反しても、自己の内的な思いを貫き通す行動を支える思想である。そこには、現実との齟齬が生じる可能性がある。しかし、「誠」による「行動」は、自己の倫理観の中でこのような齟齬を解消してしまう。この端的な表れが次の場面である。

［平岡］「すると君は悪いと思つた事を今日迄発展さして置いて、猶其悪いと思ふ方針によつて、極端押して行かうとするのぢやないか」

［代助］「矛盾かも知れない。然し夫は世間の掟と定めてある夫婦関係と、自然の事実として成り上がつた夫婦関係とが一致しなかつたと云ふ矛盾なのだから仕方がない。僕は世間の掟として、三千代さんの夫たる君に詫まる。然し僕の行為其物に対しては矛盾も何も犯してゐない積だ」

（『それから』十六の八）

代助は自己の「行為」が「世間の掟」に反することを理解しながら、自己の内的な欲求を「矛盾」ないものとすることを優先する。これは松陰が、従来の規則、規範をおかしながらも、自らの「内的真実」を貫くことを「誠」として行動し続けたことと重なる。「論理を離れる事の出来ない」（九の四）人であった代助が、既存の秩序に向かって自己の内的な思いに従い「行為」をなすとき、「自己の誠」を意識するのは、よるべき倫理規範としてこのような「誠の倫理」が見いだされたためである。

このような代助の三千代への告白を、従来のように「自己の確立」という観点からのみ問題にすることは不十分なものであろう。行動における動機付けにその人のもつ価値観が端的に表れるのであれば、代助はまさに「旧時代の日本」の価値観をたよりに、自らの最も重要な行動を起こしたのである。

四　誠・自然・天

丸山真男は、日本に「自己を歴史的に位置づけるような中核あるいは座標軸に当る思想的伝統[65]が形成されず、「思想と思想との間に本当の対話なり対決が行われ[66]」なかったことを批判した「日本の思想」の中で次のように述べている。

日本社会あるいは個人の内面生活における「伝統」への思想的復帰は、いってみれば、人間がびっくりした時に長く使用しない国訛りが急に口から飛び出すような形でしばしば行われる。その一秒前まで普通に使っていた言葉とまったく内的な関連なしに、突如として「噴出」するのである。

（丸山真男「日本の思想[67]」）

「誠」を否定した代助による「自己の誠」は「その一秒前まで普通に使っていた言葉とまったく内的な関連なしに、突如として「噴出」」したという印象を受ける。これを「個人の内面生活における「伝統」への思想的復帰」として捉えるのであれば、それがどれほどの深みをもって行われたのか、つまりその「誠」を正当化する根拠が如何なるものであり、それを代助がどれほど内面化しているのかを問わねばならない。その上で、「思想と思想との間」の「本当の対話なり対決」の問題に答えることが可能となるであろう。

この点について、再び「誠者天之道也」に戻って考察したい。この言葉では「誠」が「天」に通じるものとされている。『それから』には、代助が「天意」（十三の九）や「天の法則」（十四の一）などとして「天」を意識する場面がある。注目すべきは、『それから』の「天」の思想が、「自然」という言葉と密接な関係をもっていることである。

彼は又反対に、三千代と永遠の隔離を想像して見た。其時は天意に従ふ代りに、自己の意志に殉する人にならなければ済まなかつた。彼は其手段として、父や嫂から勧められてゐた結婚に思ひ至つた。さうして、此結婚を肯ふ事が、凡ての関係を新にするものと考へた。

（『それから』十三の九）

自然の児にならうか、又意志の人にならうかと代助は迷つた。

（『それから』十四の一）

「天意に従ふ」ということが「自己の意志に殉する」ことと、また「自然の児」になることが「意志の人」になることとそれぞれ対の関係におかれており、「天意」と「自然」が代助の中でつなげられていることは明らかである。しばしば問題となる『それから』の「自然」であるが、その特徴は「自然」と「天意」が結び付けられている点にある。

このような『それから』における「自然」について、樋野憲子は、「自分の自然」（十三の一）などの言葉で表現される内的なものとしての〈自己の自然〉と、「天意」と結びつき、自己を超えたものとしての〈超越的自然〉という二つの「自然」の存在を指摘し、それらが密接不可分な関係にあることを指摘している。[68] 代助の中の「自然」が「天意」という超越的な「自然」と結び付けられているのである。

このような「天」との結びつきという問題は、これまで検討してきた「誠」であることと繋がるものである。

さうしてこの「マコト」は本来は偽らぬ心であるが、それが忠信から誠にうつるに及んで、偽らぬこと欺かぬことは単なる人間の道でなくして天道に随順することになる。天道に随順することは自然に随ふことであり、又語をかへていへば神ながらといふことである。

（武内義雄「日本の儒教」[69]）

「誠」であることは「天道に随順する」ことであり、それが「自然に随うこと」とされる。このような「誠」、や「天」との結びつきを念頭に、代助の「自然」を東洋的な流れの中に位置づけて考えてみたい[70]。重要な点は、このように捉えられる〈自己の自然〉が、中国思想における「性」と結びつくものと考えられることである。明治四十二年に出版された冨山房の『漢文大系』の「中庸」には、冒頭の「天ノ命之ヲ性ト謂ヒ」について標注で「天命之――天ガ人ニ賦与スル所ノ物ヲ性ト云フ」と、「性」が「天」から人に賦与されたものとして解説され、「誠者天之道也」について、標注で以下のように説明される。

誠者天――性ノママニテ誠ナルハ天道ノ自然ナレド、人人皆然ル能ハズシテ、カメテ天道ノ誠ニ達スルアリ、コレハ人之道ト云フナリ、天道ノ自然ニ従フ人ハ、事々皆道ニ中リテ、所謂生知安行ノ人ナリ

（『漢文大系』第一巻「中庸説[71]」）

ここでは「性ノママニテ誠ナルハ天道ノ自然」という形で、「誠」が則るべきものとして「性」が位置付けられ、それが「天道ノ自然」であるとされている。「天」が肯定する人間の本来的なあり方が「性」という言葉で表現されていると言える。重要なのは、中国思想において「人間が生まれつきもっている本性[72]」としての「性」が、「天」

と結び付けられてきたという点である。[73] 代助の「自然」、特に〈自己の自然〉は、中国思想の「性」とつながるものと考えられる。[74]

このように代助の「自然」を「性」との関連で捉えるとき、「今日始めて自然の昔に帰るんだ」（十四の七）という台詞で「帰る」という言葉が使用されていることが注目される。ここで「自然の昔」を近代西洋由来の「自己」や「自我」の問題として捉えたとき、「帰る」という言葉は適切であろうか。例えば漱石が自己の確立を述べたとされる講演「私の個人主義」においても、「私はこの自己本位という言葉を自分の手に握ってから大変強くなりました」というように、「握って」つまり獲得するものとして考えられている。一方、中国の「性」は、まさに「帰る」べきものとして捉えられてきた。[75] 例えば、朱子の『中庸』解釈の独自性として「形而下の人間にあっては、性に復るのがその真実の生き方であるという人間完成の法を確立」[76]したことが挙げられている。[77]

以上のように、『それから』における「自然」を「天」との結びつきをもとに、儒学の思想の中で解釈したとき、「自然」は、自らの本来的なあり方である「性」としての〈自己の自然〉でありつつ、それは「天」という自己を超えたものとつながる〈超越的自然〉であるということである。そして、このような「自然」にかなった行動こそが、三千代への告白なのだ。

この三千代への告白を先に考察したように「誠」にもとづいたものとして捉えたとき、「誠」によって〈自己の自然〉と〈超越的自然〉が結びつけられることとなる。このような構図はまさに『中庸』の核心的な思想に他ならない。「誠者天之道也」の後の文章は以下の通りである。

誠は、天の道なり。之を誠にするは、人の道なり。誠なる者は、勉めずして中《あた》り、思はずして得、従容として道に中る。（中略）

誠なるによりて明かなる、之を性と謂ふ。明かなるによりて誠なる、之を教と謂ふ。誠なれば則ち明かなり。明かなれば則ち誠なり。

唯天下の至誠のみ、能く其の性を尽くすと為す。能く其の性を尽くせば、則ち能く人の性を尽くす。能く人の性を尽くせば、則ち能く物の性を尽くす。

（『中庸』第四段[78]）

「誠」に従って行動することは、自己の「性」を発揮することであり、それゆえに「天」に通じている。そもそも『中庸』が「四書」の一つとして選ばれた背景には、「誠」という人間道徳と「性」という人間の本質、そして「天」という宇宙論を結びつける目的があった[79]。この「性」を〈自己の自然〉、「天」を〈超越的自然〉と解するならば、この二つの「自然」は「誠」によって結びつけられることになる。代助の心理内において三千代への告白が正当化されるのは、その行動が「誠」であることによって「自然」や「天意」として肯定されるという、『中庸』と相似の構造によるものである[80]。

そして、このような行動のあり方は決して代助だけに見られるものではない。そもそも「天」と自己の本来的なあり方を結びつける思想は儒学において広く見られるものである[81]。そして先に、幕末維新の志士たちが「誠」を重視したことを述べたが、彼らはまた、「天」も自らの行動のよりどころとしたのである。

その「天」が、幕末・明治初期の頃に甦ったのである。維新の志士たちは、自らの激しい決意や行動の拠り所として「天」を求めた。（中略）激動する価値転換の時代のなかで、終始一貫して人々の精神を支えていたのは「天」である。

（柳父章「「天」と「nature」」[82]）

幕末、明治初期における価値観の転換の中で、自らの行動を支えたのは「誠」であり「天」であった。三千代への告白という、従来の価値観や習慣に立ち向かう代助の行動を支えたのは、『中庸』に代表的に示されるような、「誠」を中心とした「旧時代の日本」の倫理であった。代助は、表向き「維新前の武士に固有な道義本意の教育」（九の二）に代表されるような「旧時代の日本」の道徳観を「金の延金」（三の四）などと批判してはいるが、その実、根底にはこのような発想が存在しているのである。

五　結び

従来「自己の確立」として読まれてきた代助の行為を「近世的伝統」たる「誠」の表れとして捉えることが可能である。これは一体何を意味するだろうか。代助のあり方を、先の丸山真男の指摘するように「思想と思想との間に本当の対話なり対決」が行われなかったものとして見ることは可能であろう。従来指摘されてきた代助の抱えた問題はこの点に根ざしているものと考えられる。例えば、越智治雄は『それから』の「自然」について、それが代助の心理内のものとしてのみ記述されていることから、「代助の自己正当化の論理として自然が提出されているとも言えるのである[83]」と鋭く指摘している。これは、「自然」という言葉において、柳父章が西洋由来の「nature」には、客体としての世界に対立する主体としての立場が見いだされるが、伝来の日本語「自然」には、その「自他」を一つに帰する運動、つまり主客の対立を解消してしまう方向性があることを指摘していることに[84]つながるものである。そしてこのことは相良亨が日本の独自の「誠」の倫理について、「伝統的な「誠」「誠実」、あるいは「誠心誠意」には、真の他者性が自覚されていないのではないか[85]」と問うていることと軌を一にするものである。代助は西洋思想を受容しつつ、西洋思想における「他者」の問題を自己の心理内において伝統思想に回帰することで回避してしまうのである。

「自己」を貫くというこれまで「近代的自我」の問題とされてきたものの中に、伝統的な「誠」の思想の働きが見出される。これは第一章において見た「狂」の問題とも共通するものである。このような儒学の素養のあり方について、渡辺和靖は次のように述べている。

明治初年に生まれ明治後期に活躍する思想家たちの精神の内奥に、直接体験として、儒教を中核とする近世的伝統が獲得されていた。このことは、彼ら以前に生まれた明治の思想家たちについては、さらに大きな確実性をもって言える。いわば、明治という時代が、思想史学の対象として成立するのは、明治人たちの精神の根底に存する共通の体験――儒教体験を根拠としている。

（渡辺和靖「I　方法論的考察[86]」）

漱石の世代は、漢学塾へ通うなど、「儒教を中核とする近世的伝統」が「直接体験」として獲得された最後の世代であった。代助は漱石と若干世代が異なるものの、「学校のみならず、現に自分の父から、尤も厳格で、尤も通用しない徳義上の教育を受けた」（九の一）とあり、家庭教育において、「維新前の武士に固有な道義本位の教育を受けた」（同）父親である得から儒教的な教育を受けていた[87]。このような形で「精神の内奥」に獲得された「儒教を中核とする近世的伝統」を漱石はどのように捉えていたのだろうか。

この点を考える上で注目したいのは、イプセンについての漱石の次のような認識である。漱石はイプセンの作品に対して、談話「近作小説二三に就て」で「泣けない」と語り、その理由を説明する。

イブセンの物――総体は見ないが――まア泣けない物が多い。（中略）或る解釈からいへば、渠の作は其社会的哲学の具体的表現に過ない。而して其哲理は中々に意味がある。また尤もである。或は流俗より一歩も二歩も先に出て居るともいはれる。然れども其哲理が情操化されて居らない。（中略）其泣けないのは篇中の人物の実行する主義道徳が未だ一般に情操化されて居らない。尤も或る意味では社会的にいつて合理的であるかも知れない。然し合理が合理に止まつて一種のセンチメントが附け加はつて来ぬ。

（「近作小説二三に就て」[88]）

ここで漱石が問題にするのは、「社会的哲学」の「情操化」の問題である。イプセンの表現する思想は、意義があり抜きんでたものであるが、「合理が合理に止まつて一種のセンチメントが附け加はつて来ぬ」という言葉にあるように、感情に訴えるものとなっていない。これは、「理論家《セオリスト》」である代助が、「渝らざる愛」を「偽善」とする考えから、自らの「三千代に対する情合」を「現在的のものに過ぎな」いとすることを「頭」では「承認」しながらも、「心《ハート》」では肯定できないことと重なる（十一の九）。これは、「合理」的なことや「頭」で生み出されたことが、そのまま「情操化」され「心」に伝わり「行動」につながるとは限らないことを暗示する。「伝統」を構成する古典の意義について、加藤国安は「世の中を根源的な所で考えるには、長年にわたり「血肉化」してきた自らの古典を足場にするよりない[89]」と語っているが、「自己」という近代的な問題の中で伝統的な「誠」の思想が見出され、「行動」へとつながっていくのは、まさに「血肉化」した思想であるからだろう。

　このような「頭」と「心」の問題は、「近代」と「伝統」のあり方に関わるものである。先の丸山の批判は、日本人の思想受容の皮相性を指摘するものだが、この問題を明確に表したものとしてよく知られるが、カール・レーヴィット（Karl Löwith）の「近代日本」を「二階建て」とする考えである。[90]ナチスの迫害から亡命する中で日本の東北帝国大学でも教壇に立った経験のあるレーヴィットは、日本の西洋文明受容について、「日本人の西洋に対する関係はすべて必然的に分裂したものになり、アンビヴァレンツなものとなり、西洋文明は賛嘆されると同時に嫌悪される[91]」と述べ、「日本的に感じたり考えたりする下の、基本的な階と、プラトンからハイデッガーに至るヨーロッパの学問が並べられている上の階」との分裂を指摘し、その受容のあり方を「本物の体得とは見なしえない」と診断する。日本においては最新の西洋的な知識や思想が「二階」に並べられるが、それが実生活の場である「一階」と関わりあるものとなっていない。先のイプセンに対する評価や代助のあり方は、このような日本の「近代化」の「二階建て」の問題を捉えたものと言える。

西洋的な「自己」の問題においても、伝統的な思想の働きが見出されるのは、「日本的に感じたり考えたりする」という「直接体験」により培ってきた感性や考えと離れることができないからであろう。ここからは両思想の交わりとともに、この二つが必ずしも調和するものではないことが看取される。レーヴィットは、「「近代日本」は（ヨーロッパ人にとっては）実在する内部矛盾である」と日本の近代化を「矛盾」という言葉で表現するが、漱石がこの「矛盾」を最も明示的に語ったのは、「近代日本の開化[92]」においてである。レーヴィットは外からこの「矛盾」を一種の驚嘆と皮肉をこめて語るが、漱石は内からこの「矛盾」の苦しみを訴えている。そして、代助は「頭」と「心」の「矛盾」に苦しんだと言える。代助は物語終盤に「寺の這入り口」の「大きな黒い門」（十七の一）を見ることとなるが、これは次回作である『門[93]』の参禅への暗示とともに、漱石の晩年における、日本のもう一つの「伝統」である禅への接近を暗示するものとも言えるのかもしれない。第二部では、このような日本の「近代化」の中で、漱石が禅に見出した意義を追究する。

【注記】

（1）「東京朝日新聞」一九〇九（明42）年六月二十七日〜十月十四日。なお、本章で本文中に『それから』を引用した際には、後に章（回）数のみを示す。

（2）代助を「近代的知識人」として規定し、『それから』をそのような観点から「自我」の問題として論じることは、かなり古くから『それから』論の基本的な枠組みであった。代表的なものに猪野謙二「『それから』の思想と方法」（『明治の作家』岩波書店、一九六六（昭41）年十一月）がある。氏はその中で『それから』について「この作品の大きな意義は、わが近代的な知識人の自我の覚醒を、それに伴う社会的な不安と人間存在そのものにまつわる生の不安との両面から描こうとしているところにあるのではないか」（111頁）と述べている。

ただし、藤尾健剛「『それから』のプロット——方法としての〈自然〉——」（『日本文学』一九九四（平6）年四月）に「主人公代助が彼自身の言説の主張するほど、「旧時代の日本を乗り越えて」（一）いないし、また「特殊人《オリジナル》」（六）でもないことが明らかになる」とあるように、代助の「近代」性を疑う論も存在する。

（3）「誠《まこと》」の振り仮名については、『漱石自筆原稿　それから』（山口昭男発行、岩波書店、二〇〇五（平17）年九月）で、原稿時点で付されたものであることを確認した。また、この後でふれる「真《まこと》」、「現像打破《イリュージョン》」、『煤煙』を評する際の「誠《まこと》」も同様である。

（4）石原千秋は「反＝家族小説としての『それから』」（『反転する漱石』青土社、一九九七（平9）年十一月）で、それまでの『それから』の読みを「お決まりの、全き恋によってのみ回復されるものとしての遅すぎた近代的自我の覚醒の物語である」（206頁）と述べている。また『それから』の「誠」について、「長井家では、たぶん「誠」は跡取りの名にだけ許された特別な字なのである」（213頁）と、注目すべき指摘をしている。

（5）『夏目漱石の研究』桜楓社、一九七三（昭48）年三月、79・84頁。

（6）この点は、代助が、「自己本来の活動を、自己本来の目的」とし、「それ以外の目的」をたてることを堕落とすること（十一の二）につながっている。

（7）『人形の家』の邦訳の引用は島村抱月訳『人形の家』（早稲田大学出版部、一九一三（大2）年四月、224頁）による。また英訳については、漱石文庫に所蔵の『人形の家』は *A Doll's House.* Ed. and trans. with an Introduction by William Archer, London 1907 であるが、同じ William Archer 訳の The collected works of Henrik Ibsen vol.7, London 1927, p.147 から引用した。

（8）イプセンは様々な分野に影響を与え、日本の自然主義文学も強い影響を受けた。『それから』の「真」は、「幻像《イリュージョン》打破」とあることからも当時隆盛であった自然主義文学で主導された「真」を不可避的に想像させる。自然主義文学の代表的評論である長谷川天渓「幻滅時代の芸術」（「太陽」一九〇六（明39）年十月）には、真実のみを描いた芸術の代表としてイプセンの散文劇が挙げられている。また自己と社会の習慣、秩序との対立は自然主義の主要な問題である。

（9）『夏目漱石の研究』81頁。

（10）『それから』と『煤烟』の比較について、比較的早い論に剣持武彦「夏目漱石『それから』とダヌンツィオ『死の勝利』」（「イタリア学会誌」一九七二（昭47）年一月）がある。この論においても「誠の愛」が問題とされているが、引用に近い形で使われるときは「誠の愛」と表記され、それ以外では「まことの愛」とひらがなで書かれている。これはおそらく「誠」と「真」の違いを明確にしていないためであると思われる。

（11）佐々木英昭の注釈による『漱石文学全注釈　それから』（第八巻、若草書房、二〇〇〇（平12）年六月）には、この「自己の誠でない」という言葉に「誠」を否定していた代助が「いつかその信奉者の位置へと滑り込んでいる、というストーリーのアイロニーを読むことも可能となる」（406頁）と指摘がある。その上で、巻末の「誠は人の道にあらず？――『それから』注釈を終えて」にこの問題について「〈代助の「誠」観に変化がある〉、〈「誠」の語自体が多義的である〉」（524頁）の二つの命題を考察する必要があることを述べている。佐々木の「誠」が「多義的」であるという指摘は、補注3「誠者天之道也」において『言海』（明24）に「真実《まこと》」の語義として〈偽らないこと〉と〈人を欺かないこと〉の二義がある（507頁）としたことをふまえたものであろう。この佐々木の問題意識に沿って、本論の位置を述べるならば「誠」が近世儒学思想の中で歴史的に形成してきた概念がすでに多義的なもの（自己の「内的確信」に従って他者を欺かないように行動する）であり、代助はこのような「誠」を表面的には否定しながらも、「誠」に基づく倫理観をその奥で持った人物である。また「真」と「誠」では、それぞれの語の持つ歴史的な背景が大きく異なると考えている。そして佐々木が強調していない「誠」の意義として、それが「行動」の原理となるという点を指摘したい。

（12）中山和子、玉井敬之注解（『定本　漱石全集』第六巻、619頁）。

（13）荒正人、石川忠久、遠藤祐、岡本靖正、倉持三郎注解（『漱石文学全集』第五巻、集英社、一九七一（昭46）年六月、766頁）。

（14）一般に『孟子』の著者孟子は『中庸』の著者子思の門人の弟子とされてきた。この点については様々議論があるようであるが、ここでは問題としない。

（15）海老田輝己「夏目漱石と儒学思想」（「九州女子大学紀要」二〇〇〇（平12）年二月）には「二松学舎で使用した『論語』

のテキストを初め、『詩経』『楚辞』の中国古代詩集は、何れも朱子の注によるものであった」とある。『中庸』について、確かなことはわからないが、『中庸章句』が参照されていた可能性は高いと思われる。
(16)『中庸章句』の書き下し文は、『四書集注（下）』（明徳堂出版、一九七四（昭49）年九月）の「附・原文」をもとに、藤本が書き下した。なおその際に、同書の本文の訳を参照した。
(17)『大学・中庸』（島田虔二著、朝日新聞社、一九六七（昭42）年一月）「中庸　第二十章」（283頁）参照。
(18)『大学・中庸』284頁。
(19)『中庸』の引用は『新釈漢文大系　大学・中庸』（赤塚忠著、明治書院、一九六七（昭42）年四月、275頁）による。
(20)『朱子学と陽明学』、筑摩書房、二〇一三（平25）年九月、98頁。
(21)市来津由彦、伊東貴之執筆（『中国思想文化事典』溝口雄三他編、東京大学出版会、二〇〇一（平13）年七月、380頁）。
(22)ただし、朱子学が重視しているのは「古えの聖賢の言行が表された経書」であるので、代助の書物癖を否定したからといって、必ずしも朱子学否定とは限らないかもしれない。
(23)佐古純一郎『夏目漱石論』（審美社、一九七八（昭53）年四月）の「夏目漱石の文学と陽明学」に、漱石の「居移気説」の分析から「漱石はその青春の日に、陽明学の本質に立って、自らの「心」を考えていたのだといってもけっして誇張にはなるまいと思う」（150頁）とある。また、『こころ』の広告文における「人間の心」を『伝習録』のいわゆる「人心」というふうに考えることができるのではあるまいか」（153頁）と指摘している。
(24)『伝習録』の引用は、『新釈漢文大系　伝習録』（近藤康信著、明治書院、一九六一（昭36）年九月、215～216頁）による。ただし、引用の都合上、文意の変わらない範囲で文末を変更した部分がある。
(25)『新釈漢文大系　伝習録』「解説」（11頁）参照。
(26)『朱子学と陽明学』106頁。
(27)『新釈漢文大系　伝習録』31頁。
(28)『新釈漢文大系　伝習録』32頁。
(29)『新釈漢文大系　伝習録』48頁。
(30)『中国思想文化事典』の「理」の項（蜂屋邦夫、土田健次郎、丸山松幸執筆）に、「理」について「本来かくあるべきこと」（29頁）という意味が思想的主張において中心であったことが述べられており、また「理には則るべき秩序という意味が生れてきた」（同）とある。

（31）『易と中庸の研究』岩波書店、一九四三（昭18）年五月、325頁。

（32）『日本人の伝統的倫理観』理想社、一九六四（昭39）年十二月、29頁。なお以降の日本近世における「誠」の分析は、相良亨の研究に負うところが大きい。本章で資料として引用したものの多くは、相良の著作で引用されていた文章である。ちなみに参照した相良の主な著作は「徳川時代の「誠」」、『近世の儒学思想』（塙書房、一九六六（昭41）年七月）、『誠実と日本人』（増補版、ぺりかん社、一九九八（平10）年六月）、「日本における道徳理論」（『日本人の心』〈増補版〉、東京大学出版会、二〇〇九（平21）年七月）である。

（33）引用は、『日本思想大系46　佐藤一斎・大塩中斎』（岩波書店、一九八〇（昭55）年五月、30〜31頁）による。なお、『言志四録』（「言志録」・「言志後録」・「言志晩録」・「言志耋録」）の引用は全て同書による。

（34）引用は、『山鹿素行全集』第九巻（岩波書店、一九四一（昭16）年十二月、494頁）による。

（35）『それから』には「已むを得ない」という表現が頻出するが、これらは基本的に「仕方がない」の意味である。

（36）相良亨「徳川時代の「誠」」（『日本人の伝統的倫理観』17頁）。

（37）『日本思想大系46　佐藤一斎・大塩中斎』22頁。

（38）『日本思想大系46　佐藤一斎・大塩中斎』31頁。

（39）『日本思想大系46　佐藤一斎・大塩中斎』92頁。

（40）漱石の談話「余が文章に裨益せし書籍」（「文章世界」一九〇六（明39）年三月）には「太宰春台の『独語』」を「面白いと思つた」とあり、また「漢文では享保時代の徂徠一派の文章が好きだ」と述べている。

（41）引用は、『日本思想大系37　徂徠学派』（岩波書店、一九七二（昭47）年四月、100頁）による。ただし、カタカナをひらがなに改めた。

（42）『伝習録』上巻五条に「某人孝を知り、某人弟を知ると称するが如きも、必ず是れ其の人已に曾て孝を行ひ弟を行ひて、方に他孝を知り弟を知ると称す可し」（38頁）とある。また中巻「答顧東橋書」に「真知は即ち行たる所以にして、行はずんば之を知と謂ふに足らず」（211頁）を説明し、「心を外にして以て理を求むるは、此れ知行の二たる所以なり。理を吾が心に求むるは、此れ聖門の知行合一の教なり」（213頁）と述べている。これは、「知」の働きにより「理」を求めることは「行」へ導く「心」の働きがすでにあるためであり、それゆえに「理を吾が心に求むる」ことになるということである。但し、これはあくまでも弟子の「行」の前に「知」がなければ「闇《くら》くして達せざるの処有らん」（211頁）という疑問に答えたものであり、「知」の前に「行」があると理解すべきではない。

(43)　相良亨「徳川時代の「誠」」には次のようにある（『日本人の伝統的倫理観』26頁）。誠を偽りなく、飾りなく、欺かざること等と理解する時は、多く「事をなして其心なきは、誠に非ず」の側面から内外一致を考えたものといえよう。しかし、内外一致はまた「心ありて其事をなさざるも誠に非ず」の側面からも考えられて然るべきである。この、〈内を外に一致せしめる〉から、〈外を内に一致せしめる〉ことへの転換が［幕末の変革期において］あらわれたのである。（「徳川時代の「誠」」）

(44)　『洗心洞箚記』上巻百三十七。引用は、『日本思想大系46　佐藤一斎　大塩中斎』（415頁）による。

(45)　ただし、同じ箇所に「小人の不善に於けるや、亦た必ず知と行と合一す。（中略）小人若し不善を知りて行はずんば、則ち君子に化するの基なり。」とあり、「不善」については、「知行合一」すべきでないことを説いている。ただし注（42）で見た陽明学における「知行合一」とは、意味が変わっている点は共通している。

(46)　『語孟字義』巻之下「誠」。引用は、『日本の思想11　伊藤仁斎集』（木村英一編、筑摩書房、一九七〇（昭45）年一月、160頁）による。

(47)　『日本の思想11　伊藤仁斎集』146頁。

(48)　仁斎は『論語』と『孟子』を重んじた。『論語』において「誠」の字は副詞「本当に」の意味で使用されており、名詞としての「誠」という使用例はない。『孟子』についても「離婁」、「尽心」に名詞としての用例が数例あるのみで、他は副詞である。また仁斎は「忠信」と「誠」の関係について次のように述べている（『日本の思想11　伊藤仁斎集』160〜161頁）。

所謂「之を誠にする」と、「忠信を主とする」と意甚だ相近し。然れども功夫自から同じからず。「忠信を主とする」は、理に当るか否ざるかを顧みず、只是れ己の心を尽し、朴実に行ひ去るを謂ふ。「之を誠にする」は、理に当ると否ざるとを択んで、其の理に当る者を取つて、固く之を執るの謂。（『語孟字義』巻之下「誠」）

二つの差異に「理」との合致が関わっており、仁斎においては、規範や秩序に対する意識がまだ強く問題として残っていたことがわかる。

(49)　『童子問』巻の上、第三十五章。引用は、『童子問』（清水茂校注、岩波書店、一九七〇（昭45）年十一月、59〜60頁）による。

(50)　『童子問』巻の上、第三十九章（『童子問』64頁）。

(51)　『童子問』巻の上、第四十六章（『童子問』73頁）。

(52)『童子問』174頁。
(53) 相良は次のように述べている（『日本人の伝統的倫理観』30頁）。
仁斎によれば、人間に内在する固有のものは惻隠羞悪の心であり、これを拡充して至らざる所無く、通ぜざる所なからしめることが学問であった。つまり、仁斎にとって陽明学は自己一個の内面の確立を求めるものであり、正しい聖人の教えは、端的に人と接する上における行為の仕方、心の持ち方を説くものであった。このようにして、仁斎によっておし出されたまことは、端的に他者に対するものであり、忍びがたく内から湧き出てくるものであった。

（「徳川時代の「誠」」）
(54)『漱石文学全注釈　それから』の佐々木の注釈では、この戦争について「慶応四（明治元）年の戊辰戦争を指す」（47頁）とあり、長井得が幕末維新の志士と関係する者であったことが推測される。この得が「誠」を大切にする背景には、このような維新の志士に通底する「誠の倫理」があったことが考えられる。そして、それは書簡で「維新の志士の如き烈しい精神で文学をやつて見たい」（一九〇六（明39）年十月二十六日）と述べた作者漱石も無関係ではないだろう。
(55)『日本人の心』〈増補版〉261頁。
(56) 松陰を「至誠の人」と捉えたものは数多くあるが、明治中頃のものとして、徳富蘇峰（猪一郎）『吉田松陰』（民友社、一八九三（明26）年十二月）の「第十九章　人物」に「彼は真誠の人なり」（331頁）とある。
(57)「将及私言」。吉田松陰の著作や書簡などの引用は、『吉田松陰全集』（大和書房、一九七二（昭47）～一九七四（昭49）年）による。ここは、『吉田松陰全集』（第二巻、18頁）参照。
(58)『近世思想論』有斐閣、一九八一（昭56）年十月、386頁。
(59)『幽囚録』「付録」（『吉田松陰全集』第二巻、86頁）。
(60)『吉田松陰全集』第三巻、157頁。
(61)『講孟余話』巻の三、上（『吉田松陰全集』第三巻、159頁）。
(62)『講孟余話』巻の三、上（『吉田松陰全集』第三巻、158頁）。
(63)『東行前日記』（『吉田松陰全集』第九巻、574頁）。
(64)『近世思想論』390頁。
(65)「日本の思想」（『日本の思想』〈改版〉岩波書店、二〇一四（平26）年十一月、5頁）。
(66)「日本の思想」（『日本の思想』〈改版〉7頁）。

(67)『日本の思想』〈改版〉13頁。
(68)「「それから」論――「自然」との出会い――」(内田道雄、久保田芳太郎編『作品論　夏目漱石』双文社、一九七六(昭51)年九月)。
(69)『易と中庸の研究』325頁。
(70)「自然」と「天」の中国思想における結びつきについて、福永光司「中国の自然観」に以下のようにある(『岩波講座哲学5　自然とコスモス』岩波書店、一九八五(昭60)年七月、340頁)。
　西暦前四世紀、いわゆる諸子百家の争鳴する中国戦国時代において、人間存在の根源に「天」(「天命」、「天道」、「天地の道」)を凝視し、もしくは人間の存在根拠として「オノズカラシカルモノ」＝「自然」＝「天」＝「真」を諦観する中国的な思考は、すでに多くの当時の学者・思想家に共通する哲学的思索の大前提として確立されていたと見てよいであろう。

(「中国の自然観」)
(71)『漢文大系』第一巻、冨山房、一九〇九(明42)年十二月。標注については、巻頭の「四書例言」に「標注ハ特ニ一般読者ノ便ヲ図リて附シタルモノニテ、高明ノ士ノ為ニシタルモノニアラズ」とあり、また「標注ハ必ズ息軒先生ノ説ニ従ヒテ之ヲ記シタリ」とある。なお、この本の注釈は安井息軒のものにより、解題・校訂の担当は服部宇之吉である。
(72)澤田多喜男、内山俊彦、土田健次郎執筆「性」(『中国思想文化事典』66頁)。
(73)「性」と「天」の結びつきについて、関口順「第二章　天と人との相関」(『儒学のかたち』東京大学出版会、二〇〇三(平15)年十月)に、諸子百家の性説について「諸子の性についての思索は、何らかの意味で天の被造物である「物」に即して行われていた。それゆえ、性の思索の進展にともなって、天の内容も、古来の天意や天空の意から、さらに思想的に深化拡大することになった。」(46頁)とされ「人の性を天とのかかわりのなかでいかに捉えていくか」(同)が重要な思想的課題とされたことが指摘されている。このような「性」と「天」を結びつけ、人為と対比させる発想は、例えば『荀子』「巻第十七性悪篇　第二十三」に「凡て性なる者は天の就せるなり、学ぶ可からず、事とす可からず。礼儀なる者は聖人の生ずる所なり、人の学んで能くする所、事として成る所の者なり」(『新釈漢文大系　荀子(下)』藤井専英著、明治書院、一九六九(昭44)年六月、688頁)とあることなどに見られる。
　また、このような「自然」と「性」、「天」の結びつきは近代日本でも見られる。例えば、柳父章『翻訳語成立事情』(岩波書店、一九八二(昭57)年四月)に「natural law は、幕末－明治初期の頃は、「性法」あるいは「天律」などと訳されていた。nature は「性」または「天」というわけである。」(137頁)という指摘がある。

（74）今西順吉「漱石の「自然」」（『漱石文学の思想』第一部、筑摩書房、一九八八（昭63）年八月））では、柳父章の日本伝来の「おのずからそうなっているさま」としての「自然」と西洋語の「nature」つまり「精神」と反対の意味としての「自然」の分類に注目し、『それから』の「自然」を日本伝来のものとしつつ、それが「人間の自然」であり、中国思想の「性」と関わるものであることを指摘している。ただし、「漱石の思想を中国思想に解消し切ってしまうことは出来ない」（544頁）とも述べている。

なお漱石におけるこのような意味での「自然」の用例として、学生時代に書いた「英国詩人の天地山川に対する観念」に、「自然主義」の一例として「虚礼虚飾を棄て天賦の本性に従ふ、是自然主義なり」とある。

（75）島田虔次『朱子学と陽明学』（岩波書店、一九六七（昭42）年五月）「第二章　宋学の完成・朱子学」に「本然の性」と「気質の性」の対立に関して、「人間の倫理的課題は「気質の性」から「本然の性」にかえる、すなわち「初めに復《かえ》る（復初）」にあること」と述べられている（92頁）。ちなみにこのような考えは「復性説」とよばれ、宋学の中心理論の一つである。

（76）『新釈漢文大系　大学・中庸』「中庸解説」（154頁）

（77）このような「性」に「復」するという発想は、「自然」を強調した老荘思想に由来するものと考えられる。森三樹三郎『「無」の思想』（講談社、一九六九（昭44）年十月、93～94頁）に次のようにある。

自然を人間の内にある本性に求める『荘子』外篇・雑篇では、「自然に帰る」ということは「自然の本性に帰る」ことと同義になる。このため「その初めに帰る」「その性情に反《かえ》り、その初めに復《かえ》る」「その性に反る」（繕性篇）、「なんじの性情に反れ」（康桑楚篇）、「命に復る」（則陽篇）、「反りてなんじの天にしたがえ」（盗跖篇）といった言葉がしきりにあらわれる。（中略）荘子は、自然の性を全面的に肯定するのであるから、一切の人為をすてて自然のままに復帰しさえすればよかった。そこに復性を主張する理由があった。したがって復性という語は荘子に特有のものであったが、のちになると儒家もその影響を受けて、この語を借用するようになった。

（「2　無為自然」）

この点からも「自然」と「性」の結びつき、また代助の「自然の昔に帰る」の根底にある中国思想的な発想をうかがうことができる。

（78）『新釈漢文大系　大学・中庸』275・280頁。なお、『中庸』の引用において略した部分には、先の朱子学における「誠」で検討したように、勉励することが述べらている。一方で、『孟子』「尽心上」に「その心を尽くすものは、その性を知るなり。その性を知れば、則ち天を知る」（『新釈漢文大系　孟子』、内野熊一郎著、明治書院、一九六二（昭37）年六月、442頁）とあるように、儒学においては「心を尽くす」ことで「性」と「天」の結びつきが明らかになるという考えが存在している。

(79)　そもそも宋代において「四書」が成立したことには、深遠な宇宙論をもつ道教、仏教が魏晋南北朝から隋唐代において盛んとなったことに儒学が対抗するためという背景があった。倫理の学たる儒学が、人間道徳を「誠」に代表させ、その根拠を宇宙論たる「天」と結合する上で要となったのが、『中庸』の「誠者天之道也」である。「誠」であることは「天」につながるものであるのだ。

(80)　木村功「「それから」論――「誠」と「自然」をめぐって――」(「同志社国文学」二〇一四（平26）年十一月）においても、「自然」の分析をもとに、代助の行動と『中庸』との関連性が指摘され、「自らの主観的心情に従って生きることが「自然」であり天道に適うと理解される日本儒教の誠主義に従っているとも解釈できる」という見解が提示されている。その上で、代助が「依然として儒教教育の影響下にある」ことを論じており、本章と共通する点が多くある。なお、本章のもととなる論文より、木村論の方が先に発表されている。

(81)　一例として、佐藤一斎の「真己を以て仮己を克するは、天理なり」(「言志耋録」四十条。引用は、『日本思想大系46　佐藤一斎　大塩中斎』(174頁）による。）を挙げておく。

(82)　『翻訳の思想――「自然」とNATURE――』平凡社、一九七七（昭52）年七月、216頁。

(83)　越智治雄「『それから』論」(「日本近代文学」、一九六六（昭41）年十一月)。引用は、『漱石私論』(角川書店、一九七一（昭46）年六月、166頁）による。

(84)　『翻訳の思想――「自然」とNATURE――』(126頁）参照。

(85)　「まえがき」(『誠実と日本人』10頁)。

(86)　『明治思想史』ペリカン社、一九七八（昭53）年十一月、20頁

(87)　木村功「「それから」論――「誠」と「自然」をめぐって――」にこの点をもとに「学校時代の代助には、長井得による儒教教育が行われていたことが確認できる」という指摘がある。

(88)　「新小説」明治四十一（一九〇八）年六月。

(89)　「第二章　東海地方の漢学塾」(『漢学と漢学塾』戎光祥出版、二〇二〇（令2））年二月、188頁)。

(90)　丸山は「日本の思想」において、レーヴィットを引用している。また、佐藤瑠威「カール・レーヴィットと戦後日本の「近代主義」」(『丸山真男とカール・レーヴィット――近代精神と批判精神をめぐって――』日本経済評論社、二〇〇三（平15）年六月、85頁）に、「少なくとも日本的精神についての見方には、レーヴィットと「近代主義」、特に丸山との間には深い共

通性がある。」との指摘がある。

(91) 以下のレーヴィットの引用は『ある反時代的考察――人間・世界・歴史を見つめて――』(中村啓・永沼更始郎訳、法政大学出版局、一九九二(平4)年十一月)の「ヨーロッパのニヒリズム 日本の読者に寄せる後記」(120~130頁)からのものである。

(92) 明治四十四年八月十五日に和歌山で行われた講演。

(93) 「東京朝日新聞」一九一〇(明43)年三月一日~六月十二日。

第二部

晩年における禅への接近と「近代」の関わりについて

第三章　漱石の禅認識と『禅門法語集』

一　はじめに

『門』[1]において、参禅に来た宗助は、世話役の義堂に次のように教えられる。

「書物を読むのは極悪う御座います。有体に云ふと、読書程修業の妨になるものは無い様です。私共でも、斯うして碧巌抔を読みますが、自分の程度以上の所になると、丸で見当が付きません。それを好加減に揣摩する癖がつくと、それが坐る時の妨になつて、自分以上の境界を予期して見たり、悟を待ち受けて見たり、充分突込んで行くべき所に頓挫が出来ます。大変毒になりますから、御止しになつた方が可いでせう。もし強いて何か御読みになりたければ、禅関策進といふ様な、人の勇気を鼓舞したり激励したりするものが宜しう御座いませう。それだつて、只刺戟の方便として読む丈で、道其物とは無関係です」

（『門』十八の六）

よく知られるように禅では「不立文字」が主張され、書物による「知解」が批判される。義堂が述べる「読書程修業の妨になるものは無い」、「道其物とは無関係」といった見解は禅書にしばしば見られるものであり、多くの人が持つ一般的な禅の悟りのイメージと合致するものでもある。

しかし一方で、禅には膨大な書物が存在し、また禅独自の言葉が生み出されている。義堂も読む「碧巌」（『碧巌録』、『碧巌集』とも呼ばれる）のような公案に関する禅僧の語録、法語やそれらを解説したもの、さらには初学者向けのものまで様々な書物があり、禅、そして悟りについて語られている。旧蔵書に少なくない禅書が残されていることから、漱石もまた体験だけではなく書物から自らの禅認識を構築したことは間違いない。『門』は明治二十七年末からの漱石自身の参禅体験がモデルになったとされるが、その自らの参禅をしばしば失敗として語る漱石にとって「自分の程度以上の所」、「自分以上の境界」も、それら書物の中には書かれていたであろう。また、漱石は自らを禅を知らない「門外漢」であると述べるが（「虚子著『鶏頭』序」[2]）、この言葉は体験を重視する禅において、悟りを体験したことがない者が禅について語り出す際の前口上のようなものという一面があり、漱石のみならず様々な人が、自らを「門外漢」としつつ語っている。義道の言葉は一般的な禅のイメージと合致するものではあるが、禅門と直接的な関わりが薄い人は多くの場合、書物からの知識をもとに禅についての認識を形成している。よって、漱石の作品や評論内で示される禅認識を明らかにする上で、書物との関わりを探ること、語句や認識のあり方を禅書とつきあわせていく作業は欠かすことができない。

本章では、『校補点註　禅門法語集』（以下『禅門法語集』）を主材として、漱石の禅認識、特に悟りの認識が禅書のどのような考えによるものかを検討する。『禅門法語集』を選んだのは、日本における代表的な禅僧の語録が掲載されており、禅の知識を幅広く検討することができる書物であること、また漱石の読書について弟子の小宮豊隆の「熱心に読んでゐた[3]」という証言があり、その小宮の証言を裏付けるように多くの書き込みや線引きが残されていることから、漱石の禅認識を探る上で有益な資料であると考えられるためである。

『禅門法語集』は「正編」、「続編」二巻からなり、どちらも光融館から、「正編」は山田孝道編で明治二十八年十二月、「続編」は森大狂編で明治二十九年十二月に初版が発行されている。鎌倉時代から江戸時代までの日本における臨済宗、曹洞宗、黄檗宗という禅の三大宗派の主要な禅僧の仮名法語を集めたものであり、簡便に日本の禅思想を知ることができる書物である。初版が明治二十八、九年であることを考えると、この時期に東京の学生の間で禅が一種の流行となっていたこととの関連が推測される。漱石もそのような中で参禅している。また漱石旧蔵書のものは、「正編」が明治四十年三月五日発行の第五版であり、「続編」が同年六月三日発行の第四版である。この時期は加藤咄堂が「最近思想界の流行を尋ねれば、恐らく文芸に於ける自然主義と宗教に於ける禅とに過ぎたものはなからう(4)」と述べるように、禅が思想界の流行とされた時期にあたる。仏教書の出版も活発な時期であった(5)。これらは、漱石の禅への関心が孤立したものではなかったことを示すものである。

漱石と『禅門法語集』との関わりについてはすでに多くの言及があり、その前提として扉に書かれた否定的な書き込み、「要スルニ非常ニ疑深キ性質ニ生レタル者ニアラネバ悟レヌ者トアキラメルヨリ致方ナシ。従ツテ隻手ノ声、柏樹子、麻三斤悉ク珍分漢ノ囈語ト見ルヨリ外ニ致シ方ナシ。珍重」が注目されてきた。特に最後の「隻手ノ声、柏樹子、麻三斤」といった禅の公案を「珍分漢ノ囈語」とする点は、漱石自身の参禅の失敗とあわせて禅の悟りに対する疑念を示すものとされてきた(6)。また本文に付された書き込みも批判的なものが多い。これらの書き込みから、従来言われるように漱石が禅の悟りに対して違和感を持っていたことが読みとれるとともに、そのような違和感も含め、『禅門法語集』の記述が禅のイメージを形成する上で大きな役割を果たしたことが考えられる。

ただし、後で見るように禅では共通する認識が多くの禅僧の様々な書物で繰り返し説かれるため直接的な関係を断定することは難しい。本章では『禅門法語集』と漱石の禅に関する語句や描写を対照していくが、この作業は直接的な引用を明らかにすることよりも、漱石作品の文脈を禅書と対照することを通して、漱石の禅認識や作品内の禅に関わる描写が書物が伝える伝統と密接な関わりがあることを示し、その意義を考察することが目的である。

二　『夢十夜』「第二夜」の坐禅描写と『禅門法語集』

漱石の禅認識において、体験とともに禅書が重要な意味を持っていたことを示すために、まず『夢十夜』「第二夜」[7]の描写について、『禅門法語集』の記述との対照を行う。『門』と同様、『夢十夜』の「第二夜」の坐禅をする侍の話もまた、漱石の参禅体験との関わりから論じられてきた。そのような見解として、例えば次のようにある。

この「無」を悟ろうとして、あせり、もがき、地団太を踏んでくやしがる侍の姿は、漱石自身の姿でもある。これは二十七歳の時、鎌倉円覚寺塔頭帰源院に参禅に赴き、釈宗演から出された「父母未生以前本来の面目」という公案の前にたじろぎ、「ぐわん」とやられて帰って来た青年漱石の体験に裏打ちされたものに間違いないだろう。

（大竹雅則「『夢十夜』――生のかなしみ――」[8]）

漱石は参禅の際に「父母未生以前本来面目」の公案を授けられたとされ、作品内の公案「趙州無字」とは異なるものの、漱石の参禅体験が活かされていることは否定できないであろう[9]。しかし、ここでの坐禅の描写が漱石の体験のみで作られていると考えるのも誤りである。すでに公案「趙州無字」を頭に掲げる『無門関』の影響が指摘され[10]、また『禅門法語集』についても笹淵友一が鈴木正三「驢鞍橋」の「腹立てる機」との関連について言及している[11]。本章では坐禅の状態について、『禅門法語集』の記述と対照を行う。次に示すのは、「第二夜」と『禅門法語集』において、共通性が見られる部分に同じ番号の傍線を付したものである。[12]

〈1〉

［第二夜］

A　短刀を鞘へ収めて右脇へ引きつけて置いて、それから全伽を組んだ。――趙州曰く無と。無とは何だ。糞坊主めと①歯噛みをした。

①奥歯を強く咬み締めたので、鼻から熱い息が荒く出る。米噛が釣つて痛い。②眼は普通の倍も大きく開けてやつた。

③懸物が見える。行灯が見える。畳が見える。和尚の薬鑵頭があり〱と見える。鰐口を開いて嘲笑つた声まで聞える。怪しからん坊主だ。どうしてもあの薬鑵を首にしなくてはならん。悟つてやる。無だ、無だと舌の根で念じた。無だと云ふのに矢つ張り線香の香がした。何だ線香の癖に。

［禅門法語集］

a　若し人精神を憤起し、②目を張り①牙関を咬定し、即今見聞覚知の性、何れの所にか在る、是れ青黄赤白なりや。内外中間に在りや。是非〱見とゝけずは置くまじぞと励み進まんするとき、③妄想の競ひ起ること、潮の湧くか如けん、

（白隠禅師「白隠法語」（正574頁））

b　結跏趺坐して凝然として坐すれは、しはらくありて③妄想の競ひ湧くこと、八島の戦ひのごとく、九国の乱に似たり。此に於て精神を震ひて、妄念と相ひ戦ふ。（中略）此時一身の気力を尽くして、励み進むとき、

覚えすこう〱として苦み悩むこと犢牛の病にうめくか如く、②眼を見張りて目蓋はなれ、①歯をくいしはりて、歯牙砕け落んとす。

（白隠禅師「白隠法語」（正575〜576頁））

c　我上にはさも見えまいが、我と機を着て見れば、①奥歯を咬合せ、②眼をするゑてきつと睨着けて居る機に成て常住ある也。（中略）扨て又今時諸方の念を起すまいと云ふ坐禅は、③その起すまいと云ふ念が、早や起る也。念起さず、坐禅の筋も作して見たり。（中略）其沈んた念起さず坊に非す、③兎角大念起らすして、諸念休むべからず、

（鈴木正三「驢鞍橋　下」（続564〜565頁））

〈2〉

[第二夜]

B　自分はいきなり拳骨を固めて自分の頭をいやと云ふ程擲つた。さうして奥歯をぎりぎりと噛んだ。④両腋から汗が出る。⑤背中が棒の様になつた。膝の接目が急に痛くなつた。膝が折れたつてどうあるものかと思つた。けれども痛い。苦しい。無は中々出て来ない。出て来ると思ふとすぐ痛くなる。腹が立つ。無念になる。非常に口惜くなる。⑥涙がぽろ〱出る。

[禅門法語集]

d　老夫も若かりし時、工夫趣向悪く、心源湛寂の処を仏道なりと相心得、動中を嫌ひ静処を好んて、常に陰僻の処を尋ねて死坐す。仮初の塵事にも胸塞り、心火逆上し、動中には一向に入る事を得ず、挙措驚悲多く、

心身鎮へに怯弱にして、④両腋常に汗を生じ、⑥双眼断えず涙を帯ふ、常に悲歎の心多く、学道得力の覚えは毛頭も侍らざりき。

（白隠禅師「遠羅天釜」（正582～583頁））

e　②眼を瞠り①牙を咬み、拳を握り⑤梁骨を竪起して坐すれば、万般の邪境、頭を競つて生ず、

（白隠禅師「遠羅天釜」（正598頁））

f　自ら謂へらく猛く精彩を着け、重て一回捨命し去らんと。こゝにおいて①牙関を咬定し、②双眼睛を瞪開し、寝食ともに廃せんとす。（中略）④両腋常に汗を生じ、⑥両眼常に涙を帯ふ。

（白隠禅師「夜船閑話」（正697頁））

〈3〉

〔第二夜〕

C　一と思に身を巨巌の上に打けて、⑦骨も肉も滅茶々々に摧いて仕舞ひたくなる。

それでも我慢して凝と坐つてゐた。⑧堪へがたい程切ないものを胸に盛れて忍んでゐた。其切ないものが身体中の筋肉を下から持上げて、毛穴から外へ吹き出やう〳〵と焦るけれども、何処も一面に塞つて、丸で出口がない様な残刻極まる状態であつた。

〔禅門法語集〕

g　一人あり錯つて人迹不到の処に到つて、下無底の断岸に臨めり、脚底は壁立苔滑かにして、湊泊するに地なし。進むことを得ず、退くことを得ず、只た一個の死あるのみ。纔かに頼む処は、左手に薜蘿を捉へ、右手

に蔓葛にすがつて、且らく懸絲の命を続ぐ、忽然として両手を放撒せば、⑦七支八離枯骨また無けん。学道もまた然り、一則の話頭をとつて単々に参窮せば、必死し意消して、空蕩々、虚索々、万仞の崖畔に在るが如く手脚の着くへきなし、去死十分⑧胸間時々に熱悶して、忽然として話頭に和して心身共に打失す。

（白隠禅師「遠羅天釜続集」（正663〜664頁））

〈4〉

［第二夜］

D　其の内に頭が変になつた。⑨行灯も蕪村の画も、畳も、違棚も有つて無い様な、無くつて有る様に見えた。と云つて無はちつとも現前しない。

［禅門法語集］

h　心にうかぶことかりはらひて、何の念もなきやうにと油断なく候はゝおのづから御悟あるべし。道心うすきによりて心にかけ候はぬに付ては、申すこともなく候。⑨たとひ目に物を見るときも、心は見る物に執着せず、耳に声を聞くときも、聞くことに執着せず、鼻に香をかくとも、香に執着せず、舌に味ふとも、味に執着せず、心にさまさま念ありとも、二念をつかず、念おこるともその念をいろはず心うこかす、わか心もとよりぬしなき法界にて、仏なりとふかく信するが肝要にて候。

（夢窓国師「二十三問答」（正94頁））

多くの部分で対応関係を見ることができる。白隠の著作の描写については、必ずしも坐禅を組んでのものとは限らないが、悟りを求める上での状態についてである。「歯噛み」（A①）や「眼は普通の倍も大きく開けてやった」（A②）と同様の表現が繰り返されていることに加え、「両腋から汗が出る」（B④）や「涙がぽろ〳〵出る」（B⑥）という描写にも共通するものがある。[13]「第二夜」の「骨も肉も滅茶々々に摧いて仕舞ひたくなる」（C⑦）という点は、いっそのことそうやって楽になりたいという文脈であり、「一人あり錯つて人跡未到の処に到つて、下無底の崖岸に臨めり、（中略）忽然として両手を放撒せば、七支八離枯骨また無けん」（g）という坐禅における進むも退くもできない状況を語ったものとは文脈が異なるが、「七支八離枯骨また無けん〔身体微塵となり、骨もまた残らないだろう〕」[14]（g⑦）というイメージが重なる。また「堪へがたい程切ないものを胸に盛れて忍んでゐた」（C⑧）は、その後の描写とあわせて、「胸間時々に熱悶して」（g⑧）という描写と対応する。「第二夜」の「侍」について、「悟ろうとして、あせり、もがき、地団駄を踏んでくやしがる侍の姿は、漱石自身の姿でもある」という指摘は誤りではないが、一方で漱石の体験のみで描かれているわけでもないと言える。『禅門法語集』の悟りに対してきわめて批判的な言葉を書き残した漱石ではあるが、坐禅や悟りのイメージ形成において、書物が大きな意味を持ったことは間違いない。

三　「悟り」の認識と禅書

清水孝純が「第二夜のいわば絶対探求はのちの、特に『行人』『道草』『明暗』の最晩年の作品群の中で展開されることになる」[15]と述べており、この中でも明確に禅との関わりがわかるのは、『行人』[16]の「塵労」篇である。ここでは、「絶対」や「絶対即相対」などの言葉で悟りに似た心境が次のように語られる。

兄さんは神でも仏でも何でも自分以外に権威のあるものを建立するのが嫌ひなのです。（此建立といふ言葉も兄さんの使つた儘を、私が踏襲するのです）。それではニイチエのやうな自我を主張するのかといふと左右でもないのです。

「神は自己だ」と兄さんが云ひます。（中略）

「ぢや自分が絶対だと主張すると同じ事ぢやないか」と私が非難します。兄さんは動きません。

「僕は絶対だ」と云ひます。（中略）

兄さんの絶対といふのは、哲学者の頭から割り出された空しい紙の上の数字ではなかつたのです。自分で其境地に入つて親しく経験する事の出来る判切した心理的のものだつたのです。

兄さんは純粋に心の落ち付きを得た人は、求めないでも自然に此境地に入れるべきだと云ひます。一度此境界に入れば天地も万有も、凡ての対象といふものが悉くなくなつて、唯自分丈が存在するのだと云ひます。さうして其時の自分は有とも無いとも片の付かないものだと云ひます。偉大なやうな又微細なやうなものだと云ひます。何とも名の付け様のないものだと云ひます。即ち絶対だと云ひます。さうして其絶対を経験してゐる人が、俄然として半鐘の音を聞くとすると、其半鐘の音は即ち自分だといふのです。言葉を換へて同じ意味を表はすと、絶対即相対になるのだといふのです、従つて自分以外に物を置き他を作つて、苦しむ必要がなくなるし、又苦しめられる掛念も起らないのだと云ふのです。

「根本義は死んでも生きても同じ事にならなければ、何うしても安心は得られない。すべからく現代を超越すべしといつた才人は兎に角、僕は是非共生死を超越しなければ駄目だと思ふ」

兄さんは殆んど歯を喰ひしばる勢で斯う言明しました。

（『行人』「塵労」四十四）

ここでまず注目したいのは「歯を喰ひしばる勢」という描写である。先に「第二夜」で確認したとおり、これは白隠の著作において悟りを開こうとしてもがく際の常套句のようなものであった。次に「生死を超越」という点であるが、そもそも仏教は生と死の繰り返しから離脱し、絶対の安らぎの境地を求めるものであり、禅に限ったものではないが、禅書に限っても近い表現が散見される。その中で、『禅門法語集』の記述について検討するならば、章題である「塵労」と関連させて、「夫出家と云ふは、直に生死を離れ塵労を出るしるしにてあるを」（道元禅師「永平仮名法語」（続27頁）[17]）が注目される。ここは「出家」することを述べたものであり、「塵労」という言葉も様々な禅書に見られるが、「生死を超越」することで「塵労」を出るというイメージが共通していることは指摘しておく。[18]

また「神は自己だ」、「僕は絶対だ」という言葉も、禅で語られる「即心是仏」、自己の心こそが「仏」であるとする考えに連なるものとも言える。同様の言葉は『禅門法語集』にも「自心是仏なりと云ふことを知るべし」（抜隊禅師「抜隊仮名法語」（正108頁））とある。従来、西洋的な近代的「自我」の強調と解される一郎の言葉であるが、「ニイチエのやうな自我を主張するのかといふと左右でもない」という言葉からも、禅的な観点から再考の余地があるものと思われる。

そして最も注目したいのは悟りへと至る行程である。ここでは、「絶対」が「凡ての対象といふものが悉くなくなつて、唯自分丈が存在するのだ」、「さうして其時の自分は有とも無いとも片の付かないものだ」という状態、「絶対即相対」は「俄然として半鐘の音を聞くとすると、其半鐘の音は即ち自分だ」という状態として説明される。この認識を「絶対」を経て「絶対即相対」という悟りの境地へと至るものとして読むなら、それは、漱石が明治四十年十一月に書いた「虚子著『鶏頭』序」で、「禅坊主の書いた法語とか語録とか云ふもの」にあるとされる次のような認識と共通したものと言える。

着衣喫飯の主人公たる我は何者ぞと考へ〲て煎じ詰めてくると、仕舞には、自分と世界との障壁がなくなつて天地が一枚で出来た様な虚霊皎潔な心持になる。それでも構はず元来吾輩は何だと考へて行くと、もう絶体絶命。につちもさつちも行かなくなる、其処を無理にぐい〲考へると突然と爆発して自分が判然と分る。

（「虚子著『鶏頭』序」）

「虚霊皎潔な心持」とは「霊妙で白くけがれのないこと[19]」、何もなく透き通った心境という意味であると考えられるが、「自分と世界との障壁がなくなつて天地が一枚で出来た様な」という点とあわせて、『行人』の「天地も万有も、凡ての対象といふものが悉くなくなつて、唯自分丈が存在するのだ」、「さうして其時の自分は有とも無いとも片の付かないものだ」とする「絶対」の認識と近いものであると言える。ここでは、そこでとどまることなく「無理にぐい〲考へる」ことで悟りへ達するものとされる。

この「虚子著『鶏頭』序」での「禅坊主の書いた法語とか語録とか云ふもの」が明確に何をさすのか、時期的に考えて『禅門法語集』の可能性がないわけではないものの明らかにできていない。ただし、ここで述べられていることは多くの点で『禅門法語集』で述べられることと一致する。[20]その中でも注目すべきは、先に見たような悟りへといいたる行程についてである。『禅門法語集』の関連部分を挙げていく。

i　或は一期の勇に謾りに印可をなし、亦は一時憤志起て、長坐不臥し、心識困労して、万事一片となる、動用纔に止て、念慮静なる、虚々霊々として、独朗のことくなるところ、是れ即ち内外打成一片のところ、自己本分の田地ならんと邪解して、此の見解を以て無眼の禅師に向つて呈其見解。

j
只此の音を聞く底のもの何者ぞと、立居につけて是れを見、坐しても是れを見るとき、きく物も知られす、工夫も更に断えはて丶、茫々となるとき、此の中にも音の聞かる丶ことは断えざる間、いよ〳〵深く是れを見るとき、茫々としたる相も尽きはて丶、晴れたる空に一片の雲なきか如し。此の中には我と云ふべきものなし。聞く底の主も見えず、此の心十方の虚空と等しくして、しかも虚空と名くべき処もなし。是れ底のとき、是れを悟と思ふなり。此の時又大に疑ふべし。此の中には誰か此の音をは聞くぞと、一念不生にして、きはめもて行けは、虚空の如くにして、一物もなしと知らる丶処も断えはて、更に味なくして、暗の夜になる処について、退屈の心なくして、さて此の音を聞く底のもの是れ何者そと、力を尽くして疑ひ十分になりぬれば、うたがひ大に破れて、死はてたるもの丶蘇生するが如くなるとき、則ち是れ悟なり。

（孤雲禅師「光明蔵三昧」（正22～23頁））

k
ひたとおこたらず坐禅すれば、はじめはしばらくの間、すめる心になりたるか、漸々にその心すみわたり、坐禅のうち三分か一すむこともあり。あるひは三分か二すむ事もあり、あるひは初めをはりすみわたりて善悪の念もおこらず、無記の心にもならず、はれたる秋の空の如く、とぎたる鏡を台にのせたるがごとく、心虚空にひとしくして、法界むねのうちにあるかごとくおぼえて、そのむねのうちのすゞしきこと、たとへていふべきやうもなくおぼゆる事あり。これを禅宗にては打成一片といひ、または一色辺といひ、大死底の人ともいひ、普賢の境界ともいふ。かやうの事しばらくもあれば、初心の人ははやさとりて、釈迦、達磨にもひとしきかとおもへり、これ大なるあやまりなり。（中略）もし修行の人此の処へゆきつきなば、いよ〳〵精を出して修行すべし。

（抜隊禅師「抜隊仮名法語」（正103頁））

（鉄眼禅師「鉄眼仮名法語」（正368～371頁））

l　真実大疑の起りたる時は、只一七日にも一則の公案を痞寐に恒にして、万縁に転せられす、只渾然たる境界になる者ぞ。其の時自心歓喜の心か生して休まんぞ。纔かも此の心起れば、早く般若の種子となつて、菩提心を退く事は無き者ぞ。此の上を修行するが、真実不虚底の弁道ぞ。

（月舟禅師「月舟夜話」（正460頁））

m　心空境寂照々霊々、不起一念の処を仏性と思ふは、識神を本来人となし、賊を子となし、磚を鏡となし、鍮子を真金となすが如し。是れはこれ根本生死の無明にして、気息ある死人の如し。

（卍庵禅師「卍庵法語」（正485頁））

n　参玄の人々纔に大疑現前する事を得は、百人か百人千人か千人なから、打発せさるは是れあるへからす、若し人大疑現前する時、只四面空蕩々地、虚豁々地にして、生にあらす死にあらす、万里の層氷裏にあるか如く、瑠璃瓶裏に坐するに似て、分外に清涼に、分外に皎潔なり、癡々呆々坐して起つ事を忘れ、起つて坐する事を忘る、胸中一点の情念なくして、たた一箇の無の字のみあり、恰も長空に立つか如し。此の時恐怖を生せず、了智を添へす、一気に進んで退かさるときんは、忽然として氷盤を擲摧するか如く、玉樓を推倒するに似て、四十年来未た曾て見す、未た曾て聞さる底の大歓喜あらん。

（白隠禅師「遠羅天釜続集」（正670～671頁））

o　未た初心の人の為めにしづめ、湛然寂静なれと示す。実には湛然寂静なる処を宗とすることなし。故に大恵の云、寂静波羅蜜は、是れ衆生散乱の病を止めん為め也。若し寂静波羅蜜湛然として閑なる処を、爰を道のきはめと執定すべからず。

（蛍山国師「仮名法語」（続147））

p　或は又、心源空寂にして、晴れたる空の如く、清水波なきが如し、生死去来の姿なし。（中略）此空寂の躰

をも廻る事を得んと思はゝ、是れ此中に又更に空ならずして物を承くる者は、如何なるべきぞと還て工夫す、

(峨山禅師「峩山仮名法語」(続216頁))

q　私案をすつれば、活きながら身は覚えぬもの也。此時は我即虚空に似たり。其虚空が万の音声を聞くなり。これは我なきに何が聞くぞと明けくれさがし求むれば、一旦忽然として我なき故よく聞くといふことを知る也。

(一休禅師「水鏡目なし用心抄」(続227頁))

r　此の時夢中ともにぬけす、金剛心となり熟して内外打成一片となつて、内にも一念不生、外にも一塵碍る境界なく、業職無明の魔軍共を尽く打滅す也。然れ共是れまてはまだ夢中に打て取つた也。未だ実有は尽きぬぞ。ほつかと大夢醒め、はらりと実有破れ、生死を出て、一切を離れて大安楽に住する也。

(鈴木正三「驢鞍橋　中」(続496頁))

s　工夫の人、十に八九は沈病をとめて殃を招くことあり、沈病とは眠にもあらす、散乱もなく、妄想の念慮すべてつきたるやうにして、然かも慶快清浄にして、久坐すれども労せす、天地一たび平等の如くにして、空にもあらす、寂にもあらす、有無是非もあらすと思へり、工夫の人、これをとめて悟道と思ふものあり、甚た畏るべし。こゝに住る時は、是れより邪路におつ。この趣あらん時は、一切を放下して、いよ〳〵大疑を起すべし。

(沢水禅師「澤水仮名法語」(続873〜874頁))

用いられる語句の違いや微妙な認識の差異があるものの、これら法語において共通して強調されるのは、最初におとずれる何もないような状況(「心虚空」、「心空境寂照々霊々」、「心源空寂」、「我即虚空」、「内にも一念不生、

外にも一塵碍る境界なく」など)、つまり「虚子著『鶏頭』序」の「虚霊皎潔な心持」を悟りとしないことである。「光明蔵三昧」には「虚々霊々として」(i)、「遠羅天釜続集」には「分外に皎潔なり」(n)とあり、同じ状態が「虚々霊々」「皎潔」という言葉で表現されている。そして、この状態を「自己本分の田地ならんと邪解して」(i)、つまり悟りと捉えるべきでないこと、また「恐怖を生せず、了智を添へす、一気に進んで退かさるときんは」(n)、さらに突き抜けることが説かれている。『行人』の「絶対」の認識、「凡ての対象といふものが悉くなくなつて、唯自分丈が存在するのだ」、「さうして其時の自分は有とも無いとも片の付かないものだ」というのは、例えば「抜隊仮名法語」の「茫々としたる相も尽きはて丶、晴れたる空に一片の雲なきか如し。此の中には我と云ふべきものなし。聞く底の主も見えず、此の心十方の虚空と等しくして、しかも虚空と名くべき処もなし」(j)とするあり方とほぼ共通するものである。[21]「抜隊仮名法語」ではその上で、「此の時又大に疑ふべし」(j)と語られる。一郎の認識はこのような考えが下地となっていることがうかがえる。

このように同じ内容が繰り返されることは、禅僧の悟りの体験の共通性が想定される一方で、書物を遡ることでも考えることができる。禅宗において「宗門第一の書」とされる『碧巌録』を見てみたい。ちなみに漱石旧蔵書にはいくつかの種の『碧巌録』(『碧巌集』)があり、また『天桂禅師提唱　碧巌録講義』[22](以下『碧巌録講義』)など関係書物も所蔵されており、関心が高かったものと思われる。

胸中若有一物。山河大地縦然現前。胸中若無一物。外則了無糸毫。(中略)忽若打破陰界。身心一如。身外無余。猶未得一半在。

〈書き下し〉

胸中若し一物有らば、山河大地縦然として現前せん。胸中若し一物無くんば、外則ち了に糸毫無し。(中略)

忽ち若し陰界を打破して、身心一如、身外無余なるも、猶ほ未だ一半を得ざること在り。

（「第六十則　雲門拄杖化為龍」、「本則」の「評唱」[23]）

『碧巌録』の言葉は、極めて難解であり意味を取ることが難しい。だが、この部分は、「胸中」に「一物」があれば「山河大地」、つまり外界の対象物が現れ、「胸中」になにもなければ、そのような対象物が消え去るとされた上で、傍線部において「陰界〔身心及び一切の現象世界〕」を打破し、「身心一如。身外無余〔身と心が一如である時、身のそとに余計なものは何ひとつない〕」となり外界の対象物が消え去った状態になったとしても、それは「一半」もいっていないということが述べられていると解せる。この部分の解釈について、『碧巌録講義』でも「身心一如ーー、ト云ヘバ、コネ合ハスル様ニ思フガ、走デ無イ、只如身如心ト也、爰ニ至ルスラ半提ヂヤ、況ヤ即色明心等ヲヤ、」[24]と解説されており、「如身如心」という状態があくまでも「半提〔半分だけの表白〕」とされている。

この「半提」という言葉は、『碧巌録』の次の箇所にも見られる。

不見雲門道。直得山河大地。無繊毫過患。猶為転句。不見一切色始是半提。更須知有全提時節向上一竅。始解穏坐。若透得。依旧山是山水是水。各住自位。各当本体。如大拍盲人相似。

〈書き下し〉

見ずや雲門道《い》く、「直に山河大地、繊毫の過患無きを得るも猶ほ転句と為す。一切の色を見ざるも、始めて是れ半提。更に須らく全提の時節、向上の一竅有ることを知つて、始めて穏坐を解すべし」と。若し透得せば、旧に依つて山は是れ山、水は是れ水。各自位に住し、各本体に当つて、大拍盲の人に如くに相似ん。

（「第三十六則　長沙逐落花回」、「頌」の「評唱[25]」）

傍線部の訳は、「一切の対象物が見えなくなって、やっと半分を現わす。全部が現れる時もう一つの上の竅があることがわかって、はじめてくつろいで坐ることができるのだ」となる。「雲門道（雲門道く）」と雲門の言葉として紹介されているが、ここでも同様に「不見一切色（一切の色を見ざる）」という状態が「半提」とされている。[26]そして、その状態を突き抜けることで、「依旧山是山水是水（旧に依つて山は是れ山、水は是れ水）」、山は山のまま、川は川のままでありながら、「各住自位。各当本体（各自位に住し、各本体に当つて）」、それぞれが本来の場所に収まり、本体と合致するものとして捉えられるとされる。

このように『禅門法語集』において、多くの禅僧によって繰り返し述べられてきた、「虚霊皎潔な心持」のような状態を突き抜けることで悟りが開かれるというあり方は、『碧巌録』にまで遡ることができるような禅の根本的な考え方であると言える。このような認識は例えば、先に検討した「第二夜」においても次の点に見ることができる。

其の内に頭が変になつた。行灯も蕪村の画も、畳も、違棚も有つて無い様な、無くつて有る様に見えた。と云つて無はちつとも現前しない。たゞ好加減に坐つてゐた様である。

（『夢十夜』「第二夜」）

ここでは、「行灯も蕪村の画も、畳も、違棚も有つて無い様な、無くつて有る様に見えた」状態となったものの、「無はちつとも現前しない」というように悟りにはいたっていないとされる。確認してきたように、この状態を突き抜けることで、悟りが開かれるのである。

『行人』の一郎が語る認識、「凡ての対象といふものが悉くなくなつて、唯自分丈が存在するのだ」、「さうして其時の自分は有とも無いとも片の付かないものだ」とされる「絶対」の状態もまた、禅書において語られてきたこのような悟りへと至る過程の途中、「半提」とされるものとして捉えることができる。その先へ進むことで、何かを契機に悟りが開かれるのである。「絶対」から「絶対即相対」として語られる一郎の認識は、このような禅の伝統に連なるものと言える。

四　禅と言葉

漱石の禅に関わる描写は書物により伝えられてきた禅の認識と密接な関係にある。禅の悟りにおいては、禅書によって語句や微妙な認識の違いがあれ、「無念無想」のような状態を突き抜けることで悟りが開かれるものとされており、このような認識は『碧巌録』にまで遡って考察することができる。では、このような禅の認識、悟りの前半部分とも言える「無念無想」のような状態はどのような意義のもと捉えることができるか。この点については、他の禅書とのさらなる比較や、明治、大正期における禅理解の様相などをもとに、慎重な考察を要するものと思われるが、本章では最後に『行人』を中心にして一定の方向性を提示したい。

『行人』の一郎について藤沢るりは「一郎は彼の問題の対極を非言語的交流に求める。相手への暴力、雨中で叫び声をあげる行動、香厳の境地への憧憬、すべてに言語が介在しない(27)」と指摘する。一郎の求める境地が禅的なものであることを考えるならば、先のような認識と言語、言葉との関わりが問題となる。これは、冒頭で述べた禅が「不立文字」を唱えることの意義を問うことにもつながるものであろう。『碧巌録』においても、言葉の扱いがしばしば語られる。仏教学者である末木文美士は、『碧巌録』などの禅の言葉について、「名前を付け、言葉を持つということは、われわれの文化にとって非常に重要なことではあるけれども、言葉が常に固定されたものとして捉えられてしまったときに、逆にそれが人間を縛るものになっていく。それを一度、ぜんぶ解きほぐしてみよう。それが禅の言葉なのです[28]」と述べ、禅の言葉に、「日常の言葉を使いながら、それを徹底的に破壊し尽くすその力[29]」、既成の言葉の体系を破壊する力を指摘している。そもそも漱石が『禅門法語集』を否定的に捉えていたのは、禅の公案を「珍分漢ノ囈語」とする認識によるものであった。この書き込みは、漱石が禅の言葉をあくまでも「日常的な意味の体系」において理解しようとしていたことを示している[30]。このような禅と言語の関わりについて、井筒俊彦の『意識と本質』に次のようにある。

> こうして禅は、すべての存在者から「本質」を消去し、そうすることによってすべての意識対象を無化し、全存在世界をカオス化してしまう。しかし、そこまでで禅はとどまりはしない。世界のカオス化は禅の存在体験の前半であるにすぎない。一たんカオス化しきった世界に、禅はまた再び秩序を戻す、但し、今度は前とは違った、まったく新しい形で。さまざまな事物がもう一度返ってくる。無化された花がまた花として蘇る。だが、また花としてといっても、花の「本質」を取り戻して、という意味ではない。あくまで無「本質」的に、である。だから、新しく秩序付けられたこの世界において、すべての事物は互いに区別されつつも、しかも「本質」的に固定されず、互いに透明である。
>
> （「意識と本質VI[31]」）

ここで井筒が述べる「本質」は、「通常の社会生活の場で使用される言語の意味分節[32]」により生み出されるものとされる。井筒の論理を、先の『碧巌録』「第三十六則　長沙逐落花回」に即して言うなら、「半提」とされていた段階は、「すべての存在者から「本質」を消去し、そうすることによってすべての意識対象を無化し、全存在世界をカオス化してしまう」（＝「不見一切色（一切の色を見ず）」）ものとして捉えることができる。その後に「無化された花がまた花として蘇る」（＝「依旧山是山水是水（旧に依つて山は是れ山、水は是れ水）」）のである。[34] つまり禅の言葉、禅の認識というものを、既成の言葉による認識を「徹底的に破壊し尽く」し、新たな認識を生み出すものとして捉えている。

『行人』について考えるなら、一郎の言う「絶対」は、「意識対象を無化」し既成の言語認識から離れることを意味するものとなる。一郎が自らの憧れとして語る香厳の挿話についても、書物を燃やし「一切を放下し尽して仕舞つた」（「塵労」五十）とする過程を同様の意味づけのもと捉えることができる。一郎が「何うしても信じられない」（「兄」二十一）とし、「何うかして己を信じられる様にして呉れ」（同）と切望する宗教的境地として、他の宗教ではなく禅が提示されるのは、このような禅の言語観に対する洞察が存在することが考えられる。章を改め、「言葉」のあり方を問題とする禅の公案と『行人』の関係を検討する。

【注記】

（1）「東京朝日新聞」一九一〇（明43）年三月一日〜同年六月十二日。
（2）「東京朝日新聞」一九〇七（明40）年二月二十三日。
（3）『行人』」（『漱石の芸術』岩波書店、一九四二（昭17）年十二月、246頁）。
（4）「自然主義と禅」（『現代名家　禅学評論』鴻盟社、一九〇八（明41）年五月、83頁）。
（5）「京都と東京の仏教書出版社」（引野亨輔担当、大谷栄一他編『近代仏教スタディーズ』法藏館、二〇一六（平28）年四月）参照。
（6）加藤二郎「漱石と禅――「明暗」の語に即して――」（『漱石と禅』翰林書房、一九九九（平11）年十月）、重松泰雄「漱石と老荘・禅　覚え書」（『漱石　その新たなる地平』おうふう、一九九七（平9）年五月）など。なおこの点については、本書第四章で検討する。

（7）「東京朝日新聞」一九〇八（明41）年七月二十七日。

（8）『夏目漱石論攷』桜楓社、一九八八（昭63）年五月、110～111頁。

（9）漱石の参禅について、一般には明治二十七年末から翌年一月七日まで鎌倉の円覚寺に参禅し「父母未生以前本来面目」の公案を授けられたとされる。ちなみに談話「色気を去れよ」（小川煙村・倉光空喝共編『名士禅』柳枝軒書店、一九一〇（明43）年四月、巻末に「文章の責は悉く編者に在り」とある）では、明治二十六年にやはり鎌倉の円覚寺に参禅し、『夢十夜』「第二夜」と同じ「趙州の無字」を授かったと語られている。しかし、この談話については明治四十三年七月二十五日の日記に「一番最初に倉光空喝来。うそを書きましたと云つて名士禅とかいふものを見せる。余に関したから嘘をかいてゐる。」（明治43年「日記6」）とある。この書簡を根拠に『定本　漱石全集』（第十二巻）「注解（夢十夜）」（清水孝純・桶谷秀昭担当）の「趙州云く無と」（655頁）では、「色気を去れよ」の話は「「嘘」らしい」とされている。ただ、「色気を去れよ」の内容全てが「嘘」か否かは疑問が残る。というのは、『名士禅』の印刷が明治四十三年四月十二日となっており、これは『門』連載の中盤頃で、物語としてはまだ宗助の参禅の前であるため、どのように「色気を去れよ」の文章が創作されたのかという疑問が残るためである。また、この話が「嘘」だとしても、なぜ『夢十夜』「第二夜」で「趙州無字」の公案を取り上げているのかは重要な問題である。しかし、漱石の体験について考えるならば、本来他人が見ることはないメモである「超脱生死」（『ノート』）にまで「父母未省〔生〕以前」を授けられたと書いていることからも、円覚寺で授けられた公案は「父母未生以前本来面目」であったと考えてよいものと思われる。

（10）『定本　漱石全集』（第十二巻）「注解（夢十夜）」（清水孝純・桶谷秀昭担当）の「其切ないものが……残酷極まる状態であつた」（655頁）による。また、「注解」を担当している清水は「第二夜　知の栄光と悲惨」（『漱石『夢十夜』探索――闇に浮かぶ道標』翰林書房、二〇一五（平27）年五月）においてもこの点について言及している。

（11）笹淵友一は「しかしこの作品の構想は漱石の想像の中で純粋培養されたものかといえば、必ずしもそうではないようだ」（「第二夜」（『夏目漱石――「夢十夜」論ほか――』明治書院、一九八六（昭61）年二月、49頁））として、「驢鞍橋」の「腹立てる機」に漱石が関心を寄せていたことを示す書き込みから、「第二夜の構想には「驢鞍橋」の影響が想像できる」（50頁）と指摘している。

（12）『禅門法語集』の引用の後にある「正」「続」と頁数は、それぞれ「正編」「続編」の頁数を示す。

（13）「牙関を咬定し」と同様の表現は『門』の義堂が勧める『禅関策進』にもある。ちなみに、石原千秋「『夢十夜』における他者と他界」（『テクストはまちがわない――小説と読者の仕事』筑摩書房、二〇〇四（平16）年三月）に「坐禅を組む時には目を閉じているはずなのである。ところが、この侍はまるで逆に、全感覚をあげて――視覚・聴覚・嗅覚――外界を受けとめようとする」（163頁）とあるが、坐禅の際の姿勢について、秋月龍珉『公案』（筑摩書房、一九八七（昭62）年十月）によると、「けっして眼をつぶってはならない」（40頁）とあり、また道元「普勧坐禅儀」にも「目須常開（目はすべからく常に開くべし）」（『道元「小参・法語・普勧坐禅儀」』講談社、二〇〇六（平18）年六月、19頁）とあり、坐禅の際には視界を物理的に遮ることは禁止されている。

（14）『日本の禅語録　白隠』（第十九巻、講談社、一九七七（昭57）年十月、277頁）の訳文による。

（15）「はじめに」（『漱石『夢十夜』探索――闇に浮かぶ道標』21頁）。

（16）「東京朝日新聞」一九一二（大1）年十二月六日～一九一三（大2）年十一月十五日。中断期間有り。

（17）『禅門法語集』の「続編」は、100頁までは通しの頁数が書かれていない。この頁数は、「永平仮名法語」のものである。

（18）「塵労」という章題について、『漱石全集』（第五巻、昭和四十一年版、岩波書店、一九六六（昭41）年四月、826頁）の「行人　注釈」（古川久編）には、「塵労　心を汚し疲らせるもの、すなわち煩悩を言う仏語。『碧巌録』夾山無碍禅師降魔表に「塵労日に翳し欲火天に亙り、法城を飄蕩し聖境を焚焼す」とある。」とある。また近年では野網摩利子が「塵労」という章題がこの『碧巌録』「夾山無碍禅師降魔表」から付けられたとしている（「行人の遂、未遂」（「文学」二〇一三（平25）年十一月）の注（5））。しかし、本文でも述べたように「塵労」という言葉は『碧巌録』に限るものではない。

（19）『近代文学注釈大系　夏目漱石』（吉田精一注）、有精堂、一九六五（昭40）年七月、183頁。また「虚霊」は私心がなく明らかで分らぬ所のないさま。「皎潔」は、白く清らかなさま」とある。

（20）小宮豊隆によると、「漱石は明治四十年の秋のころにも『禅門法語集』などを繙き」（『門』」（『夏目漱石』（下）、岩波書店、一九八七（昭和62）年二月、77頁）とあり、「虚子著『鶏頭』序」を書いた頃の時期に読んだとされている。また大久保純一郎は、『禅門法語集』中の「光明蔵三昧」の「虚々霊々」と、「虚子著『鶏頭』序」の「虚霊皎潔」という語句の一致や、その内容と漱石の書き込みなどをもとに、『禅門法語集』と「虚子著『鶏頭』序」の「相互呼応の問題」を論じている（『漱石とその思想』荒竹出版、一九七四（昭49）年十二月、223～244頁）。ただし、「虚子著『鶏頭』序」で述べられる「魚が木に登つたり牛が水底をあるいたり」という記述について、ことわざとして用いた可能性もあるが、同じ内容のものが『禅門法語集』の中に見当たらず、「禅坊主の書いた法語とか語録とか云ふもの」が『禅門法語集』を指すものか否か、また、『禅門法語集』とともに他にもまだ「法語」や「語録」が関連しているのかという点については、本文で述べたとおり断定できない。参考として、「虚子著『鶏頭』序」の悟り前後の認識について、『禅門法語集』と共通する部分をいくつか挙げておく。

〈1〉

[虚子著『鶏頭』序]

着衣喫飯の主人公たる我は何者ぞと考へ〳〵て煎じ詰めてくると、

[禅門法語集]

・たゞ寝ても寤めても、立居につけても、自心これ何者ぞと深くうたがひて、悟りたきのぞみの深きを、修行とも、工夫とも、志とも、道心とも名けたり。

（抜隊禅師「抜隊仮名法語」（正99頁））

〈2〉

[虚子著『鶏頭』序]

分るとかうなる。元来自分は生れたのでもなかつた。又死ぬものでもなかつた。増しもせぬ、減りもせぬ何だか訳の分らないものだ。

[禅門法語集]

・生れもせす死することもなしとは、如何やうなることぞや。答へて云ふ、まことに生れ死ぬることなきを肝要とする也。（中略）まことに生れ死ぬることはなく候、たゝ生死のみならず、目に見え耳に聞き、心にうかふこと、相かまへて〳〵みな夢幻と深く信すべし。

（夢窓国師「二十三問答」（正74頁））

・汝が一霊の心性は、生する物にもあらす、死する物にもあらず。非有非無、非空非色。苦を受け、楽を受くる物にもあらす、

（抜隊禅師「抜隊仮名法語」（正114頁））

・此のさとりをひらきて見れは、我が身は我が身ながら本より法身の躰にして、生れたるにもあらず。生れざる身なれば、死するといふ事もなし。これを不生不滅といひ、または無量壽仏といふ。生すると見、死すると見る。これをまよひの夢となづく。

（鉄眼禅師「鉄眼仮名法語」（正342～343頁））

〈3〉

[虚子著『鶏頭』序]

しばらく彼等の云ふ事を事実として見ると、所謂生死の現象は夢の様なものである。生きて居たとて、夢である。死んだとて夢である。生死とも夢である以上は生死界中に起る問題は如何に重要な問題でも如何に痛切な問題でも夢の様な問題で、夢の様な問題以上には登らぬ訳である。従つて生死界中にあつて尤も意味の深い、尤も第一義なる問題は悉く其光輝を失つてくる。殺されても怖くなくなる。金を貰ても有難くなくなる。辱しめられても恥と思はなくなる。と云ふものは凡て是等の現象界の奥に自己の本体はあつて、此流俗と浮沈するのは徹底に浮沈するのではない。しばらく冗談半分に浮沈して居るのである。いくら猛烈に怒つても、いくらひい〳〵泣いても、怒りが行き留りではない、涙が突き当りではない。奥にはちやんと立ち退き場がある。いざとなれば此立退場へいつでも帰られる。

［禅門法語集］

・一切皆夢幻なりと観して、なげきの厭ふべきなく、喜ひの求むべきなしと知りぬれば、目にそひて心おだやかになり、情識とらけば、病気も次第になほるべし。

（抜隊禅師「抜隊仮名法語」（正123頁））

・すべてみなきものなれども、夢のうちにはあるに似たり。かげぼうしはなきものなれども、月日やまたは灯火のひかりにむかへば、やがて形にかげいできて、形ゆけば、かげもゆき、かたちとゞまれば、かげとゞまる、鏡や水にうつるかげもそのごとし。本よりきはめてなきものにて、たしかにあるに似たるなり。人の妄想もそのごとく、まことはすべてなきものなれども、おもひいたせるその時は、たしかにあるに似たるなり。にくしとおもひ、かはゆしとおもひ、うらめしきも、ねたましきも、こひしきも、ゆかしきも、みなことぐ〳〵く妄想にて、夢見る心にかはる事なし。我が本心のうちには、かゝるさまぐ〳〵の妄想の本よりたえてなき事は、鏡のきよきがごとく、また水のすめるに似たり。

（鉄眼禅師「鉄眼仮名法語」（正348～349頁））

・初め云ふ如く、明かなる手前で見た時には、一切衆生の輪廻夢の如く、生死も夢の生死、嗔る人を見るに夢で嗔り、欲の人を見るに夢て貪り、畜生、餓鬼、人天、仏果まてか夢の畜生、夢の餓鬼、夢の人天、夢の仏、千万億無量恒河沙の形を得来る衆生も、皆空華往来にして、生も空華、死も空華なり。是れを慥に知つたる時は、日用一切〳〵の上で空華をしり、夢としつて取りもせす捨てもせす、吾にたかふたるは、夢の差ひとしり、順したることは、夢の順なりと知て、差ふことを憎ます、順したるを愛せす、憎むまい愛すまいと云ふ用心もせす、金銀財宝も、その如く捨てもせす欲もなく、ありの侭てさはく時には、鳥の虚空をとぶ時、空の中に鳥の足跡なきが如く、魚の水におよきてさはりなきが如し。

（正眼国師（盤珪）「心経抄」（続758頁））

(21) この一郎の語る境地と「抜遂仮名法語」の共通性については、松尾直昭の指摘がある（「行人」における自意識の矛盾「行人」論（二）」（『夏目漱石 「自意識」の罠――後期作品の世界――』和泉書院、二〇〇八（平20）年二月））。

(22) 全三冊、光融館、一八九八（明31）年六月～八月。

(23) 『碧巌録』の漢文、書き下しの引用は、朝比奈宗源訳注『碧巌録』（全三冊、岩波書店、一九三七（昭12）年七月～十月）による。漢文の返り点は省いた。引用の後の解釈や現代語訳は朝比奈の注と末木文美士『現代語訳 碧巌録』（全三冊、二〇〇一（平13）年三月～二〇〇三（平15）年三月）や『禅語辞典』（思文閣出版、一九九一（平3）年七月）を参照した藤本によるものである。漢文の返り点は省いた。読みやすさを考え、書き下しの必要と思われるところに「 」を付した。この引用は、朝比奈宗源訳注『碧巌録』中、236・237頁。

(24) 『碧巌録講義』中、巻第六、98頁。

(25) 朝比奈宗源訳注『碧巌録』中、52～55頁

(26) 同様の見解は、『碧巌録』「第四二則　龐居士好雪片片」の「頌」の「評唱」にも見られる。

(27) 「行人」（『漱石辞典』翰林書房、二〇一七（平29）年五月、605頁）。

(28) 「第一講　禅の根本問題」（『碧巌録を読む』岩波書店、一九九八（平10）年七月、55頁）。

(29) 「第二講　禅の言語論」（『碧巌録を読む』100頁）。

(30) 末木は禅の言葉の理解について、「言葉で言えないのではなくて、言葉で言ってはいるのだけれども、言っている言葉そのものが、日常の言葉とずれている。それを日常的な意味の体系で理解しようとしたら、禅の言葉のエネルギー、つまり、日常の言葉を使いながら、それを徹底的に破壊し尽くすその力が失われてまう」（「第二講　禅の言語論」（『碧巌録を読む』100頁））と指摘している。

(31) 『意識と本質』岩波書店、一九九一（平3）年八月、119頁。

(32) 『意識と本質』120頁。

(33) 同様の表現は、『碧巌録』に散見される。例えば第九則「趙州四門」、「本則」の「評唱」には「若是情識計較情尽。方見得透。若見得透。依旧天是天地是地。山是山水是水。〔凡情での思慮分別が無くなってこそ、とことん分かる。もしとことん分かれば、やはり天は天、地は地、山は山、川は川である。〕」（朝比奈宗源訳注『碧巌録』上、136・137頁）とある。

(34) 小川隆は井筒のこの論理について次のように述べる（『語録の思想史』岩波書店、二〇一一（平23）年二月、10頁）。
この論理は、おそらく、いにしえの禅僧たちが直観的に前提としていた存在の認識の構造を、的確かつ明晰に論理化した

ものと言ってよく、確かに、これを踏まえることで合理的な解釈を与えうる問答は少なくない。

（「序論　庭前の栢樹子」）

ただしここでの小川の立場は、井筒の解釈が宋代以降の「看話禅」による解釈にすぎないという意味で批判するものである。だが、明治期日本の禅理解に限定するならば小川は「大慧系の「看話禅」が中国禅の歴史的演変の最終段階に位置し、その後、中国・朝鮮・日本の禅の主流となったものであることは周知の所であろう。とくに日本では江戸期の白隠慧鶴が看話禅の階梯的な体系化に成功し、その影響力は今日にまで及んでいる」（「序論　庭前の栢樹子」（『語録の思想史』30頁））と述べている。

第四章　『行人』における禅
――公案との関わりから――

一　はじめに

漱石と禅の関係を問う上で、『校補点註　禅門法語集』[1]（以下『禅門法語集』）「正編」の扉の裏に書かれた漱石による書き込みは、逸することができないものである。ここで漱石は禅について「禅家の要ハ大ナル疑ヲ起シテ我ハ是何物と日夕刻々討究スルニアルガ如シ」とし、同様の問題が西洋の学者において抱かれながら、「我ハ悟ツタト吹聴シタル者」がいないことを指摘する。そのため禅を「妖シムベシ」とし、次のように述べる。

要スルニ非常ニ疑深キ性質ニ生レタル者ニアラネバ悟レヌ者トアキラメルヨリ致方ナシ。従ツテ隻手ノ声、柏樹子、麻三斤悉ク珍分漢ノ囈語ト見ルヨリ外ニ致シ方ナシ。珍重。

「隻手ノ声」、「柏樹子」、「麻三斤」とは、後述するように全て禅の公案としてよく知られたものであるが、それらを「悉ク珍分漢ノ囈語」として斥けている。

禅の文章においては、否定が肯定の意味合いを持つこともあるが、この書き込みはそのまま漱石が禅に対して否定的な見解を有していたと見てよいものと思われる。この『禅門法語集』を漱石が読んだのは明治四十年から四十二年頃にかけてと推測されるが[2]、同様の禅に対する否定的な見解を『ノート』の「超脱生死」としてまとめられている一群のメモに見て取ることができるからである。

十年前円覚ニ上リ宗演禅師ニ謁ス禅師余ヲシテ父母未省〔生〕以前ヲ見セシム．次日入室見解ヲ呈シテ曰ク物ヲ離レテ心ナク心ヲ離レテ物ナシ他ニ云フベキコトアルヲ見ズト禅師冷然トシテ曰クソハ理ノ上ニ於テ云フコトナリ．理ヲ以テ推ス天下ノ学者皆カク云ヒ得ン更ニ茲ノ電光底ノ物ヲ拈出シ来レト爾来衣食ニ西東ニ流転スシカク幾裘葛ヲ閲シタリト雖ドモ未ダコノ電光底ノ物ニ逢着セズ．

（〔I―9〕「超脱生死」）

よく知られるように、漱石は明治二十七年末から翌年一月に円覚寺の宗演禅師のもとに参禅する。漱石は宗演から「父母未省〔生〕以前ヲ見セシム」ことを要求されるのだが、これは、「父母未生以前本来面目」という公案である。これに対し、漱石は「物ヲ離レテ心ナク心ヲ離レテ物ナシ他ニ云フベキコトアルヲ見ズ」と答えるも、「理ノ上ニ於テ云フコトナリ」と否定され、「電光底ノ物」を差し出すよう求められる。このことを振り返り、漱石は次のように続ける。

私カニ思フ若シ理解ニアラズ情解ニアラズ有ニアラズ無ニアラズト云ハバ是幻象以外ノコトナリ幻象以外ノコトハ智ヲ用フル学問ノ上ニ於テ説クベキニアラズ若シ強テ之ヲ説ク不当ノ想像ニ帰ス（メタフヒジクス）ノ羽ニ舞ヒ上リタルIcarusノ落チズシテ止ムベキカ．若シ情ヲ以テ之ヲ揣〔ヲ〕ル，是hallucinationナリ幾多ノ宗教家，幾多ノpoets皆此類ナリ我ハ斯ノ如キ狂人トナルヲ好マズ．既ニ理ニ以テ進ム可ラズ又情ヲ以テ測ルヲ屑シトセザレバ余ハ禅ナル者ノ内容ハ必竟余ニ知リ得ベカラズ断念スルノ外ナシ．

（〔I―9〕「超脱生死」）

ここからは、「不当ノ想像」や「狂人」といった強い言葉を用いて、禅を「理解」も「情解」もできないものとし、「知リ得ベカラズ断念スルノ外ナシ」と拒否する姿勢がうかがえる。先の書き込みにおいて「隻手ノ声」、「柏樹子」、「麻三斤」といった公案を「悉ク珍分漢ノ囈語ト見ルヨリ外ニ致シ方ナシ」とするのは、このような自らの参禅、特に「父母未生以前本来面目」の公案にまつわる体験がもとになっていると言える。

このような漱石の「禅への違和感」について、加藤二郎は次のように述べている。

明治四十年から大正五年迄の約十年間の漱石を禅とのかかわりから見るなら、そこには漱石に於ける禅の真理の発見、或いはそれ以上の、禅の体得と体現の過程とでも言うべき一つの飛躍が認められねばならないであろう。そしてその方向性を托されていたのが、大正二年の『行人』の長野一郎に於ける、「何うかして香厳になりたい」（「塵労」五十）

という言葉であったと考えられる。

（加藤二郎「漱石と禅――「明暗」の語に即して――」[3]）

加藤は先の書き込みに見られる「禅への違和感」を漱石が克服し、その禅認識に「一つの飛躍」があったことを想定した上で、『行人』[4]における一郎の「何うかして香厳になりたい」という言葉を、その「飛躍」の徴候として挙げている。

この加藤の見解に対して、異論も存在する。[5]『行人』を見るなら、一郎の苦悩を解決する方向性として香厳に代表される禅の境地が提示されている反面、一郎にそのような悟りが用意されていないことは、考慮すべき点であるだろう。事実、『行人』について、禅的な認識の限界を説く論は数多く存在する。(6) 一方で、香厳に与えられた問が、漱石が自ら参禅した際に与えられた公案と同様のものと見なせる「父も母も生れない先の姿になつて出て来い」(「塵労」五十)であることから、漱石の公案にまつわる体験の一つの帰結として、『行人』における香厳の話(一般に「香厳撃竹」として知られる)があるとも考えられる。少なくとも香厳は漱石にとって、「電光底ノ物」に「逢着」(「超脱生死」)した人物として捉えられていると言え、その香厳をいかに語るかという点は、加藤の指摘を含め、漱石と禅の関係を問う上で検討すべきものと思われる。『行人』論においてしばしば禅の問題が取り上げられるが、漱石が体験したものが公案を重視する臨済禅であることを考えると、『行人』において公案の問題をあつかった「香厳撃竹」が語られることの意義は軽視すべきではあるまい。(7) 本章は、漱石が公案を「珍分漢ノ囈語」とした認識と『行人』における香厳の悟りとの関係を検討し、『行人』の「香厳撃竹」を中心とした禅に関わる文脈を公案の特性から捉え直すことを課題とする。

二 「珍分漢ノ囈語」

まずは、漱石が公案を「珍分漢ノ囈語」とした意味を検討する。漱石が挙げた三つの公案は特に有名なものであり、公案全般の特徴を確認する上でも有効なものと思われる。

最初に「隻手ノ声」を見る。これは他の二つと違い、日本の江戸時代に白隠が創案したもので、以下のように説明される。

此五六ヶ年来は思ひ付きたる事侍りて、隻手の声を聞届け玉ひてよと指南し侍るに、従前の指南と抜群の相違ありて、誰々も格別に疑団起り易く、工夫励み進みやすき事、雲泥の隔てこれある様に覚へ侍り。

（白隠「隻手音声」[8]）

この公案は、両手をたたくと音がする、では片手の音はどうか、というものである。引用した後に続く部分では片手の音は「音もなく香もなし」であり、それは「上天の声」や「無生音をきく」などと述べられており、音なき音を聞け、と解釈できる。ここで、公案が「疑団」を起こすためのものであることが述べられており、漱石が『禅門法語集』の書き込みで「禅家の要ハ大ナル疑ヲ起シテ」としたのは、このような公案の特性を考慮にいれたものであろう。そして続く部分でこの公案に対する姿勢を次のように説明している。

是全く耳を以て聞べきにべきに《ママ》あらず、思量分別を交へず、見聞覚知を離れて、単々に行住坐臥の上においいて、透間もなく参究しもて行き侍れば、理つき詞究て、技もまた究る処において、忽然として生死の業海を踏翻し、無明の窟宅を劈破す、是を鳳金網を離れ、鶴籠を脱する底の時節と云ふ。此時に当ていつしか心意識情の根盤を撃砕し、流転浮沈の業海を撥転す。

（白隠「隻手音声」[9]）

この公案に対する姿勢として、まず「思量分別を交へず、見聞覚知を離れ」ることが述べられている。これは次にある「理つき詞究て」とつながる。ここで述べられているのは、公案の言葉に「参究」し悟りを開くためには、「理」や「詞」にとどまってはならないということである。漱石が自らの公案の答えを「理ノ上ニ於テ云フコトナリ」（「超脱生死」）として否定されたことを見たが、公案の言葉は言葉として理解されるものでない、と言える。そしてこのように「理つき詞究て」後に、「心意識情の根盤を撃砕」する、つまり思考や感情を断絶させることにつなげられている。

次に「柏樹子」と「麻三斤」の公案であるが、これらについては、代表的な公案集『碧巌録』を中心に『無門関』とあわせて考察する。[10]まず、「柏樹子」の公案は次の通りである。

ある僧が趙州に「「祖師西来意〔祖師が西から来た真意〕」とは何ですか」と尋ねた。この問いに対し、趙州は庭を指さし「庭前柏樹子〔庭さきの柏の樹だ〕」と答えた(『無門関』「第三十七則　庭前柏樹」による)[11]。「祖師西来意」とは、禅の核心を聞く際の常套句である。『無門関』には、このような「本則」と、無門が本則に対して講説を施した「評唱」、またその公案に即した詩である「頌」が載せられている。ここでは、その頌を見る。

言無展事　語不投機
承言者喪　滞句者迷[12]

〈書き下し〉
言、事《じ》を展《の》ぶること無く、語、機に投ぜず。
言を承《う》くるものは喪《そう》し、句に滞るものは迷う。

(『無門関』「第三十七則　庭前柏樹[13]」)

ここでもやはり、この公案に対する上で、言葉にとどまっていては決して解けないことが示唆されている。

この「柏樹子」の話は、『碧巌録』「第四十五則　趙州万法帰一」にも見られる。「柏樹子」を紹介した後、次のように解説されている。

看他恁麼。向極則転不得処転得。自然蓋天蓋地。若転不得。触途成滞。

〈書き下し〉

看よ、他恁麼《いんも》に、極則《ごくそく》転不得の処に向つて転得して、自然《じねん》に蓋天蓋地なることを。若し転不得ならば、途に触れて滞《たい》を成さん。

（『碧巌録』「第四十五則　趙州万法帰一」[14]）

『碧巌録』は、雪竇による「本則」、「頌」と、それをもとにした圜悟による「垂示」、「評唱」、「著語」に分けられ、これは本則に対して圜悟が講説を施した評唱である。[15] ここでは、「祖師西来意」を問われ、「庭前柏樹子」と答えた趙州の対応が「向極則転不得処転得（転換できない窮極の則で転換した）」として圜悟により評価されている。圜悟は、そのような対応は自然に天地を覆うものであり、逆にもし転換できなければあちこち躓くことだろうと述べる。

この「向極則転不得処転得」という点はその前の部分に関わる。

若向一撃便行処会去。天下老和尚鼻孔一時穿卻。不奈你何。自然水到渠成。苟或躊躇。老僧在你脚跟下。仏法省要処。言不在多。語不在繁。

〈書き下し〉

若し一撃に便《すなは》ち行く処に向つて会し去らば、天下の老和尚の鼻孔《びくう》、一時に穿卻《せんきやく》せん。你《なんぢ》を奈何ともせず。

自然に水到り渠《みぞ》成る。苟《も》し或は躊躇せば、老僧你《なんぢ》が脚跟下《きやくこんか》に在らん。仏法省要《せいえう》の処、言《こと》多きに在らず。語繁きに在らず。

（『碧巌録』「第四十五則　趙州万法帰一」[16]）

ここでまず「一撃便行」のところを理解すべきことが述べられる。この「一撃便行」は、朝比奈宗源の注によると「間に髪を容れぬ、趙州の答処」とある。ここについては、漱石旧蔵書にもある『天桂禅師提唱　碧巌録講義』に、「駿馬ハ一撃ニ其ノ侭千里モ馳スル如ク、端的間ニ髪ヲ入レヌ、直下ニ此ノ一句ヲ会取セヨ」[17]と解説されており、伝統的にこのように理解されてきたことがわかる。「端的間ニ髪ヲ入レヌ、直下ニ此ノ一句ヲ会取セヨ」という言葉は、先の『碧巌録』の引用の「仏法省要処。言不在多。語不在繁〔仏法の要点は、多くの言葉にはないものだ〕」という点につながるものである。また、その引用の後には「若向語句上弁。錯認定盤星〔もし語句について論じるならば目盛りを読み間違える〕」[18]ともある。先の「向極則転不得処転得」とあわせ、ここで述べられるのは、言葉を言葉として理解するのではなく、「直下ニ」「会取」するよう「転」じることであると言える。「間ニ髪ヲ入レヌ」として否定される「間ニ髪」とは、言葉の「理」（「超脱生死」）による思慮分別と捉えられるだろう。

最後に「麻三斤」について。この公案は以下の通りである。

僧が洞山に問うた、「如何是仏〔仏とはどんなものですか〕」。洞山は答えた、「麻三斤《まさんぎん》」（『無門関』「第十八則洞山三斤」による）[19]。

「如何是仏」もまた、禅の核心を聞く際の常套句である。無門の頌は以下の通りである。

突出麻三斤　言親意更親
来説是非者　便是是非人
〈書き下し〉
突出す麻三斤、言親しくして意更に親し。
来たって是非を説く者は、便ち是れ是非の人。
（『無門関』「第十八則　洞山三斤[20]」）

後の「来説是非者　便是是非人」という二句は比較的理解しやすいものと思われる。つまり思慮分別するものは、結局思慮分別するだけに終わってしまうと言うものだろう。このように後半で言葉による思慮分別を斥けているが、第二句では、「言親意更親〔言葉に親しく意にもさらに親しい〕」とあり、言葉が全面的に否定されていないようにも思われる。その点を、次は『碧巌録』に見る。『碧巌録』「第十二則　洞山麻三斤」の本則の評唱を引く。

何故言語只是載道之器。殊不知古人意。只管去句中求。有什麼巴鼻。不見古人道。道本無言。因言顕道。見道即忘言。若到這裏。還我第一機来始得。（中略）你但打畳得情塵意想計較得失是非。一時浄尽。自然会去。
〈書き下し〉
何が故ぞ。言語は只是れ載道《さいだう》の器なり。殊に古人の意を知らず。只管に句中に去つて求めば、什麼《なん》の巴鼻《はび》か有らん。見ずや古人道《いは》く、「道本言無し。言に因つて道を顕す。道を見れば即ち言を忘ず」と。若し這裏《しやり》に到らば、我に第一機を還し来つて始めて得てん。（中略）你但《なんぢたゞ》情塵《じやうぢん》・意想《いさう》・計較《けけう》・得失・是非を打畳得《だでふとく》して、一時に浄尽《じやうじん》せば、自然に会し去らん。

（『碧巌録』「第十二則　洞山麻三斤[21]」）

訳は次のようになる。「言葉は「載道之器」にすぎない。特に古人の意図はわかるものではない。ひたすら語句にあって求めれば、何も捉え所がないだろう。古人が、「道本無言。因言顕道。見道即忘言。」と言っているではないか。もしこうなったら、私に対して根本真理を初めて持ってくることだろう。（中略）ただ、煩悩・思慮・分別・損得・是非を始末して、いっぺんに無くせば、自然に分かるのだ」。

ここでも、言葉による理解は否定されているが、注目すべきは、言葉を「載道之器」としていることである。このことはさらに古人の言葉を引きつつ、「道本無言。因言顕道。〔道にはもともと言葉はないが、言葉によって明らかにされる。〕」、つまり道は言葉で表現できないが、言葉がないと道が示されることはないと説明される。あくまで言葉を否定的に扱う文脈ではあるが、言葉は道のために必要とされながら否定されるという両義的なものなのである。[22]先に二つの公案が言葉による理解を斥けていることを見たが、公案はそもそも言葉であり、言葉がなければ公案を表現することはできない。そして、「隻手ノ声」で確認したように、公案は「疑団」を起こして悟りへと入るためのものであった。つまり言葉は道を示し、そこに至るために必要とされながら、「見道即忘言〔道を悟れば、言葉を忘れる〕」、最終的に忘れられなければならないのである。そして、言葉を忘れることは、「打畳得情塵意想計較得失是非。一時浄尽。」つまり意識や思考を一切なくしてしまうことにつなげられている。

これらの公案を解説したものからわかることは、公案は言葉でありながら決して言葉として理解することを求められていないということである。それは通常の思考方法による理解を拒絶する公案により「疑団」を起こし（白隠「隻手音声」）、それを考え続け精神を集中することで、「心意識情の根盤を撃砕」する（同）、通常の思考や意識を断絶させるためのものなのだ。そうであるならば、むしろ公案は言葉として理解されるようなものではあってはならない。漱石の言を借りるならば、それは「理解」も「情解」もできない「珍分漢ノ囈語」として排斥されるべきものではなく、「珍分漢」であるからこそ必要とされるものなのである。(23) 問題はこのような公案を理解できないものとして斥けるか、そこに意義を認めるかであるだろう。

三　「香厳撃竹」

以上の公案の特性をもとに、『行人』の「香厳撃竹」を検討する。まず該当する部分を掲げる。

　坊さんの名はたしか香厳とか云ひました。俗にいふ一を問へば十を答へ、十を問へば百を答へるといつた風の、聡明霊利に生れ付いた人なのださうです。所が其聡明霊利が悟道の邪魔になつて、何時迄経つても道に入れなかつたと兄さんは語りました。悟を知らない私にも此意味は能く通じます。自分の智慧に苦しみ抜いてゐる兄さんには猶更痛切に解つてゐるでせう。兄さんは「全く多知多解が煩をなしたのだ」ととくに注意した位です。

　数年の間百丈禅師とかいふ和尚さんに就いて参禅した此坊さんは遂に何の得る所もないうちに師に死なれて仕舞つたのです。それで今度は潙山といふ人の許に行きました。潙山は御前のやうな意解識想を振り舞はして得意がる男はとても駄目だと叱り付けたさうです。父も母も生れない先の姿になつて出て来いと云つたさうです。坊さんは寮舎に帰つて、平生読み破つた書物上の知識を残らず点検した揚句、あゝ〳〵画に描いた餅はやはり腹の足にならなかつたと嘆息したと云ひます。そこで今迄集めた書物をすつかり焼き棄てゝ仕舞つたのです。

「もう諦めた。是からはたゞ粥を啜つて生きて行かう」

斯う云つた彼は、それ以後禅のぜの字も考へなくなつたのです。善も投げ悪も投げ、父母の生れない先の姿も投げ、一切を放下し尽して仕舞つたのです。それからある閑寂な所を選んで小さな庵を建てる気になりました。彼はそこにある草を芟りました。そこにある株を掘り起しました。地ならしをするために、そこにある石を取つて除けました。すると其石の一つが竹藪に中つて戛然と鳴りました。彼は此朗かな響を聞いて、はつと悟つたさうです。さうして一撃に所知を亡ふと云つて喜んだといひます。

（「塵労」五十）

「香厳撃竹」は禅においてしばしば語られ、よく知られたものであり、様々な文献に見ることができる。[24] ただ、『行人』の「香厳撃竹」の文章は、次の『五灯会元』のものがその大本になっていると思われる。

鄧州香厳智閑禅師、青州人也。厭俗辞親、観方慕道。在百丈時性識聡敏、参禅不得。洎丈遷化、遂参潙山。山問、我聞汝在百丈先師処、問一答十、問十答百。此是汝聡明霊利、意解識想。生死根本、父母未生時、試道一句看、師被一問、直得茫然。帰寮将平日看過底文字従頭要尋一句酬対、竟不能得、乃自嘆曰、画餅不可充飢。屢乞潙山説破、山曰、我若説似汝、汝已後罵我去。我説底是我底、終不干汝事。師遂将平昔所看文字焼、却曰、此生不学仏法也。且作個長行粥飯僧、免役心神。乃泣辞潙山、直過南陽睹忠国師遺跡、遂憩止焉。一日、芟除草木、偶抛瓦礫、撃竹作声。忽然省悟。（中略）乃有頌曰、一撃忘所知（後略）。

〈書き下し〉

鄧州の香厳智閑禅師、青州の人なり。俗を厭い親を辞し、方を観て道を慕う。百丈のもとに在りし時、性識

> 聡敏にして、参禅するも得ず。丈の遷化するに洎《およ》び、遂に潙山に参す。山問う、「我汝の百丈先師の処に在るに、一を問えば十を答え、十を問えば百を答うるを聞く。此《こ》是れ汝の聡明霊利にして、意解識想なり。生死の根本、未だ父母の生ぜざる時、試みに一句を道いて看ん」。師一たび問わるるや、直ちに茫然たるを得。寮に帰りて平日看過せし底の文字を将《もっ》て頭より一句を要尋し酬対するも、竟に得ることあたわず。乃ち自ら嘆じて曰く、「画餅は飢を充たすべからず」。屢《しばしば》潙山に説破するを乞う、山曰く、「我若し汝に説似せば、汝は已後我を罵り去らん。我が説く底は是れ我が底にして、終に汝の事に干《かかわ》らず」。師遂に平昔に看る所の文字を焼き、却って曰く、「此生に仏法を学ばざるなり。且《しばら》く個の長《つね》に粥飯を行ずる僧と作りて、心神を役するを免れん」。乃ち泣いて潙山を辞し、直ちに南陽の睹忠国師の遺跡を過ぎ、遂に焉《ここ》に憩止す。一日、草木を芟除す、偶《たまたま》瓦礫を抛つ、竹を撃ち声を作す。忽然として省悟す。（中略）乃ち頌有りて曰く一撃にして所知を忘《うしな》う（後略）。
>
> （『五灯会元』「巻第九」[25]）

話の筋はほぼ同じであるから訳は省く。波線部について、『五灯会元』は、『景徳伝灯録』や『正法眼蔵』にない「問一答十、問十答百」、「聡明霊利」、「意解識想」といった語句が共通している。また細かな点ではあるが、竹を撃った「瓦礫」を「抛」と、投げるという意味の言葉が使用されている。他にも、「父母未生時」という語句は、『景徳伝灯録』では、「未出胞胎未弁東西時」となっている。『五灯会元』と『行人』では、語句使用の場面の違いや細かな出来事の順序の違いはあるが、基本的な表現がかなり近いと言える。特に『行人』との関連で考えるならば、『五灯会元』にある「問一答十、問十答百」、「聡明霊利」、「意解識想」といった表現が、『行人』において香厳が悟りを開けない理由とされた「多知多解」な特徴と結びついていると考えられる。

『五灯会元』は『景徳伝灯録』と並んで日本で禅僧の経歴を知る際に利用された資料である。[26] 例えば同時代の仏教学者鈴木大拙は、禅僧を紹介する際に、『景徳伝灯録』とともに『五灯会元』から多く引用している。[27] そのため漱石が読んだ可能性は否定できないものの、漱石が『五灯会元』を読んだと断定する資料も今の所持っていない。また口頭による説法を参考にしていることも考えられるが、語句の共通性から、やはり何らかの典拠があるように推測される。可能性として、『五灯会元』の記述をもとにした別の書物を典拠にしたことも考えられる。[28]
『行人』における「香厳撃竹」の特徴を考えるために、『五灯会元』の記述と比較してみる。[29] まず『五灯会元』の傍線部「屢乞潙山説破、山曰、我若説似汝、汝已後罵我去。我説底是我底、終不干汝事」の部分が『行人』にはない。これは、「画餅不可充飢」と書物に答えを探すことを諦めた香厳が、師である潙山に答えを示すよう懇願するが、潙山は「私が説くことは私自身のことであり、あなたとは関わりがないことである」として突き放す場面である。[30]

　一方で、『行人』の「香厳撃竹」には『五灯会元』にはない特徴がある。まず、「「全く多知多解が煩をなしたのだ」ととくに注意した位です」とあり、香厳の「多知多解」な性質が『行人』において強調され、悟りに入る上で妨げになっていることがより明確に述べられている。このことは、香厳が問いに答える上で書物を参照したことが、『五灯会元』では「将平日看過底文字従頭要尋一句酬対」と、答えとする「一句」を探すためとされていたのに対し、『行人』では、「平生読み破つた書物上の知識を残らず点検した」と、書物はあくまで「知識」と関わる形で述べられていることにつながるものである。また注目すべきは、『五灯会元』にはない「斯う云つた彼は、それ以後禅のぜの字も考へなくなつたのです。善も投げ悪も投げ、父母の生れない先の姿も投げ、一切を放下し尽して仕舞つたのです」というところである。香厳の悟りにおいてこの点が強調されているのは、Hさんが、「香厳撃竹」の話の後に、一郎の思いを「一切の重荷を卸して楽になりたい」(『塵労』五十)とまとめていることからもわかる。書物を焼くという行為は、「知識」との関わりを断つということ、そしてこの「一切を放下」

することの過程として捉えられるだろう[31]。

これらの特徴は、先に検討した公案の特性に一致することがわかる。「多知多解」により悟りにいたれない香厳は、「父も母も生れない先の姿になつて出て来い」という言葉をぶつけられ、それを「平生読み破つた書物上の知識を残らず点検した揚句」、つまり言葉を「知識」によって解そうとした後、「すつかり焼き棄てゝ仕舞」う、つまり言葉を捨てる。この一連の行為は、『行人』において強調されている「一切を放下」して何も考えなくなることへとつながり、このことにより悟りへ向かう。言葉を契機としつつ、最終的に言葉を捨て去る必要性を説くという意味で、またそのことにより、「一切を放下」し考えることをやめるという意味で公案の特性と一致している。竹の音は、このような思慮分別をなくす「転」（『碧巖録』「第四十五則　趙州万法帰一」）の最終過程として捉えられるだろう。つまり『行人』の「香厳撃竹」において、その強調されている点は、公案の持つ特性、特に言葉の「理」やそれによる思慮分別に対する考えにみあうものなのである。

ここから、苦悩する一郎に対して、かつて漱石が「珍分漢ノ囈語」として斥けた公案の特性に沿った形での救済が、その方向性として示されていることがわかる。一郎は自らの不安を「科学の発展から来る」（「塵労」三十二）ものとし、また「活きた恐ろしさ」（同）と語るが[32]、その一郎にこのような禅の境地を提示するということは、かつての「アキラメルヨリ致方ナシ」（『禅門法語集』書き込み）や「必竟余ニ知リ得ベカラズ断念スルノ外ナシ」（「超脱生死」）とするような姿勢とは、一線を画すものであると言える。本章第一節で見た加藤二郎が述べる「禅の真理の発見」とまで見なせるかは断言できないが、一郎に自らの公案をめぐる挫折を投影させながら、その先に何かを期待する姿勢を読み取ることは可能であるだろう。

四　一郎と公案

『行人』において、「学者」であり、「見識家」であり、「詩人らしい」ところもある一郎（「兄」六）が、「理解」も「情解」もできない（「超脱生死」）ものとは、言うまでもなく妻の直である。「何うあつても女の霊といふか魂といふか、所謂スピリット」（「兄」二十）をつかもうと一郎は藻搔くが、公案の中には「倩女離魂」として、愛する男性と離ればなれにされた女性が、魂として会いに行くという話の後で、「倩女離魂の話があるが、いったいどちらが本物の倩女であるか」と問うものがある。[33]　一郎はまさに公案の前に立たされた禅僧と同じような状態にある。

このような直の「霊といふか魂というか、所謂スピリット」を攫もうとするため、一郎は様々な方法を試みるが、失敗に帰することとなる。自らの「知」を頼りとし、またその「知」を周囲から尊敬される一郎が「死ぬか、気が違ふか、夫でなければ宗教に入るか。僕の前途には此三つのものしかない」（「塵労」三十九）と追い詰められた先に憧れとして語るのが、香厳の境地なのだ。

ただし、『行人』における「知」の扱いには注意が必要である。一郎の苦しみは、Hが「考へてく考へ抜いた兄さんの頭」（「塵労」三十八）と述べるように一郎の「頭」のためとされ、また「凡ての原因をあまりに働き過ぎる彼の理智の罪に帰しながら」（「塵労」四十六）とあるように、「理智」によるものとされる。しかし、この「理智」はHが「其理智に対する敬意を失ふ事が出来ない」（同）と続けるように、周囲から高く評価されるものでもある。同様に一郎の「頭」についても、Hが「整つた頭には敬意を表したいし、又乱れた心には疑ひを起きたいのですが、兄さんから見れば、整つた頭、取も直さず乱れた心」（「塵労」四十二）と述べるように、敬意を示されながら、その「頭」ゆえに「乱れた心」を抑えられないものとされている。また一郎は「僕は明かに絶対の境地を認めてゐる。然し僕の世界観が明かになればなる程、絶対は僕と離れて仕舞ふ」（「塵労」四十五）と述べるが、この「絶対の境地」は、Hが「私は此場合にも自分の頭が兄さんに及ばないといふ事を自白しなければなりません」（「塵労」四十五）と述べる通り一郎の「頭」、「理智」によるものだ。一郎は自らの「理智」によって「絶対の境地」が明らかにされながら、その「理智」ゆえに「絶対の境地」にたどり着けないのである。これらの点は、公案の言葉が「疑団」（白隠「隻手音声」）を起こすものであること、また「道本無言。因言顕道。見道即忘言。」（『碧巌録』「第十二則　洞山麻三斤」）として、「道」を明らかにし悟りへと至るためには、言葉が必要とされながら言葉を捨て去る必要性を説くことと一致している。(34) 同様の文脈は、「私は兄さんの話を聞いて、始めて何も考へてゐない人の顔が一番気高いと云つた兄さんの心を理解する事が出来ました。兄さんが此判断に到着したのは、全く考へた御蔭です。然し考へた御蔭で此境界には這入れないのです」（「塵労」三十九）にも見られる。そしてこの「理智」は、一郎の持つ「高い標準」（「塵労」四十）につながるものと言え、この一郎の「高い標準」についてHは次のように述べる。

> 是非、善悪、美醜の区別に於て、自分の今日迄に養ひ上げた高い標準を、生活の中心としなければ生きてゐられない兄さんは、さらりとそれを擲つて、幸福を求める気になれないのです。寧ろそれに振ら下がりながら、幸福を得やうと焦燥るのです。
>
> （「塵労」四十）

一郎が「理智」を絶つこと、それは「是非、善悪、美醜の区別に於て」の「高い標準」を「擲つ」ことなのだ。これは、「你但打畳得情塵意想計較得失是非。一時浄尽。（情塵・意想・計較・得失・是非を始末して、いっぺんに無くす」」(『碧巌録』「第十二則　洞山麻三斤」)という点につながるものである。「知」という高い価値をもつものを、捨て去るべきものとして一挙に〈転倒〉させること、これが一郎に突きつけられた課題である。このような「頭」、「理智」の矛盾に苦しみながら、捨て去ることができない一郎だからこそ、公案の特性のもと悟りを開いたと語られる香厳[35]にあこがれるのである。

五　『行人』における禅の可能性

本章は漱石の公案に対する認識を起点に、「香厳撃竹」を中心とした禅に関わる文脈を検討した。『禅門法語集』の書き込みからうかがえるような否定的な見解を禅に対して持っていた漱石であるが、『行人』においては「香厳撃竹」に見られるように公案の特性を把握し、一郎の苦悩を語る上で活かしていたと言える。最後に、このような『行人』における公案との関わりを念頭に、先行論によって指摘されてきた禅の限界という点を再考しておこう。

『行人』における禅的認識の限界を指摘する上で、例えば鳥居邦朗が「香厳の放下と一郎の我の絶対化とは、方向として明かに逆向きである[36]」と述べるように、一郎の望む「我の絶対化」と禅の境地が「逆向き」であることが指摘されてきた。これは、一郎が「神でも仏でも何でも自分以外に権威のあるものを建立するのが嫌ひ」(「塵労」四十四)であり、「神は自己だ」、「僕は絶対だ」(同)と語ることに由来するものであろう。しかし、一郎の「絶対」が「絶対即相対」(同)とつなげられ、そのまま「生死を超越」(同)することにまで発展することを考えるならば、その「絶対」にも禅的なものを見るべきではないか[37]。一郎による「神」や「仏」といった権威の否定は、Hを殴る場面が象徴的である。Hは一郎に「横面をぴしやりと」(「塵労」四十一)打たれるが、これはHが「神」(「自分以外の意志」)に自らを「委任して仕舞ふ」(同)ことを一郎に説く時である。この場面は「百丈野鴨子」という禅において有名な次の話を思わせる。

馬大師は弟子の百丈と旅行していたとき、カモが飛んで行くのを見た。そこで馬大師が「なんだ」と問うたので、百丈が「カモです」と答える。馬大師が「どこに行ったのか」と問うと百丈が「飛び去りました」と答える。すると馬大師が百丈の鼻づらを捩った。百丈は痛みをこらえてうめく。馬大師は「どうして飛び去ったことがあろうか」と述べた（『碧巌録』「第五十三則　百丈野鴨子」による[38]）。

これに『臨済録』の次の一節を並べて、その指し示すところを考える。

你若能歇得念念馳求心、便与祖仏不別。你欲得識祖仏麼。祇你面前聴法底是。学人信不及、便向外馳求。設求得者、皆是文字勝相、終不得他活祖意。

〈書き下し〉

你、若し能く念念馳求《ちぐ》の心を歇得《けっとく》せば、便ち祖仏と別ならず。你、祖仏を識《し》ることを得《え》んと欲す麼《や》。祇《ただ》、你が面前聴法底《めんぜんちょうぼうてい》是れなり。学人信不及《しんぷきゅう》にして便ち外に向って馳求《ちぐ》す。設《たと》い求め得る者も、皆是れ文字の勝相にして、終に他の活祖意《かっそい》を得ず。

（『臨済録』「示衆[39]」）

訳は次のようになる。「お前たちがもし外に向って求めまわる心を断ち切ることができたなら、そのまま祖仏である。お前たちは、祖仏を知りたいと思うか。そこでこの説法を聞いているそいつがそうだ。ただ、お前たちはこれを信じ切れないために外に向って求める。それで例え求め得たとしても、それは文字言句の概念で、活きた祖師の意ではない。」

ここで臨済が述べているのは、悟りを外に向けて探すことへの批判である。真の悟りは自己にこそある、それに気付くことこそが、と言うより、それに気づきさえすればそれはすでに悟りなのである、という意味である。このような考えは、自己にこそ悟りがあるとすることから、自己がそのまま仏であるという考えに結びつき「即心是仏」という言葉で代表される。また「逢仏殺仏、逢祖殺祖（仏に逢うては仏を殺し、祖に逢うては祖を殺し）」[40]として、自己以外の権威を否定するということにつながる。[41]これを先の「百丈野鴨子」で見ると、馬大師の問は、外のカモに向けられたものではなく、そのカモを見る百丈自身に向けられたものであり、そのことを伝えるために、馬大師は百丈の鼻を捻り、痛みを感じる自己に気付かせることで、百丈の意識を外から自己へと返そうとしているのだ。

『行人』においては、Hが「神」という権威を説く中で一郎は打つのであるが、これもまた、外の権威を否定し、意識を自己へと返すものであり、このような禅的な思想を背景に理解すべきであろう。とするならば、「神でも仏でも何でも自分以外に権威のあるものを建立するのが嫌ひ」な一郎の「絶対」もまた、禅との関連の中で考えられるべきであり、「逆向き」ではなく、「香厳の放下」へとつながるものとなる。つまり、意識を自分自身に向けるという禅の考えの中核が示されているものとして捉えることができる。これはそのまま、漱石が参禅の際に与えられた「父母未生以前本来面目」といった公案に代表される、「真の自己」の探求という問題につながる。そして、禅へと向かう一郎の苦悩が近代化の問題に関わるものである以上、その解決の方向性として示される禅の思想、「知」を突き詰めた上で初めて見出される「知」の否定、そして「真の自己」の探求といった意義を、西洋思想との関わりの中で再考する必要がある。次章において、この点を論じる。

【注記】

（1）山田孝道編『校補点註　禅門法語集』（正編）〈第五版〉光融館、一九〇七（明40）年三月。

（2）小宮豊隆「『行人』」（『漱石の芸術』岩波書店、一九四二（昭17）年十二月）に漱石が『禅門法語集』を「明治四十二年のころ熱心に読んでゐた」（246頁）とある。

（3）『漱石と禅』翰林書房、一九九九（平11）年十月、138頁。

（4）「東京朝日新聞」一九一二（大1）年十二月六日〜四月七日、中断の後、一九一三（大2）年九月十六日〜十一月十五日。なお、本章で本文中に『行人』を引用した際には後に篇題と回数のみを示す。

（5）重松泰雄「漱石と老荘・禅　覚え書」（『漱石　その新たなる地平』おうふう、一九九七（平9）年五月）には、『禅門法語集』の書き込みについて、「ここに認められるような禅への違和感――とくに、超論理的な禅の開悟に対する違和感――を、けっきょく漱石は生涯にわたって払拭し切れなかったと思われるからである」（303頁）と述べられている。

（6）例えば瀬沼茂樹「第二の三部作」（『夏目漱石』東京大学出版会、一九七〇（昭45）年七月）は『行人』における「禅的理想」を「一郎の自我の哲学からかけはなれたもの」（241頁）と捉えている。

（7）「香厳撃竹」は『行人』論においてあまり注目されてこなかった。例えば、鳥居邦朗「行人」（「国文学」一九六五（昭40）年八月。引用は、『漱石作品論集成　行人』（第十巻、桜楓社、一九九一（平3）年二月）による。）には、「香厳の放下と一郎の我の絶対化とは、方向として明かに逆向きである」（67頁）と指摘され、「私見によれば、『行人』における香厳の話はそれほどの積極的意味も持たないのではないか」（同）とされている。

（8）「隻手音声」の引用は、『白隠和尚全集』（第四巻、龍吟社、一九三四（昭9）年九月、390頁）による。

（9）『白隠和尚全集』第四巻、390〜391頁。

（10）「麻三斤」は、『無門関』、『碧巌録』ともに本則として掲載されている。「柏樹子」は、『無門関』には本則としてあり、『碧巌録』には、評唱の中で紹介されている。ちなみに、漱石は『碧巌録』に関する書籍をいくつか所蔵しており、関心が高かったとされている。『無門関』については、『夢十夜』「第二夜」に『無門関』の代表的な公案である「趙州無字」が使われている。

（11）西村恵信訳注『無門関』（岩波書店、一九九四（平6）年六月）による。

（12）この頌は、もともと唐代の洞山のものとされており、『碧巌録』「第十二則　洞山麻三斤」の頌でも触れられ、その評唱でこの頌が掲載されている。そこでは、この頌が「破人情見」、人の観念、思慮分別を打破することと関連づけられており、先に考察した「隻手音声」の公案で考察した意義と近いものであると言える。
(13)『無門関』の漢文、書き下しの引用は、前出の西村恵信訳注『無門関』(144頁)による。
(14)『碧巌録』の漢文、書き下しの引用は、「伝統的な解釈に従った定本」(末木文美士「『碧巌録』を読むために」(入矢義高他訳注『碧巌録』下、岩波書店、一九九六(平8)年二月、297頁))とされる朝比奈宗源訳注『碧巌録』(全三冊、岩波書店、一九三七(昭12)年七月~十月)による。漢文の返り点は省いた。また、引用の後の解釈や現代語訳は朝比奈の注と、近年の禅籍研究の成果を取り入れた末木文美士『現代語訳　碧巌録』(全三冊、二〇〇一(平13)年三月~二〇〇三(平15)年三月)を参照した藤本によるものである。読みやすさを考え、書き下しの必要と思われるところに「　」と・を付した。この引用は、朝比奈宗源訳注『碧巌録』中、126~129頁。
(15)ここでの「柏樹子」は『無門関』のものと若干異なる。趙州の「庭前柏樹子」という答えの後に「僧云。和尚莫将境示人。州云。老僧不曾将境示人。〔僧は「和尚、「境」で示さないで下さい」と言うと、趙州は「私は「境」では示していない」と答えた。〕」(朝比奈宗源訳注『碧巌録』中、126頁)とある。
(16)朝比奈宗源訳注『碧巌録』中、126~127頁。
(17)松崎覚本参訂編輯『天桂禅師提唱　碧巌録講義』中、光融館、一八九八(明31)年七月、巻第五、44頁。
(18)朝比奈宗源訳注『碧巌録』中、126頁。なお「錯認定盤星」という言葉は『碧巌録』に散見され、問の言葉に対しそのまま言葉として理解して答えることを批判する文脈で用いられている。例えば、「第二十七則　雲門体露金風」の本則の評唱に「雲門為復是答他話。為復是与他酬唱。若道答他話。錯認定盤星。若道与他唱和。且得没交渉。既不恁麼。畢竟作麼生。〔雲門は僧の問(「他話」)に答えたか。唱和したか。もし答えたと言うなら、「錯認定盤星」。もし唱和したと言うなら、それは全く外れている(「没交渉」)。そうでないなら、では結局どうなんだ。〕」(朝比奈宗源訳注『碧巌録』上、314頁)とある。
(19)西村恵信訳注『無門関』による。
(20)西村恵信訳注『無門関』85頁。
(21)朝比奈宗源訳注『碧巌録』上、170~171頁。
なお、「不見古人道。道本無言。因言顕道。見道即忘言。」の「古人」の言葉、つまり書き下しの引用中で「　」でくくられる部分について、朝比奈宗源訳注『碧巌録』では、その書き下しが「道本言無し。言に因つて道を顕す。道を見れば即ち言を忘ずと。」となっている通り、「道本無言、因言顕道。見道即忘言。」を「古人」の言葉と捉えている。一方で、末木文美士『現代語訳　碧巌録』(上、225頁)では「古人が、「道は本来、言葉では表現できないが、言葉に因って道を顕らかにする」

と言っているではないか。道を悟れば、言葉を忘れる。」と訳されており、「道本無言。因言顕道。」までを「古人」の言葉と捉えている。ここでは、朝比奈宗源訳注『碧巌録』に従った。

(22)「道本無言、因言顕道」という言葉は、『碧巌録』「第二十五則　蓮華峯拈拄杖」の本則の評唱にも見られる。「況此事雖不在言句中。非言句既不能弁。不見道。道本無言。因言顕道。〔この事(窮極のところ)は、言葉の中にはないが、言葉がなければ弁別できず、道が現れることもない。「道本無言、因言顕道」と言うではないか。〕」(朝比奈宗源訳注『碧巌録』上、296~297頁)とあり、ここでもやはり言葉が禅において両義的なものとして捉えられている。

(23) 小川隆『臨済録――禅の語録のことばと思想』(岩波書店、二〇〇八(平20)年十一月)にこの『禅門法語集』(正編)の漱石の書込みについて、「ことごとくチンプンカンの囈語」という表現は、「看話禅における「活句」の特質を裏返しに言い当てたものと言ってよい」(81頁)という指摘がある。小川の言う「活句」の特質とは、「いかなる理解も受けつけず、いかなる理路にも組み込みえぬ、いわば絶待・無分別の一語」(52頁)というものである。また、同書には「麻三斤」、「柏樹子」についての解説があり、本章の解釈において参考にしている。

(24) この「香厳撃竹」については、『漱石文学全集　行人』(第七巻、集英社、一九七二(昭47)年四月)の注では『景徳伝灯録』が紹介されている。また、松本常彦「漱石と禅――『行人』の場合――」(「語文研究」二〇〇六(平18)年十二月)では、道元『正法眼蔵』の「渓声山色」との関連が考察されている。加藤二郎「生死の超越」(『漱石と禅』)では「香厳撃竹」について論じる中で『五灯会元』から引用している。ただし、ともに典拠などの指摘ではない。その他に「香厳撃竹」が見られる主要な禅籍として『祖堂集』、『宋高僧伝』、道元『永平広録』、『葛藤集』等がある。『宋高僧伝』、『永平広録』、『葛藤集』の記述は簡潔であり、『祖堂集』は大正初年に発見されたものである。参考のため、『景徳伝灯録』と『正法眼蔵』の該当部分を掲載する。比較して、『五灯会元』の表現が、『景徳伝灯録』や『正法眼蔵』より『行人』の「香厳撃竹」と近いことがわかる。ただし、語句などは版により異同があることも考えられる。

・『景徳伝灯録』「巻第十一」(『景徳伝灯録』(一)、台湾商務印書館、一九六六(昭41)年十月、句読点と「　」を付している。)

鄧州香厳智閑禅師、青州人也。厭俗辞親、観方慕道。依為山禅会祐和尚、知其法器、欲激発智光一日謂之曰「吾不問汝平生学解及経巻冊子上記得者。汝未出胞胎未弁東西時本分事、試道一句来。吾要記汝」。師懵然無対、沈吟久之、進数語陳其所解。祐皆不許。師曰「却請和尚為説」。祐曰「吾説得是吾之見解、於汝眼目何有益乎」。師遂帰堂、偏検所集諸方語句、無一言可将酬対、乃自嘆曰「画餅不可充飢」。於是尽焚之曰「此生不学佛法也、且作個長行粥飯僧、免役心神。」遂泣辞潙山而去抵南陽睹忠国師遺跡、遂憩止焉。一日、因山中芟除草木、以瓦撃竹作声、俄失笑間廓然省悟。(中略)仍一偈云、「一撃忘所知（後略）」

・『正法眼蔵』（増谷文雄全訳注『正法眼蔵』（一）、講談社、二〇〇四（平16）年四月、188～189頁）

また香厳智閑禅師、かつて大潙大円禅師の会に学道せしとき、大潙いはく、／「なんぢ聡明博解なり。章疏のなかより記持せず、父母未生以前にあたりて、わがために一句を道取しきたるべし」／香厳、いはんことをもとむること数番すれども不得なり。ふかく身心をうらみ、年来たくはふるところの書籍を披尋するに、なほ茫然なり。つひに火をもちて年来のあつむる書をやきていはく、／「画にかけるもちひは、うゑをふさぐにたらず。われちかふ、此生に仏法を会せんことをのぞまじ。ただ行粥飯僧とならん」／といひて、行粥飯して年月をふるなり。行粥飯僧といふは、衆僧に粥飯を行益《ぎょうやく》するなり。このくにの陪饌役送《ばいせんやくそう》のごときなり。かくのごとくして大潙にまうす、／「智閑は心神昏昧にして道不得なり、和尚わがためにいふべし」。／大潙のいはく、／「われなんぢがためにいはんことを辞せず。おそらくは、のちになんぢわれをうらみん」。／かくて年月をふるに、大証国師の蹤跡《しょうせき》をたづねて、武当山にいりて、国師の庵のあとに、くさをむすびて為庵す。竹をうゑてともとしけり。あるとき、道路を併浄するちなみに、かはらほどばしりて、竹にあたりてひびきをなすをきくに、豁然として大悟す。（中略）つひに偈をつくりていはく、／「一撃忘所知（後略）」

(25)『五灯会元』の引用は、『王雲五主編四庫全書珍本七集　五灯会元』（台湾商務印書館、発行年未詳）より引用した。漢文は原文に句読点を付した。書き下しは藤本によるものである。なおその際、鈴木大拙『禅の研究』（丙午出版社、一九一六（大5）年三月。ただし『鈴木大拙全集』（第十六巻、岩波書店、一九六九（昭44）年四月）所収のものによる。）内で紹介されている「香厳撃竹」の話を参考にした。

(26)鈴木哲雄「南宋禅をどうとらえるか」には次のようにある（『宋代禅宗の社会的影響』山喜房仏書林、二〇〇二（平14）年十一月、134～135頁）。

　ところで、敦煌文献が発見される以前の禅宗史研究で利用されていた文献といえば、宋代に成立した『景徳伝灯録』と『五灯会元』が双璧といってよいであろう。（中略）他の一つの『会元』は、禅宗の成立から一三世紀までの禅僧の伝記と説法が網羅されていて極めて便利であったのである。清朝考証学で使用された禅宗文献は『会元』で代表される。日本の江戸時代の禅者たちも、まず『会元』を利用した。その利用は近年の仏教辞典や漢語辞典類にまでおよび、ここ数年になってやっと二〇世紀に発見された『祖堂集』が登場するようになった。

（「南宋禅をどうとらえるか」）

(27)『禅の研究』参照。

（28）『文淵閣四庫全書』（電子版）の語句検索で「問一答十」、「問十答百」、「聡明霊利」、「意解識想」の語句を検索すると『五灯会元』の当該箇所しかヒットしない（ただしもとは「聡明」、「霊利」、「意解」、「識想」と二語の熟語である）。この点は、『五灯会元』を大本の典拠と考える有力な根拠である。一方で鈴木大拙『禅の研究』にも「香厳撃竹」の話が紹介されており、本節で考察する『行人』にあり『五灯会元』にない記述とほぼ同じものがある。香厳が書物を燃やし、仏法を学ぶことを断念した後に続く以下のところである（『鈴木大拙全集』（第十六巻、280頁）より引用）。

それからは、何もかも放下して一切関せぬと云ふことにした。坐禅もやらなければ、道を思量すると云ふことをもせず、善も思量せず、悪も思量せず、父母未だ我を生まざる以前のことをも思量せず、また即今底をも思量せず、一切を放下してぽかんとしてをつた。

（「第二篇　禅の見方」）

この点からは、漱石が直接に『五灯会元』を典拠としたのではなく、間になにか別の書物があると考えられる。ただし、大拙は他の部分においても、『五灯会元』から引用を行っていることから、直接に『五灯会元』を典拠にしたものと思われる。また本節で考察する、香厳が師の潙山に拒絶される場面も紹介している。ちなみに、大拙は「香厳撃竹」の話を「智解分別がこびりついてをるうちは、禅の妙趣を咬みしめること相称はぬ」（279頁）、「智恵だけでは何の役にも立たぬと云ふことの一証」（同）として紹介している。典拠の問題については、『五灯会元』の版の違いによる文や語句の違いなども考えられるため、さらなる調査が必要である。

（29）漱石が直接に『五灯会元』を典拠としたのではない可能性について言及したが、本章における『五灯会元』と『行人』の比較は、厳密な意味での典拠と作品の比較を目指したものではない。この点について、柳田聖山『柳田聖山集　初期禅宗史書の研究』（第六巻、法蔵館、二〇〇〇（平12）年一月）にある、『景徳伝灯録』や『五灯会元』などの禅の灯史の読み方について、「後のものが常に前のものに対決し、新たな姿勢をとることによって、同一の説話にも全く別個な意味を与えることが多い」（19頁）という指摘を参考にしたい。同書では宗教的な説話をいかに語るかに「歴史的社会的な宗教的本質」（18頁）が見られると述べられている。本章における比較の作業は、それぞれの記述を「対決」させることを通して、『行人』における「香厳撃竹」の語り方の特徴を浮かび上がらせるための補助線であり、目的はその語り方から「香厳撃竹」の話が持つ意義を明らかにすることである。

（30）この点は、『五灯会元』の「香厳撃竹」が、本章第五節で引用する『臨済録』の「即心是仏」の考えに結びつく可能性を内包するものと捉えられる。詳述は避けるが、これは悟りを「外」に求める姿勢を批判するものであり、このような文脈の中で書物を焼き捨てる行為は、「外」へと向かう意識を振り払う過程の一つとして解釈されるであろう。
(31)『行人』における「香厳撃竹」のこれまでの解釈については、秋山公男「『行人』の主題と構造」(『漱石文学論考――後期作品の方法と構造』桜楓社、一九八七(昭62)年十一月、154〜155頁)にまとめられている。
(32) このような一郎の抱える不安が漱石の講演「現代日本の開化」(一九一一(明44)年十一月)とつながるものであるという指摘は、越智治雄「一郎と二郎」(『漱石私論』角川書店、一九七一(昭46)年六月)等に見られる。
(33)「倩女離魂」は秋月龍珉『公案』(筑摩書房、昭和六十二年十月)の中の「公案三十三則 1 仏道とは自己を習うなり――倩女離魂」を参照した。また、同書によるとこの公案は題名にもあるとおり、自己の「真」に対する問いとして捉えるべきものとされている。
(34) 松本常彦「漱石と禅――『行人』の場合――」に、一郎の「考へる」ことの両義性について、「功罪半ばする両義的な性格」として『正法眼蔵』の「画餅」との関連から言及されている。
(35)『碧巌録』や『無門関』などに見られる、公案により悟りへ導く看和禅が形成されたのは宋代であり、唐代の禅僧である歴史的な実在としての香厳は、このような公案の特性とは本来無縁である。
(36) 鳥居邦朗「行人」(『漱石作品論集成 行人』67頁)。また同様の見解は瀬沼茂樹「第二の三部作」にも見られる。
(37)「生死を超越」するという表現は、類似のものを含め禅籍にしばしば見られるものである。野網摩利子「行人の遂、未遂」(「文学」二〇一三(平25)年十一月)は、『碧巌録』「第七十二則 百丈問雲巌」との関わりを指摘している。しかし、同様の表現は、「第五十四則 雲門却展両手」に「透出生死」、「第五十五則 道吾漸源弔慰」に「透脱生死」等見られ、また『碧巌録』に限らず、『禅門法語集』、道元『正法眼蔵』等にも散見される。
(38) 末木文美士『現代語訳 碧巌録』「第五十三則 百丈とカモ」による。
(39)『臨済録』の漢文、書き下しの引用は朝比奈宗源訳注『臨済録』(岩波書店、一九三五(昭10)年七月、39頁)による。現代語訳は同書を参照した藤本によるものである。
(40)『臨済録』「示衆」(朝比奈宗源訳注『臨済録』88頁)。
(41) この言葉は、この引用した前の所に「向裏向外、逢著便殺〔内に向かっても外に向かっても、逢ったものは皆殺せ〕」とあるように、外部にある権威とされるものを否定するのみならず、自らの内部の権威をも否定するものである。

第五章　『行人』における知の〈転倒〉とW・ジェイムズ、H・ベルクソン

――「実行的な僕」をめぐって――

一　はじめに

『行人』[1]の一郎は「実行」を求める人である。Hとの会話での「然し何うしたら此研究的な僕が、実行的な僕に変化出来るだらう。どうぞ教へて呉れ」（「塵労」四十五）という訴えは、その端的な表れと言える。この言葉においては、「研究的な僕」と「実行的な僕」が対立的に捉えられ、後者に価値が置かれている。このような考えは香厳への憧れに見られるように、「不立文字」を唱える禅への関心に繋がるものと言える。

ところで、このように「研究的」／「実行的」の二つを対立させ、後者を高く評価するという一郎のあり方は、自明の価値観ではあるまい。それは『行人』からもうかがえる。例えばHが、「私は兄さんの頭を信じてゐました。私よりも鋭敏な兄さんの理解力に尊敬を払つてゐました」（「塵労」四十二）と述べるが、この「頭」への信頼は、一郎の「研究的な僕」への尊敬と捉えてよいだろう。他にもHは「兄さんは鋭敏な人です。美的にも倫理的にも、智的にも鋭敏過ぎて」（「塵労」三十八）と述べ、「兄さんの予期通りに兄さんに向つて働き懸ける世の中を想像して見ると、それは今の世の中より遥に進んだものでなければなりません」（同）と、一郎を高く評価しているが、これも一郎の「頭」、つまりは「研究的な僕」に根ざした評価と言える。二郎が「自分より幾倍立派な頭を有つてゐるか分らない兄」（「兄」二十）と述べるように、『行人』の大部分において、一郎の「頭」は高く評価されている。言うならば、「研究的」／「実行的」の対立において、周囲の前者に価値をおく考えに対し、一郎はそ

れを〈転倒〉させ、後者に価値を置こうとするのである。
この問題を考える上で注目すべきなのが、『行人』執筆のおよそ一年前に行われた講演「中味と形式[2]」である。この講演の趣旨は学者のような「観察者」が作り出す「統一」は、「形式丈の統一で中味の統一にも何にもならない纏め方」となっており、「一種の形式を事実より前に備へて置いて、其形式から我々の生活を割出さうとするならば、ある場合には其処に大変な無理が出来なければならない」ことを述べるものである。このような「観察者」の問題について、漱石は次のように述べている。

冷然たる傍観者の態度が何故に此弊を醸すかとの御質問があるなら私は斯う説明したい、一寸考へると、彼等は常人より判明した頭を有つて、普通のものより根気強く、確乎考へるのだから彼等の纏めたものに間違はない筈だと、斯う云ふことになりますが、彼等は彼等の取扱ふ材料から一歩退いて佇立ずむ癖がある、云ひ換れば研究の対象を何処迄も自分から離して眼の前に置かうとする、徹頭徹尾観察者である、観察者である以上は相手と同化する事は殆んど望めない、相手を研究し相手を知るといふのは離れて知るの意で其物になりすまして之を体得するのとは全く趣が違ふ、（「中味と形式」）

漱石は「観察者」の問題を、「対象を何処迄も自分から離して眼の前に置かうとする」ために、「其物になりすまして之を体得するのとは全く趣が違ふ」とする。そして次のように述べる。
「観察者の纏めたものは」換言すれば形式の上ではよく纏まるけれども、中味から云ふと一向纏つてゐないといふ様な場合が出て来るのであります、が詰り外からして観察をして相手を離れて其形を極める丈で内部へ入り込んで其裏面の活動からして自から出る形式を捉へ得ないといふ事になるのです。

（「中味と形式」）

「観察者」は「内部へ入り込んで其裏面の活動からして自から出る形式を捉へ得ない」という指摘は、先の「其物になりすまして之を体得するのとは全く趣が違ふ」という点とあわせて、『行人』における一郎の「要するに僕は図を披いて地理を調査する人だつたのだ。それでゐて脚絆を着けて山河を跋渉する実地の人と、同じ経験をしやうと焦慮り抜いてゐるのだ」（「塵労」四十五）という嘆きに通じるものを見ることができる。つまり「図を披いて地理を調査する」ことと「脚絆を着けて山河を跋渉する」こととは、その認識のあり方が「全く趣が違ふ」のである。この「観察者」は一郎の言う「研究的」な姿勢であると考えられることから、「中味と形式」は『行人』の「研究的」／「実行的」を対立させて考えるという共通する問題意識を持っていると言える。その上で、両者の立場における認識のあり方が決定的に異なるということが述べられているのである。

さてこのような「研究的」／「実行的」という両者の認識のあり方の決定的な相違という点は、これまでの『行人』論においてどれほど意識されていたであろうか。その点について、一郎が求める「絶対即相対」の境地についいて見てみたい。この境地は本文においてHによって次のように語られる。

兄さんは純粋に心の落ち付きを得た人は、求めないでも自然に此境地に入れるべきだと云ひます。一度此境界に入れば天地も万有も、凡ての対象といふものが悉くなくなつて、唯自分丈が存在するのだと云ひます。さうして其時の自分は有とも無いとも片の付かないものだと云ひます。偉大なやうな又微細なやうなものだと云ひます。何とも名の付け様のないものだと云ひます。即ち絶対だと云ひます。さうして其絶対を経験してゐる人が、俄然として半鐘の音を聞くとすると、其半鐘の音は即ち自分だといふのです。言葉を換へて同じ意味を表はすと、絶対即相対になるのだといふのです、従つて自分以外に物を置き他を作つて、苦しむ必要がなくなるし、又苦しめられる掛念も起らないのだと云ふのです。

（「塵労」四十四）

先行論において、この境地は、その直前の一郎の「神は自己だ」（「塵労」四十四）、「僕は絶対だ」（同）という言葉と合わせて、「自我（自己）の絶対化」としてしばしば捉えられてきた。早いものとして、岡崎義恵は次のように述べている。

自我を拡充して世界がすべて自我となるので、自我一元に帰して、相対的関係から起るいやな葛藤は消滅するのである。他人も皆自分だと思へばよいのであらう。自我は「大我」となつて、唯一絶対の存在となり、一切の葛藤を解消するのである。

（岡崎義恵「『行人』」[3]）

岡崎は「自我一元に帰して」と述べるが、同様の見解は「自らを「絶対」にのし上げる」[4]、「自己の絶対化を主張する」[5]、「自己を絶対化するなかで、万物を包摂しようとする」[6]など、細かな解釈の違いはあるが繰り返されてきたと言える。[7]では、その絶対化される「自我（自己）」とはいかなるものか。先の岡崎の論を見るならば、「一郎は他の漱石的人物と同じく自我の人である。その自我に立籠もつて外界を研究し、考へる人である」とされるように、「外界」を「研究」することと関連づけられている。一郎がこのような「自我（自己）の絶対化」を述べるのは、周囲との「相対的関係から起るいやな葛藤」によるものとされるが、それは一郎が自らの「今日迄に養ひ上げた高い標準」（「塵労」四十）に固執するために、「自分以外の意志」（「塵労」四十一）を「不善で不美で不真」（同）とするような認識からと言え、そのような標準を作った「研究的な僕」のあり方が前提とされていると考えられる。つまり先行論における「自我（自己）の絶対化」とはその「高い標準」を作り出す「研究的な僕」を「絶対化」することと言えるである。その上で、そのような「自我（自己）の絶対化」が「実行」できないからこそ、一郎の救済は達成されないものとされる。しかし、先に見たような「中味と形式」で示される「研究的」／「実行的」という姿勢におけるそれぞれの認識のあり方の決定的な違いを前提に考えたとき、わざわざ「哲学者の頭から割り出された空しい紙の上の数字」（「塵労」四十四）ではなく、「親しく経験する事のできる判切した心理的なもの」（同）と断っているような「絶対即相対」の境地、そしてその「実行」にこだわる一郎のあり方をこのように捉えることは果たして妥当であろうか。

本章では、まず以上のような点から、「自我（自己）の絶対化」とされる考えについて、「中味と形式」との関連からその問題点を考察する。その上で、一郎の「研究的」／「実行的」における姿勢の背景を探ることで、先の「絶対即相対」の境地、そして一郎が「何うかして香厳になりたい」（「塵労」五十）と語る「香厳撃竹」の挿話をいかに捉えるべきかという点について言及する。

二　『行人』の評価と日本におけるオイケンの受容

先行論で述べられた「自我（自己）の絶対化」というあり方を、作者である漱石はどのように考えていたのか。この問題について「中味と形式」から考察する。「中味と形式」においては、先に見たように「観察者」の立場における認識が否定的に語られていた。その「観察者」の代表的な事例として取り上げられていたのがドイツの哲学者ルドルフ・オイケン（Rudolf Eucken）の思想である。

漱石のオイケンに対する言及は少なく、「中味と形式」同様、否定的なものが多い。『思ひ出す事など』[8]においては「学者オイケンの頭の中で纏め上げた精神生活が、現に事実となつて世の中に存在し得るや否やに至つては自から別問題である」（第二十七回）と述べ、オイケンの主張の中心と言える「精神生活」が、学者の「頭の中で纏め上げた」もので実現性の低いものとされている点は、「中味と形式」での批判と軌を一にしたものと言える。また漱石の旧蔵書にあるオイケンの著作は『人生の意義と価値』（*The meaning and value of life*）のみであり、その書き込みは、オイケンの主張に対する具体性のなさなど、否定的なものがほとんどである。

ところで、このような漱石のオイケンに対する言及は、西洋でのオイケン哲学の隆盛、それを受けての日本でのオイケンの受容、その後の流行が背景にあると考えられる。オイケンは明治末から少しづつ、雑誌などで名前が見られるようになり、大正二、三年には一種の流行とも言える状況となる。ただし、その流行は長続きせず、大正四年には、それが一種の流行思想であったとの言及がある。[9]『思ひ出す事など』や「中味と形式」における漱石のオイケンへの言及は、明治四十三、四十四年であり、時期的にはかなり早いものと言える。それでは、オイケンはいかなる意義のもと日本において受容されたのか。

基本的には、オイケンは自然主義の隆盛、退潮の後の反動とも言える形で、人間の理想を訴える思想、「新理想主義」の哲学として歓迎された。その主要なポイントは、先にも述べた通り、「精神生活」であり、そこにおいては「自我」の充実が社会の向上へと結びつけられている。


真生活は、究極自我のための生活にして、真に自我充実の理想さへ達せらるれば、真実な意義に於ける社会、国家、其の他一般人類生活は、おのづから実現されるものと信じたからである。（中略）オイッケン一派の主張等に徴するに、真正の個人主義は、遂に真正の団体主義に一致すべきものといふ精神が際立つて見へる。
（金子筑水「個人主義の盛衰」[10]）

これは明治四十一年発表であり、オイケンへの言及としては早いものである。引用の前半はニーチェの個人主義について述べられたものだが、オイケンの哲学をこのニーチェの個人主義の流れの中に位置づける形で、「自我」の哲学と捉え、「自我充実」が「真実な意義に於ける社会、国家、其の他一般人類生活」の実現に結びつくという考えであるとする。この点はオイケンの解釈としては後々まで見られる一般的なものである。それでは、オイケンの思想において、「個人主義」的な「自我」を中心とした「精神生活」が社会の発展につなげられているのは、どのような認識に基づくのか。日本におけるオイケンの紹介者の代表的な人物と言える稲毛詛風の、大正二年発行の『オイケンの哲学』、大正四年発行の『オイケンと現代思潮』から考察する。[11]

オイケンの眼に映じたる現代は、精神生活の不安に充ち満ちて居る皮相虚偽空虚の文明に過ぎなかつた。
（稲毛詛風『オイケンの哲学』[12]）

即ち彼等は自利とか功利とか、乃至快楽等の標準以上に道徳の高尚な標準を建設せずには居られないのである。然して彼等をしてこれをなさしめるものは精神生活の本然力である。個人をして感覚世界の奴隷たる事から自由ならしめ、即ち自利とか皮相の興味とかいふものから自由ならしむるもの、若しくは人間をして単に肉体的の事象に対する事よりも、寧ろ真善美に対する注意を多大ならしめ、且人間をして低劣なる現実の境域を脱して高遠なる理想目的を追求せしむるものは即ち精神生活である。斯くの如き意味に於て精神生活は『高き世界』であり、従て又自然生活は『低き世界』であるといはねばならぬ。

（稲毛詛風『オイケンの哲学[13]』）

而して彼等の個人主義は社会主義や功利主義等のそれとは趣を異にし、単なる利己心を基礎とするものではなくて、寧ろ高貴偉大なる人格に対する尊崇の念を基礎とする点に於て其の特色を有するものである。

（稲毛詛風『オイケンと現代思潮[14]』）

「精神生活」の名のもとに伸張される「自我」は、「皮相虚偽空虚」な現状に対し、「道徳の高尚な標準」により、「低劣なる現実の境域を脱して高遠なる理想目的を追求せしむるもの」である。このように、「高貴偉大なる人格」に基づく「自我」であるからこそ、その「自我」を中心にした生活が直線的に社会の向上に結びつけられ、「精神世界は『高き世界』」とされるのである。このように、オイケンの思想において、「自我」を評価する上での重要なキーワードが「人格」であった[15]。

さて、このような当時におけるオイケンの思想の捉え方を見たとき、それが、『行人』の一郎に通じるものがあることに気づかされる。先に一郎が、自らの周囲を「不善で不美で不真」（「塵労」四十一）とする認識に触れた。これは、盲目の女の話をめぐる父の対応に関して述べた「今の日本の社会――ことによつたら西洋も左右かも知れないけれども――皆な上滑りの御上手もの丈が存在し得るやうに出来上がつてゐるんだから仕方がない」

（「帰ってから」二十一）や「少しも摯実の気質がない」（同）という一郎の言葉と繋がるものである。他にも一郎はHに対し、「自分の周囲が偽で成立してゐる」（「塵労」三十七）と述べる。このような周囲に対して、一郎は自らの「高い標準」に固執するが、その一郎の姿勢をHは「我儘から来る」（「塵労」三十八）ものではなく、一郎の望む通りの世界が「美的にも智的にも乃至倫理的にも」（同）「遥に進んだもの」（同）と述べている。オイケンの思想を解説したものにおいて「自我」の充実が社会の発展に繋げられていることを述べたが、一郎の望む「絶対即相対」の境地を「自我（自己）の絶対化」とする先行論の捉え方は、一郎の「頭」が生み出す「高い標準」を「絶対化」するものであり、一郎をオイケン的な意義のもと理解していると言える。[16] オイケンの「自我」を評価する上でのキーワードであった「人格」にしても、例えば岡崎義恵が「此作には「人格」の語が屢〻あらはれ、人格を尊重する思想が全篇に充ち満ちてゐる」[17]と述べるように、『行人』の評価の上で同様に重視されている。[18]

そして、先にも述べたとおり漱石はオイケンに対して批判的であった。『人生の意義と価値』の「精神生活」を説明した部分には次のように書き込まれている。

> life ノ meaning ト云フコトハ(1)自分ノ will ヲ freely exercise スルコト(2)此 wil ガ宇宙ノ建設ニ与ツテ力ル〔原〕コトニ帰着スルニ似タリ。是ハ当然ニテ陳腐ナリ。只問題ハ此両者ガドノ点迄行ケルカニアリ。著者モシ absolutely ニト云フ意ナラバ fact ヲ neglect セルモノナリ。[19]

オイケンは「自我」の実現のために「自由」を強調する。ここでの「自分ノ will ヲ freely exercise スルコト」とは、先の金子の評論の「自我充実」という意味と同様なものと捉えて良いものであろうが、漱石はそれがそのまま「宇宙ノ建設」に完全に（「absolutely」）一致すると考えることを、「fact ヲ neglect」するものとして批判している。『思ひ出す事など』で「己一個の意志で自由に営む生活」（二十七回）としての「精神生活」が「応用の範囲の狭いもの」（同）とされているが、オイケンの「精神生活」、つまり「自我」の自由な発現が社会などの外的世界の発展へと結びつけられることに、それが例えどんなに「高い標準」を持つ「自我」であったとしても、漱石は否定的であったと言える。そしてこのような批判は、「中味と形式」でオイケンを「実際には疎い人」とするように、「観察者」の立場による認識が現実と離れてしまっているということを基にしたものであった。

以上のことから、もし一郎の望むものを「自我（自己）の絶対化」として捉えるのであれば、そのような一郎の姿勢に対して漱石は否定的であったと言える。そしてその根底には、「観察者」の立場、「研究的」な姿勢に基づいた「自我」に対する批判があった。もちろん、否定的であるからこそ、「絶対即相対」の境地が観念的なものに止まり、一郎に救済が与えられていないとも考えられる。しかし一郎が切望するこの境地は、そのような否定的な意義につきるであろうか。先行論で述べられたようなオイケン的な「自我（自己）の絶対化」への希求とは、「高い標準」に固執する「研究的な僕」を「絶対化」することを求めるものと言える。しかしそもそも一郎の求める境地は、「哲学者の頭から割り出された空しい紙の上の数字」（「塵労」四十四）ではなく、「親しく経験する事の出来る判切した心理的のもの」（同）とされているのだ。そしてこのような境地に対する、一郎の「僕は明かに絶対の境地を認めてゐる。然し僕の世界観が明かになればなる程、絶対は僕と離れて仕舞ふ」（「塵労」四十五）という嘆き、そしてその前後の「実行」への希求は、最初に検討した「研究的」／「実行的」の認識の相違とあわせて、「研究的」な姿勢から生じる認識を打ち破ることを求めるものと言える。『行人』の言葉で言うならば、ここで求められているのは、「図を披いて地理を調査する人」（＝「研究的な僕」）である一郎が、その「図」にしたがって「脚絆を着けて山河を跋渉する実地の人」になるのではなく、その「図」を捨てて「実地の人」（＝

「実行的な僕」）になること、それにより、「内部へ入り込んで」（「中味と形式」）行くことではないか。ここで問題になるのは、『行人』の「研究的」／「実行的」という同じ問題をもつ「中味と形式」の漱石の考えにいかなる背景があるのかという点である。

三　漱石の「意識」観とW・ジェイムズ

「中味と形式」における「形式」ではなく「中味」をこそ重視すべきという考えは、漱石の文学観においては基本的なものと言える。漱石は、しばしば「主義」で作品を裁断することを批判し、作品の具体的な内容により判断すべきということを述べる。「創作家の態度」[20]に次のようにある。

もう一つ歴史的研究に就ての危険を一言単簡に述べて置きたいと思ひます。主義を本位にして動かすべからざるものと見ますと、前申した通り作家（即ち作物）を取り崩して掛らんと不都合が生ずる如く、作家（即ち作物）を本位として動かすべからざるものとすると、今度は主義の方にもつと融通をつけなければなりますまい。融通をつけると云ふと、一つの作物のうちには同時に色々な主義を含んで居る場合が多い、少なくとも含んで居る場合があり得るのですから、斯様な作物を批評したり分解したり説明したりする際には、一主義のもとに窮窟に律し去る習慣を改めて、歴史的には矛盾する如くに見傚されて居る主義でも構はないから、之を併立せしめて、苟しくも其作物のある部分を説明するに足る以上は之を列挙して憚からん様にしなければ、矢張り前段同様の不都合に陥る訳であります。

（「創作家の態度」）

ここでは作品を評価する上で、「一主義のもとに窮窟に律し去る習慣を改めて」、「作物」の内容を本位にして判断すべきことが述べられている。そのようなとき「主義」としては「矛盾」が出ても、それが現実に適合するものである以上、認めるべきだという主張は、「中味と形式」で「形式から云へば矛盾」とされるものでも「生活の性質から出る已を得ざる矛盾」であるならば、それは「本来の調和」であるとする考えと同様なものと言える。そしてこのような考えは、『坑夫』[21]で主張される「無性格論」へと繋がるものでもあり、漱石の文学観の核心の一つとも捉えることができる。

一郎の「実行」への希求は、最初に検討したように「中味と形式」の問題意識に関わるものであり、このような「形式」ではなく「中味」を重視すべきという漱石の持つ文学観と無縁のものではあるまい。だが『行人』においては、そのような考えが、文学作品の捉え方にとどまらず、近代化の問題に悩む一郎の救済のあり方として、近代に抗する「思想」の方向性に繋がるものとなっている点に、一つの「飛躍」[22]を見ることができると思われる。それでは、この「飛躍」の契機となったものは何なのか。しばしば、漱石の思想的な変化を語る上で、「修善寺の大患」が指摘されてきた。筆者も同様に、この時期の漱石に変化があったものと見たい。しかし、それはしばしば語られるような、「大患」による心情の変化を直接的な原因と考えるものではない。筆者は、先に指摘したような具体性を重視する文学観との類似から、修善寺でのウィリアム・ジェイムズ『多元的宇宙』(William James, *A pluralistic universe*) の受容、そしてその後のジェイムズを介してのアンリ・ベルクソン『時間と自由』(Henri Bergson, *Time and free will*) の受容を「飛躍」の契機と考える。[23]

この二人は漱石の晩年において、極めて強い影響を与えた思想家としてしばしば取り上げられる。その根拠としてひかれるのは、『思ひ出す事など』の次の部分である。

多元的宇宙は約半分程残つてゐたのを、三日許で面白く読み了つた。ことに文学者たる自分の立場から見て、教授が何事によらず具体的の事実を土台として、類推で哲学の領分に切り込んで行く所を面白く読み了つた。余はあながちに弁証法を嫌ふものではない。又妄りに理知主義を厭ひもしない。たゞ自分の平生文学上に抱いてゐる意見と、教授の哲学に就いて主張する所の考とが、親しい気脈を通じて彼此相倚る様な心持がしたのを愉快に思つたのである。ことに教授が仏蘭西の学者ベルグソンの説を紹介する辺りを、坂に車を転がす様な勢で馳け抜けたのは、まだ血液の充分に運ひもせぬ余の頭に取つて、どの位嬉しかつたか分らない。

（『思ひ出す事など』第三回）

漱石が「平生文学上に抱いてゐる意見」とジェイムズの『多元的宇宙』に述べられた「哲学」が「親しい気脈を通じて彼此相倚る様な心持がした」ことが述べられている。特に、「具体的の事実を土台として」という点は、先に見たような「主義」ではなく「作物」の内容によって評価するべきという姿勢に通じるものと言える。

ここではまず、『多元的宇宙』が漱石に与えた影響を論じる前に、「平生文学上に抱いてゐる意見」の根底にあると考えられる「意識」の問題について、ジェイムズの影響を確認する。『多元的宇宙』においては、ヘーゲルの哲学が「観念的一元論」として退けられるが、これはジェイムズが『心理学原理』（*The Principles of Psychology*）で説く「意識」に対する考えがもとになっていると考えられるためである。[24]

先に引用した「創作家の態度」で主題となる「態度」について、漱石は「態度と云ふのは心の持ち方、物の観方位に解釈して置いて下されば宜しい。此、心の持ち方、物の観方で十人、十色様々の世界が出来又様々の世界観が成り立つのは申す迄もない」と説明する。その上で、この評論においては「創作家が如何なる立場から、どんな風に世の中を見るか」について「主観」と「客観」の両方面から説き、「双方共大切なもの」であるとした上で、現在の社会状況から「客観的態度」が必要であると結論付けられる。その「態度」の問題について、漱石は以下のように説明を行う。

さうして此取捨は我々の注意（故意もしくは自然の）に伴つて決せられるのでありますから、此注意の向き案排もしくは向け具合が即ち態度であると申しても差支なからうと思ひます。（注意そのものゝ性質や発達は茲には述べません）私が先年倫敦に居つた時、此間亡くなられた浅井先生と市中を歩いた事があります。其時浅井先生はどの町へ出ても、どの建物を見ても、あれは好い色だ、これは好い色だ、と、とうく家へ帰る迄色尽しで御仕舞になりました。流石画伯丈あつて、違つたものだ、先生は色で世界が出来上がつてると考へてるんだなと大に悟りました。すると又私の下宿に退職の軍人で八十許になる老人が居りました。毎日同じ時間に同じ所を散歩をする器械の様な男でしたが、此老人が外へ出ると屹度杓子を拾つて来る。尤も日本の飯杓子の様な大きなものではありません。小供の玩具にするブリツキ製の匙であります。下宿の婆さんに聞いて見ると往来に落ちてゐるんだと申します。然し私が散歩したつて、未だ嘗て落ちてゐた事がありません。然るに爺さん丈は不思議に拾つて来る。さうして、これを叮嚀に室の中へ並べます。何でも余程の数になつて居りました。で私は感心しました。外の事に感心した訳でもありませんが、此爺さんの世界観が杓子から出来上つてるのに尠なからず感心したのであります。是はたゞに一例であります。詳しく云ふと講演の冒頭に述べた如く十人十色で、いくらでも不思議な世界を任意に作つて居る様であります。

（「創作家の態度」）

漱石はこのように同じようなことをしても「態度」によってそれぞれの経験が全く異なることを述べる。この部分では、浅井先生や下宿の退職軍人の老人といった漱石自身の体験が、「十人十色で、いくらでも不思議な世界を任意に作つて居る」とする人間の認識のあり方を説明する上で語られている。このような見方は、『心理学原理』の次の部分をもとにしたものと考えられる。(25)

A man's empirical thought depends on the things he has experienced, but what these shall be is to a large extent determined by his habits of attention. A thing may be present to him a thousand times, but if he persistently fails to notice it, it cannot be said to enter into his experience. [...] Each has selected, out of the same mass of presented objects, those which suited his private interest and has made his experience thereby.

(*The Principles of Psychology*)(26)

〔人の経験的な考えは経験した物事によるが、それらがどのようなものになるのかは、ほとんど注意の習慣によって決まるのである。あるものが千回繰り返して目前に現れても、終始これを気にとめなかったら、経験に入ったとは言えない。（中略）それぞれの者が同じく目前に現れた膨大なものの中から、自らの興味に合うものを選択し、そのことによりそれぞれの経験を形成するのである。〕

ここで語られる「あるものが千回繰り返して目前に現れても、終始これを気にとめなかったら、経験に入ったとは言えない」とするあり方は、先に引用した漱石の体験、退職軍人の老人が簡単に拾ってくる匙を、漱石がどれだけ注意しても発見できないという話を説明するものである。また、『心理学原理』の引用の中略の部分には、四人の人間がヨーロッパ旅行をした際、一人は服装や色彩、公園、風景、建物、絵画、彫刻などの印象を持ち帰るが、他の一人の印象は距離や物価、人口などの実用的な統計によって占められ、他の一人は劇場やレストラン、娯楽場の印象ばかりであり、最後の一人は全く異なり主観的にばかり考えているという例が述べられている。これは、浅井先生が色の話しかしないという漱石の出した例とほぼ同じものである。このようなそれぞれの認識や経験が、それぞれの「態度」によって異なるというのが、ジェイムズの「意識」の問題を考える上での核となっており、漱石はそのジェイムズの「意識」に対する考えを骨子として自らの体験を語っているのである。

このように「創作家の態度」における「意識」をめぐるあり方は、ジェイムズの『心理学原理』をもとにしたものと考えられる。(27) このような例はほかにもある。例えば、「創作家の態度」の次の部分である。

凡ての心的現象は過程であるからして、Bと云ふ現象は、Aと云ふ現象に次いで起るのは勿論であります。従つてBの価値はBの性質のみによつて定まらない、Bの前に起つたAと云ふ現象の為めに支配せられて居る事も勿論であります。腹が減るといふ現象が心に起ればこそ飯が旨いと云ふ現象が次いで起るので、必ずしも料理が上等だから旨かつたと許りは断言出来にくいのであります。（中略）従つて人には現在が一番価値がある様に思はれる。一番意味がある如く感ぜられる。現在が凡ての標準として適当だと信じられる。だから明日になると何だ馬鹿〳〵しい、どうして、あんな気になれたかと思ふ事がよくあります。昔し恋をした女を十年立つて考へると、なぜまあ、あれ程逆上られたものかなあと感心するが、当時は其逆上が尤もで、理の当然で、実に自然で、絶対に価値のある事としか思はれなかつたのであります。

（「創作家の態度」）

これは、あるBという現象が「Bの前に起つたAと云ふ現象の為めに支配せられて居る」として、あるとき受ける認識や感覚が、その前後の意識の影響を受けるということを述べたものである。同じものを認識するとしても前後の影響で大きく感じ方は変わることを説明する例として、空腹時に食事がおいしく感じられること、またかつて恋をした女性といえども、時が経ち、その認識の前後の状況が変われば、同じ女性でも全く異なるものとして感じられることが述べられている。これが『心理学原理』の次の部分をもとにしていることは明白である。

We feel things differently according as we are sleepy or awake, hungry or full, fresh or tired [...] When the identical fact recurs, we must think of it in a fresh manner, see it under a somewhat different angle, apprehend it in different relations from those in which it last appeared. And the thought by which we cognize it is the thought of it-in-those-relations, a thought suffused with the consciousness of all that dim context. Often we are ourselves struck at the strange differences in our successive views of the same thing. [...] the young girls that brought an aura of infinity, at present hardly distinguishable existences

（*The Principles of Psychology*）[28]

〔私たちは眠たいか醒めているか、空腹か満腹か、元気か疲れているかによって、物事を違うように感じる。（中略）同一の事実が二度起つた時、私たちは、新しい方法で考え、いくらか違う角度から捉え、以前とは異なる関係の中で理解せざるを得ない。それを認識する時の考えは、それがそのような関係の中にあるものとしての考えであり、全ての漠然とした前後関係の意識に覆われた考えである。私たちはしばしば、同じものについての前の見解と後の見解が不思議なほど違うことに驚いてしまう。（中略）無限の輝きを感じていた少女が、現在はいるのかいないのかもわからなくなってしまう。〕

これは「意識」が絶えず変化をすることを示すために、物事の認識がその時の環境により変化することを述べたものである。その中で「それがそのような関係の中にあるものとしての考えであり、全ての漠然とした前後関係の意識に覆われた考え」として、ある「意識」が前後の「意識」のあり方と密接な関連にあることが説かれている。先の「創作家の態度」の「腹が減るといふ現象が心に起ればこそ飯が旨いと云ふ現象が次いで起る」という例は、『心理学原理』の「空腹か満腹か」によって、その認識のあり方が変わるということと同じものと言える。また、「昔し恋をした女を十年立つて考へると、なぜまあ、あれ程逆上られたものかなあと感心するが、当時は其逆上が尤もで、理の当然で、実に自然で、絶対に価値のある事としか思はれなかつた」というも、「無限の輝きを感じていた少女が、現在はいるのかいないのかもわからなくなってしまう」という例と同様のものである。

このように「意識」に関する考え方について、漱石とジェイムズには強い親和性が見られる、この理由として、ジェイムズの「意識」の見解をもとに漱石が語っているということが、もちろん考えられる。しかしそれだけではない。このようなジェイムズの「意識」をめぐる問題の根幹にあるのが、「真理」観の相対化である。ある一定のものの見方を絶対化しないことをジェイムズは説くが、これは漱石も同様である。その前の「文芸の哲学的基礎」[29]とこの「創作家の態度」において共通しているのは、様々な観点や「態度」でのものの見方を認め、ある一つの見方や考え方を絶対視しない姿勢である。具体的には、漱石は両評論で自然主義が「知」による「真」のみを絶対化する傾向を批判する。そしてこのような姿勢を漱石は様々なところで説き続けている。『思ひ出す事など』で語られた「平生文学上に抱いてゐる意見と、教授の哲学に就いて主張する所の考とが、親しい気脈を通じて彼此相倚る様な心持がした」という共感もまた、この点を土台としたものと考えられる。[30]

四　「中味と形式」の背景と『行人』

すでに『多元的宇宙』、『時間と自由』と漱石の文学観については様々な論が述べられている。[31] 先ほど考察した共通性をもとに先行論の驥尾に付して考えを述べる。

『多元的宇宙』について、漱石の蔵書の線引きを見ると、それがヘーゲルの哲学を批判した第三講、そして、ベルクソンの哲学を紹介した第六講に多いことがわかる。その中で注目されるのは、第六講の次の部分である。[32]

Professor Bergson thus inverts the traditional platonic doctrine absolutely. Instead of intellectual knowledge being the profounder, he calls it the more superficial. Instead of being the only adequate knowledge, it is grossly inadequate, and its only superiority is the practical one of enabling us to make short cuts through experience and thereby to save time. The one thing it cannot do is to reveal the nature of thing — which last remark, if not clear already, will become clearer as I proceed. Dive back into the flux itself, then, Bergson tells us, if you wish to know reality,

(*A pluralistic universe*)[33]

〔ベルグソン教授は、こういうわけで、伝統的なプラトンの教えを完全にひっくりかえすのである。彼は、知的な認識をより深いものとはよばず、より表面的なものとよぶ。この認識は、ただ一つの妥当な知識であるどころか、非常に不適切なものであって、そのただ一つの長所は、我々がそのおかげで経験の中で近道をとり、時間を倹約することができるという、実用的なものである。この認識は事実の本性を示すことはできない――このことの意味は、今までのところまだはっきりしていないかもしれないが、私の話がすすむにつれて次第に明らかになるであろう。ベルグソンはいう。実在を知りたいと思うなら、流れの中にもう一度とびこめ。」

ここに見られるのは、従来高い価値を与えられてきた知的な認識を「より表面的なもの」として、「事実の本性を示すことはできない」とするジェイムズ―ベルクソンの立場である。そして知的な認識の長所は、「近道をとり、時間を倹約することができるという、実用的なもの」のみとされ、「実在を知りたいと思うなら、流れの中にもう一度とびこめ」ということが主張される。

このような考えは「中味と形式」の立場と極めて近いものである。「中味と形式」における学者に代表されるような「観察者」とは、「知的な認識」であると言える。このような「観察者」による認識は、「学者のやる統一、概括と云ふものゝ御陰で我々は日常どの位便宜を得てゐるか分かりません」と述べられているように、それが「便宜」、つまり「実用的なもの」として評価されつつ、「中味から云ふと一向纏つていない」ものとされる。そして何より、「実在を知りたいと思うなら、流れの中にもう一度とびこめ」という言葉は、「中味と形式」における「観察者」が「内部へ入り込んで其裏面の活動からして自から出る形式」を捉えることができないという言葉に繋がるものである。これは先に見たように、『行人』の「脚絆を着けて山河を跋渉する実地の人と、同じ経験をしやうと焦慮り抜いてゐるのだ」という一郎の嘆きに同様のものを見ることができる。『多元的宇宙』で語られる「知的な認識をより深いものとはよばず、より表面的なもの」とする認識のあり方は、まさに「研究的」／「実行的」の対立において、前者を高く評価する一般的な価値観を「完全にひっくりかえす」、つまり〈転倒〉させるものなのである。

この『多元的宇宙』の考えは、その少し前にある次の指摘をもとにしたものである。

theoretic knowledge, which is knowledge about things, as distinguished from living or sympathetic acquaintance with them, touches only the outer surface of reality.

(*A pluralistic universe*)[34]

〔事物に関する知識である理論的な知識は、事物とともに生きること、ないしは共感をもって事物を知ること、とは別のことであって、実在の外側にふれるのみである〕

ここでは、「理論的な知識」と「事物とともに生きること、ないしは共感をもって事物を知ること」とが全く別の認識であると説明されている。前者が先の引用の「知的な認識」、後者が「流れの中に」「飛びこ」むことに対応したものである。「中味と形式」で説かれた「相手を研究し相手を知るというのは離れて知るの意でその物になりすましてこれを体得するのとは全く趣が違う」という認識は、このジェイムズの考えとほとんど同じ内容のものである。

このような考えは、先の引用に名前が見られるようにベルクソンの思想に依拠したものである。『時間と自由』から、やはり漱石の線引きした部分を引用する。[35]

What we must say is that we have to do with two different kinds of reality, the one heterogeneous, that of sensible qualities, the other homogeneous, namely space. This latter, clearly conceived by the human intellect, enables us to use clean-cut distinctions, to count, to abstract, and perhaps also to speak.

(*Time and free will*)[36]

〔言わねばならないのは、私たちは次元の異なる二つの現実を認識するということである。一方は異質的で、それは感覚的な性質のものであり、他方は等質的で、これが空間である。後者は人間の知性によってはっきりと理解されるものであって、これが私たちに截然とした区別をおこなったり、数えたり、抽象したり、そしておそらくはまた話すことをも可能にしているのである。」

『時間と自由』においては、認識される「現実」の二つのあり方が説かれる。一つは「感覚的な性質」とされる「異質的」な「現実」であり、このような「現実」を認識する意識状態をベルクソンは「純粋持続（pure duration）」と呼ぶ。もう一つは、「知性」によって理解される、「時間」に「空間」が介入した「等質的」な「現実」である。[37] この「二つの現実」が分けられ、後者の「知性」によって理解される「現実」ではなく、前者の「感覚的な性質」とされる「現実」にこそ高い価値が置かれる。この考えは、「研究的な僕」と「実行的な僕」を分かち、「研究的」なあり方を退け、「実行」を求める『行人』の一郎の嘆きに通じるものである。『行人』における「研究的」／「実行的」の問題が、「中味と形式」を経由して『多元的宇宙』、そして『時間と自由』にまで遡及できるとすれば、ジェイムズ―ベルクソンの哲学から、『行人』における一郎の希求を捉え直す必要がある。例えば、『時間と自由』について、漱石が「余ハ常ニシカ考ヘ居タリ」と極めて強い共感を示した書き込みの残るページには次のような記述がある。

As we are not accustomed to observe ourselves directly, but perceive ourselves through forms borrowed from the external world, we are led to believe that real duration, the duration lived by consciousness, is the same as the duration which glides over the inert atoms without penetrating and altering them.

（*Time and free will*）[38]

〔私たちは自分自身を直接に観察する習慣がなく、外的世界から借りてきた諸形式を通して自分を捉えるものだから、現実的持続、意識によって生きられた持続が、惰性的な諸原子の上を、それに浸透することなく何の変化も与えないで滑り過ぎてしまう持続と同じものだと思い込むようになる。〕

『時間と自由』のもとの題名は、「*Essai sur les données immédiates de la Conscience*〔意識に直接与えられたものについての試論[39]〕」であり、「意識に直接与えられたもの」を捉える意識状態が「純粋持続」とされる。ベルクソンが一貫して問題にするのは、我々の認識に「空間」が介入することで「意識に直接与えられたもの」がいかに屈折されるかということなのだ。先に見たような「知性」の問題点は、「外的世界から借りてきた諸形式」、つまり意識にとって外的な観念を通して認識するため、「意識に直接与えられたもの」を捉えることができないことと言える。このような「外的世界から借りてきた諸形式」の代表的なものが「言語」（「言葉」）である。再び漱石の線引した部分を引用する。

Consciousness, goaded by an insatiable desire to separate, substitutes the symbol for the reality, or perceives the reality only through the symbol. As the self thus refracted, and thereby broken to pieces, is much better adapted to the requirements of social life in general and language in particular, consciousness prefers it, and gradually loses sight of the fundamental self.

（*Time and free will*[40]）

〔意識は、区別しようとする飽くなき欲望に悩まされていて、現実の代わりに記号を置き換えたり、あるいは記号を通してしか現実を知覚しない。このように屈折させられ、またまさにそのことによって細分化された自我は、一般に社会生活の、特に言語の諸要求にはるかによく適合するので、意識はその方を好み、少しずつ根底的自我を見失っていくのである。」

このような「記号」、「言語」という「外的世界から借りてきた諸形式」による認識は、「根底的自我」を見失うものとされる。ベルクソンの「自由」とは、このような「外的世界から借りてきた諸形式」から解放された「根底的自我」に基づく行為なのだ。[41] 先に見た「創作家の態度」において批判された「作物」を内容で評価するのではなく「主義」で裁断することは、「外的世界から借りてきた諸形式」を通して見るということに繋がるものと言える。そして一郎にもまた、同様の問題意識が見られる。「図を披いて地理を調査する」という一郎の自己認識は、まさに「図」という「外的世界から借りてきた諸形式」を通してしか認識することのできない自己を嘆くものである。そしてそのような「図」を捨て去った人物として一郎が強い憧れを示すのが香厳なのだ。

『行人』で語られる香厳は、潙山の「父も母も生れない先の姿になつて出て来い」(「塵労」五十)という言葉に対し、「平生読み破つた書物上の知識を残らず点検した揚句」(同)「今迄集めた書物をすつかり焼き棄て」(同)、「一切を放下し尽して仕舞つた」(同)後、投げた石が竹に当たった音を聞いたことを契機として悟りが開かれる。「書物」が代表するそれまでの認識の基盤、つまり「外的世界から借りてきた諸形式」を「放下し尽」すことで、石が竹に当たった音を「意識に直接与えられたもの」として聞いたからこそ、「父も母も生れない先の姿」、ベルクソンの言う「根底的自我」を捉えたとして大悟したのである。

ここに、明治四十年頃に『校補点註　禅門法語集』の扉に「珍分漢の囈語」と否定的な言葉を書き込んだ禅の思想が、ジェイムズ―ベルクソンの思想を経由して新たな意義付けのもと漱石の中で蘇ってきた可能性を感じることはできないであろうか。[42] そして、「絶対即相対」の境地もまた「生死を超越」することに繋げられているように、禅との結びつきの極めて強いものである。一郎の「実行」を求める姿勢が、「中味と形式」を経てジェイムズ―ベルクソンの思想にまで遡れるのであれば、「親しく経験する事の出来る判切した心理的のもの」とされるこの境地を、先に見たオイケン的な「自我（自己）の絶対化」という解釈ではなく、ジェイムズ―ベルクソンの哲学と禅の思想との関連の中から考察すべきであろう。そして何より重視すべきことは、一郎の救済の方向性としてジェイムズ―ベルクソンの哲学を背景に禅が志向されることの意義である。一郎の苦悩は近代化に関わるものであり、また日本の近代化に対する強い批判意識を漱石が持っていたことはよく知られている。漱石の禅への関心がこのような西洋思想の動向に対応したものであるならば、その背景にある漱石の近代批判、そして「日本の開化」を見るまなざしも、このような文脈の中で捉えるべきものとなる。本書序章で漱石における東西文化の問題が日本の近代の問題につながるという指摘を見たが、漱石の禅への接近の意義は従来の「則天去私」の解釈において見られてきたような神話化の方向ではなく、同時代の思想状況の中で考察すべきものである。

【注記】

（1）「東京朝日新聞」一九一二（大1）年十二月六日～一九一三（大2）年四月七日で連載された後、一時休載を挟んで、一九一三（大2）年九月十六日～同年十一月十五日。なお、本章で本文中に『行人』を引用した際には後に篇題と回数のみを示す。

（2）「中味と形式」は明治四十四年夏に大阪朝日新聞社の依頼により行われた連続講演の三回目であり、八月十七日に堺で講演された。文章としては、『朝日講演集』（大阪朝日新聞社、一九一一（明44）年十一月）に収録。

（3）『漱石と則天去私』岩波書店、一九四二（昭18）年十一月。引用は『漱石と則天去私』（宝文館出版、一九六八（昭43）年十二月、260頁）による。

（4）江藤淳「『行人』――「我執」と「自己抹殺」」（『夏目漱石』東京ライフ社、一九五六（昭31）年十一月）。引用は『決定版夏目漱石』（新潮社、一九七九（昭54）年七月、136頁）による。

（5）鳥居邦朗「行人」（『国文学』一九六五（昭40）年八月）。引用は『漱石作品論集成　行人』（第十巻、桜楓社、一九九一（平3）年二月、66頁）による。

（6）清水孝純「此岸にして彼岸へ」（『漱石　その反オイディプス的世界』翰林書房、一九九三（平5）年十月、121頁）。

（7）この「絶対即相対」の境地を「自我（自己）の絶対化」とは異なる解釈、特に禅と関連させて解釈したものも多い。その中でも田中実「「整つた頭」と「乱れた心」――『行人』私論――」（『漱石を読む』笠間書院、二〇〇一（平13）年四月、147頁）の「個人的な考えだろうが、筆者は世界が名付けられることによって人類の文化が始まると考えているが、そうだとすれば、これは名付けられない、父と母が生まれる以前の世界、〈ことば〉が生まれる以前であり、文化以前の状態と言ってもよい」という見解は、本論の主張との関係において注目すべきものである。

（8）「東京朝日新聞」に一九一〇（明43）年十月二十九日から一九一一（明44）年二月二十日まで、三十二回にわたって断続的に掲載。

（9）オイケンの流行の状況については、大正二年十月発行の稲毛詛風『オイケンの哲学』（大同館書店、一九一三（大2）年十月）に、「我思想界がオイケンを伝へて既に三年に及」ぶことが述べられ（1頁）、またオイケンとベルグソンについて「二者は現代思想界の双大壁として天下を二分して居る観がある」（53頁）とあるが、大正四年七月発行の稲毛詛風『オイケンと現代思潮』（天弦堂書房、一九一五（大4）年七月）には「我が国に於けるオイケン熱の消長の甚だしく激烈であつた事を悲しむのである」（1頁）とあり、一種の「思想界の流行」（同）であったことが述べられている。ちなみに同時期に、オイケンの著書の訳書や、オイケンを紹介した単行本が数多く出版されている。また漱石も講演「私の個人主義」（大正三年十一月二十五日）で「近頃流行るベルグソンやオイケンでも」と、ベルクソンと並べてオイケンの流行に言及している。

（10）「太陽」一九〇八（明41）年九月。引用は『明治文学全集50　金子筑水、田中王堂、片山孤村、中沢臨川、魚住折蘆集』（筑摩書房、一九七四（昭49）年十月、38頁）による。

（11）稲毛詛風『オイケンの哲学』は日本でのオイケンについての一冊の単行本としては先駆的なものであり、「哲学雑誌」（一九一三（大2）年十一月）や「丁酉倫理会倫理講演集」（一九一三（大2）年十二月）などで紹介されている。また、「序」を金子筑水が書いている。稲毛詛風『オイケンと現代思潮』は、天弦堂書房より出された「近代思潮叢書」の一冊である。

（12）稲毛詛風『オイケンの哲学』139頁。

（13）稲毛詛風『オイケンの哲学』233～234頁。

（14）稲毛詛風『オイケンと現代思潮』96～97頁。

（15）これら以外でも、オイケンの「人格」重視の点はしばしば触れられている。一例として、三並良『オイケンの哲学』（警醒社、一九一四（大3）年七月）には、「人格的生活は斬新なる世界の光景を発展せしめ、自己の激励、実験、養成により根本の真理と生活の真理との王国を造くる必要がある」（295頁）とある。

（16）オイケンの「自我」の拡大は、現実世界での実現を目指す積極的な思想である。一方、『行人』の一郎の「絶対即相対」の境地を「自我（自己）の拡大」とする先行論においては、一郎の考えが観念的なものであるとの指摘がなされている。その他、信仰の問題などオイケンと一郎の姿勢には様々な違いが見られる。ここでの両者の共通性として最も重要な点は、「一種の形式を事実の前に備へて置ひて、其形式から我々の生活を割出さうとする」（「中味と形式」）と漱石が述べるような姿勢である。

またオイケンが受容される背景にある問題意識と、『行人』で一郎の訴える問題には共通性が見られる。一例として、伊達源一郎『オイケン』（民友社、一九一四（大3）年九月）には、「近代の文明」（130頁）が「社会をして益々複雑なる器械と化せしめたる」（同）結果、人間相互の関係が「内部には却つて分離し、互に相競ふといふ不可思議なる現象を呈し居るなり。個人と個人の間には実に牢固として抜く可らざる障壁が設けられあるなり」（131頁）という状況となったために、「一種の堪え難き寂漠の感を起さしむる」（同）ことが述べられている。一郎が近代化の問題点として「科学の発展」（「塵労」三十二）を述べ、「君の心と僕の心とは一体何処迄通じてゐて、何処から離れてゐるのだらう」（「塵労」三十六）と問うていることに通じるものであると言える。

（17）岡崎義恵「「行人」」（『漱石と則天去私』256頁）

（18）このような一郎の捉え方は、オイケンを受容した日本の思想状況と無関係ではないと思われる。オイケンの哲学は、自然主義的な思想の衰退に伴い、勃興してきた「大正教養主義」の「人生論的な思想の核」となったとされている（『哲学・思想事典』（岩波書店、一九九八（平10）年三月）の「オイケン」（竹田純郎）の項目による）。この点で注目すべきは漱石作品の評価軸との関わりである。山本芳明「漱石評価転換期の分析――『彼岸過迄』から漱石の死まで――」（『文学者は作られる』未発選書、二〇〇〇（平12）年十二月）によると、大正三年頃から漱石の評価について自然主義的な評価軸に基づくものから、〈新たな評価軸〉が生まれ、その変化の契機が『行人』であったと指摘されている。例えば、赤木桁平は漱石作品を「人格の芸術乃至人格主張の芸術」と「人格」という言葉で評価している（「夏目漱石論」（「ホトヽギス」一九一四（大3）年一月））。これ以上の詳述は避けるが、先行論による一郎の捉え方の根底には、山本が述べる〈新たな評価軸〉があり、それを生み出した、オイケンが受容されるような日本の思想状況があったと考えられる。

（19）東北大学付属図書館で漱石の蔵書である Rudolf Euchen, ***The meaning and value of life.*** Translated by L.J. & W.R.Gibson.

London:Black. 1909. のマイクロフィルムを閲覧したが、漱石の書き込みの写りが所々で薄くなっており十分な確認できなかった。しかし、ここでの漱石の書き込みは次の部分に対するものであると考えられる。引用は同書による。訳文は藤本による拙訳である。

The universe presents itself in man variously sundered and graded. It becomes all-important to shift upward the centre of gravity in his life, thereby enabling him to co-operate in the construction of the universe. Without man's participation and decision, the movement at his particular point can make no further progress. What could be better calculated to give his life meaning and value than this possibility of rising to a level of spiritual freedom, to a life which, in the very act of consolidating itself, allows him to share in the fruition and development of the whole of reality?

（*The meaning and value of life*, p.99）

〔宇宙は人間に様々に切り離され等級に分けられたものとして現れる。人生における深刻さの中心的なものを良い方向へと変えていくこと、それにより宇宙の建設への共同を可能とすることは、最も重要なものにふさわしい。人間の参加と決断なしに、ある地点での展開がさらなる進歩を生み出すことはない。精神的に自由に解放されたレベルへと上っていく可能性、そしてまさに人生それ自体を強固にしているときに、現実全体の結実と発展をともにすることを可能とする人生へと高まる可能性より以上に、人生に意義と価値を与える上で適したものとは何だろうか。〕

意味が取りにくいが、「spiritual freedom」と、現実全体の結実と発展をともにすること、後者は少し前の「construction of the universe」に共同することと同様の意味であると考えられるが、これらが、「life」に「meaning and value」を与えるものとされている。

（20）もとは明治四十一年二月十五日の第一回「朝日講演会」で行われた講演であり、文章としては同年四月「ホトトギス」に発表された。

（21）「東京朝日新聞」一九〇八（明41）年一月一日～四月六日。

（22）後で述べるようにこの一郎の認識は、禅と関係の深いものと考えられる。この「飛躍」という言葉は、加藤二郎「漱石と禅——「明暗」の語に即して——」（『漱石と禅』翰林書房、一九九九（平11）年十月）における、漱石と禅の関係について明治末から晩年にかけて、「禅の体得と体現の過程とでも言うべき一つの飛躍が認められねばならない」（138頁）という見解から借用した。

（23）漱石の読書時期について、『多元的宇宙』は、『思ひ出す事など』にもあるとおり「修善寺の大患」後であり、明治四十三年九月二十三日の日記に「午前にジェームズの講義をよむ。（略）午前ジェームズを読み了る。好き本を読んだ心地す。」（「日記」七D）とある。『時間と自由』は、明治四十四年六月二十八日の日記に「昨日ベルグソンを読み出して」（「日記」九）とあり、同年七月二日の日記に「ベルグソンの「時間」と「空間」の論をよむ」（同）とある。同年八月十七日の講演「中味と形式」と近い時期に『時間と自由』を読んでいると言える。

（24） すでに小倉脩三が「漱石におけるウィリアム・ジェームズの受容について（Ⅰ）」（『夏目漱石 ウィリアム・ジェームズ受容の周辺』有精堂、一九八九（平1）年二月）で「創作家の態度」の時点を含む「漱石の作家的歩みに、一貫して主要な軸をなしたものは、『宗教的経験の諸相』より以上に、『心理学原理』であった」（40頁）と指摘し、『心理学原理』と『坑夫』の関連を述べている。ただし、ここで小倉氏が強調するのは、「人間の意識の不明な部分」（32頁）の問題を中心とした関連性である。また「漱石におけるウィリアム・ジェームズの受容について（Ⅱ）」（『夏目漱石 ウィリアム・ジェームズ受容の周辺』）でも、「「創作家の態度」全体を通じての問題意識は、もともと、ジェームズの「意識の選択」説に発するもの」（49頁）と本章と同様の指摘を行っている。しかし、小倉が「「創作家の態度」全体を通じての問題意識」として指摘するのは、次のような意味においてである。

つまり、ここで漱石が述べていることは、「哲学的基礎」と対比させていうならば、描写におけるある特定の視点からの一面的選択の否定（「基礎」では、「作者の理想」の表われとして肯定）であって、一面的ならざる〈全性格の描写〉を、性格の全部が悉く観察されうるわけではない〈選択の世界〉において（「意識の選択」説をはっきり認めている）、いかにすれば可能か、という問題提起だったといえる。（中略）

つまり、「創作家の態度」における漱石の立場は、「意識の選択作用」説の〈煮え切らぬ容認〉どころか、その説にのっとった新たな客観世界をいかに創り出すか、というきわめて積極的なジェームズ受容であったというべきである。

（「漱石におけるウィリアム・ジェームズの受容について（Ⅱ）」）

小倉は、ジェイムズの意識の選択作用説を認めた上で、一面的ではない客観的世界をいかに創るかということを漱石の文学的な課題として考えている。本章で「創作家の態度」と『心理学原理』の共通性から主張したいのは、「態度」によって認識が様々に異なるという、「意識の選択作用」説それ自体に、ある特定の見方、考え方を絶対化する姿勢を批判するという極めて積極的な意義があり、それが『多元的宇宙』に対する漱石の共感につながるものであるという点である。

なお、漱石とジェイムズの関わりについての近年における主要な成果として、岩下弘史『ふわふわする漱石 その哲学的基礎とウィリアム・ジェイムズ』（東京大学出版会、二〇二一（令3）年三月）があり、そこで指摘されている内容は、本書

第五章第三・四節や終章での指摘と共通するものがいくつかある。

（25）『心理学原理』の引用は、*The Principles of Psychology*. Vol.1 London:Macmillan and Co. 1890. による。頁数は同書のものである。ちなみに漱石旧蔵書のものは、*The Principles of Psychology*. London:Macmillan and Co. 1901. である。また訳文は *The Principles of Psychology* の簡略版 *Psychology, briefer course* を訳した『心理学』（今田恵訳、岩波書店、一九三九（昭14）年七月）を参照した拙訳である。

（26）*The Principles of Psychology*. Vol.1, p.286 - 287

（27）実際に漱石は論の冒頭でジェイムズの名前を出し、「意識の選択」に関して月の見え方の事例を出している。

（28）*The Principles of Psychology*. Vol.1, p.232 - 233

（29）明治四十年四月二十日に東京美術学校で行われた講演。文章としては、同年年五月四日から六月四日にかけて「東京朝日新聞」に発表。

（30）このような漱石とジェイムズの共通点については、本書終章で改めて検討する。

（31）『多元的宇宙』と漱石の作品との関連については、小倉脩三「『彼岸過迄』論の手がかりとして」（『夏目漱石　ウィリアム・ジェームズ受容の周辺』）に、『彼岸過迄』の「個々の短篇が相合して一長篇を構成する」（「彼岸過迄に就て」）という方法に『多元的宇宙』の「意識」に関する見解がかかわっていたとの指摘がある。また『時間と自由』については、『夏目漱石事典』（勉誠出版、二〇〇〇（平12）年七月）の「ベルグソン、アンリ」（荒井敏弘）の項に「漱石のベルグソン享受は、その哲学全般というよりは、ジェイムズと響き合う心理学的側面に集中している所にその特色がある」（328頁）とある。これまでのジェイムズ、ベルクソンの受容についての研究においては、心理学的な面や意識に関わる問題が中心であったと言える。

（32）『多元的宇宙』（*A pluralistic universe*）の引用は、William James, ***A pluralistic universe***. London:Longmans, Green, and Co. 1909. による。漱石旧蔵書のものと本文は同じである。また訳文は、吉田夏彦訳『ウィリアム・ジェイムズ著作集　多元的宇宙』（第六巻、日本教文社、一九六一（昭36）年五月）からのものである。邦題も同書による。

（33）***A pluralistic universe***, p.252

なお、漱石の線引きについて、この部分は、「Professor Bergson thus inverts」の部分から「through experience and thereby to save time.」までの部分にかかるように、横の余白部分に数行まとめて線が引かれている。「The one thing it cannot do 」以降については線引きはない。

（34）***A pluralistic universe***, p.249 - 250

（35）『時間と自由』（*Time and free will*）の引用は、Henri Bergson, ***Time and free will. An essay on the Immediate Data of Consciousness.*** Authorised Translation by F.L.Pogson. London:George Allen & Unwin ltd. 1910. による。漱石旧蔵書のものと、出版地や版が異なるが内容は同じものである。また訳文は、フランス語版のものを翻訳した中村文郎訳『時間と自由』（岩波書店、二〇〇一（平13）年五月）を基本に、英語版のものにあわせて藤本が修正したものである。邦題は同書による。

（36）*Time and free will*, p.97

なお、この部分の漱石の線引きについては、引用した部分全体にかかるように、横の余白部分に数行まとめて線が引かれている。

（37）『時間と自由』に次のようにある。

There are, indeed, as we shall show a little later, two possible conceptions of time, the one free from all alloy, the other surreptitiously bringing in the idea of space. Pure duration is the form which the succession of our conscious states assumes when our ego lets itself live, when it refrains from separating its present state from its former states.

（*Time and free will*, p.100）

〔事実、後で示す通り、時間には二つの考え方が可能なのだ。一つは混合物の全くない時間であり、もう一つは空間の観念が密かに介入している時間である。純粋持続は、自我が生きることに身をまかせて、現在の状態と先行する状態との間に分離を設けることを差し控える時、意識状態の継起がとる形態である。〕

（38）*Time and free will*, p.154

（39）中村文郎訳『時間と自由』の「訳者あとがき」参照．。ちなみに「意識に直接与えられたものについての試論」という邦訳は同書による。

（40）*Time and free will*, p.128

なお、この部分の漱石の線引きについては、引用した部分全体にかかるように、横の余白部分に数行まとめて線が引かれている。

（41）『時間と自由』に次のようにある。

the act will be so much the freer the more the dynamic series with which it is connected tends to be the fundamental self.

（*Time and free will*, p.167）

〔行為は、それが結びつく動的系列が根底的自我と同化する傾向を増せば増すほど、それだけいっそう自由なものとなるであろう。」

（42）漱石の認識においてジェイムズ、ベルクソンを禅と結びつけているという指摘はいくつか見られる。例えば『夏目漱石事典』（学燈社、一九九二（平4）年四月）の「比較文学事典」の「ウィリアム・ジェイムズ」（佐々木英昭）の項に「ジェイムズを読む漱石の念頭に、仏教とりわけ禅の思想があったらしい」（250頁）と指摘されている。また、清水孝純「此岸にして彼岸へ」に、漱石の沼波瓊音あての書簡一九一三（大2）年七月十二日）に「禅とベルグソンと並べてある」ことから「ベルグソンと禅との間に、なんらかの共通するものを漱石自身もみていたのであろう」（142頁）と述べられ、また、「ベルグソンの哲学は、恐らく、沈められているかたちであるが、一郎の世界観への反措定として置かれていたものではないか、と思う」と述べられている。本論は、一郎の捉え方が異なるものの、この清水の見解の延長線上にあると言える。

終章　漱石の「開化」認識をめぐって

一　本書のまとめ

本書において、漱石の文学活動における儒学・禅の意義を西洋思想との交わりの中で検討してきた。本書が指摘した内容は次のようにまとめられる。

漱石における儒学は、しばしば西洋的な「個人性」と対比される漱石の道義観を支えるものとして論じられてきた。しかし、イプセンの「自己」と儒学における「狂」には共通性が見られ、また「近代的知識人」の典型とされてきた『それから』の代助の根底には、伝統的な「誠」を中心とした倫理観が見られる。明治を生きた知識人の「精神の根底」にある漢学の「伝統」は、「近代」として新たに獲得された知識や価値観と必ずしも対立するだけのものではない。漱石たちの世代は、伝統的な漢学の素養が「知的基盤」[1]たりえなかったが、一方で「儒教を中核とする近世的伝統」が「直接体験」[2]として獲得された最後の世代であった。この「血肉化」[3]された「伝統」が、西洋思想という新たな「知」の中で再解釈されることで、「行動」と結びつくものとされた。

漱石と禅の問題については、従来の解釈ではその意義が「則天去私」という言葉に収斂される傾向があった。本書ではそれを避けるため、まず漱石の禅に関わる文脈を禅書と対照することで、漱石の禅認識や作品などの禅描写が、自らの体験のみでなく書物ももととなって形成されていることを指摘し、漱石の禅認識を禅の伝統の中で捉えた。漱石は、『碧巌録』をはじめとした禅の公案集で語られる、公案の「言葉」や「認識」を更新する力を『行人』の「香厳撃竹」の挿話、香厳への憧れを語る一郎に活かしている。漱石は、否定的に語っていた禅の悟りを、西洋哲学において重視されてきた「知的な認識」や「記号」（「言語」）を批判するジェイムズ―ベルクソン哲学の流れの中に位置付けることで、新たな意義を見出したものと考えられる。

このように儒学や禅に代表される伝統的な思想は、西洋思想の流入による近代的な文脈の中で、新たな意義のもと捉えられるものである。

二　「内発的」／「外発的」

『野分』の道也は自らの行動を「狂」との親和性の中で語り、『それから』の代助は行動に移る上で「誠」を頼りとする。また、「研究的」な人であった一郎が、「実行的」であろうとするときに禅が見出される。これらは「近代」における「伝統」の意義を問うものと言える。そしてこのような「伝統」と「近代」のあり方をめぐる問いは、本書序章において確認してきた通り、漱石の作品を超えて、近代日本の問題として見ることができるものである。

第二章の末尾でも検討した通り、丸山真男は「日本の思想」において日本の近代思想受容に関して、「思想と思想との間に本当の対話なり対決が行われないような「伝統」の変革なしには、およそ思想の伝統化はのぞむべくもない[4]」ことを指摘している。丸山は、この点をもとに「超《スーパー》近代と前近代が独特に結合している日本の「近代」の性格[5]」を論じるが、これはカール・レーヴィット（Karl Löwith）が「自愛」という言葉で指摘した問題でもある。レーヴィットは日本の西洋思想の受容における、「日本的であるもののうち最善のものは留めておき、ヨーロッパからは最善のものを受け入れ、かくして、まるで諸文化」を「合成」するかのようなあり方、またそれにより「ヨーロッパを凌駕」したものとする姿勢に、日本人の「自愛」を見る[6]。レーヴィットが問題にするのは、日本人の「未知のものを自分のものへ変容させようとする衝動[7]」の欠如である。この点は丸山も共有しており、「思想と思想との間に本当の対話なり対決」がないゆえに、「過去は自覚的に対象化されて現在のなかに「止揚」されないからこそ、それはいわば背後から現在のなかにすべりこむ[8]」。そして「伝統」への復帰は、「さまざまのメロディーで立ち現われる「近代の超克」の通奏低音[9]」となることを指摘している[10]。

よく知られるように、漱石が『文学論[11]』を構想したきっかけには、「漢学に所謂文学」と「英語に所謂文学」の根本的な差異の問題があった。このことは、「英語に所謂文学」をまさに「未知」のものとして捉え、それを理解しようと試みたことを示している。このような捉え方は、評価や判断の自らの「標準」を説明する際の「昔から今日に至るまでの歴史の中から自からが得来つた趣味と、西洋の文化から自からが得来つた趣味とが標準となるので、これが吾人の標準である」(「戦後文界の趨勢[12]」)という言葉にも現れている。漱石は自らの中にある「伝統」と「近代」の問題に対して極めて意識的であった。それでは日本における「伝統」と「近代」の問題を、漱石自身はどのように考えていたのであろうか。

この点を考える上で、明治四十四年に行われた講演「現代日本の開化[13]」を無視することはできない。この講演は古くから様々な形で論じられてきたが、例えば中村光夫の次の見解にも見られるように、その多くは日本の近代化を「内発的」/「外発的」という言葉で捉えるあり方に着目したものであった。

かうした「開化」はたとへ「日本が日本として存在する」必要上止むを得ぬものにしろ、その根本において、外界からの「圧迫にあつて不自然な発展を余儀なくされた」文化であると断じ、更に進んで「さう云ふ外発的な開化が心理的にどんな影響を吾人に与へるか」といふ問ひを発してゐる。そしてこの問ひに対する答へが彼の講演の眼目をなしてゐるのであるが、それについてまづ注意しなければならないのは、この問ひ自体の独創性である。すなはちここで彼は所謂文明開化の風潮のもたらす最も重大な問題を結局、そのなかに生きる国民の心理の歪みとしてはつきり捕へてゐる。

（中村光夫「文明開化の性格」[14]）

ここで中村は、その問題設定のあり方、つまり日本の開化を「外発的」と捉え、それによる「歪み」を指摘するまなざしに漱石の「独創性」を見ている。「現代日本の開化」は、このように日本の開化を「内発的」なものを欠いた「外発的」なもの、「皮相上滑りの開化である」と論じ、それゆえに「斯う云ふ開化の影響を受ける国民はどこかに空虚の感がなければなりません、又どこかに不満と不安の念を懐かなければなりません」、「どうも日本人は気の毒と言はんか憐れと言はんか、誠に言語道断の窮状に陥つたものであります」と指摘した点に漱石の独自性を見ることで注目されてきたと言える。[15]

この漱石の見方の基盤となる「内発的」／「外発的」という認識は、「伝統」と「近代」のあり方を問題にするものである。また、「外発的」なものに対して、漱石が提出する「たゞ出来るだけ神経衰弱に罹らない程度に於て、内発的に変化して行く」という考えは、「伝統」と「近代」をいかに調和させていくのかという問題として見ることができる。[16]よって、漱石が「近代」化する日本の中で「伝統」にいかなる意義を認めていたのかということを考察するためには、「内発的」／「外発的」という漱石の日本の「開化」へのまなざしが、どのような思考にもとづくものなのかを明らかにする必要がある。この点の検討を本書の結びとして行い、漱石の「近代」認識を「伝統」との関わりから捉えるという方向性について言及したい。

三 「現代日本の開化」と「中味と形式」、「イズムの功過」

「現代日本の開化」の「内発的」と「外発的」という言葉は次のように説明される。

こゝに内発的と云ふのは内から自然に出て発展すると云ふ意味で丁度花が開くやうにおのづから蕾が破れて花瓣が外に向ふのを云ひ、又外発的とは外からおつかぶさつた他の力で已を得ず一種の形式を取るのを指した積なのです、

（「現代日本の開化」）

ここでは「内発的」という言葉は「内から自然に出て発展する」として「自然」という言葉と関連付けて説明され、一方「外発的」であるということが、「一種の形式を取る」ものと言い換えられている。「現代日本の開化」は明治四十四年に関西で行われた四つの講演の内の一つであったが、この「形式」という言葉はその中の一つである講演「中味と形式」[17]とのつながりを思わせる。「中味と形式」においては、まず前半部分で学者のような「観察者」が作り出す「統一」は、「形式丈の統一で中味の統一にも何にもならない纏め方」になっており、「一種の形式を事実より前に備へて置いて、其形式から我々の生活を割出さうとするならば、ある場合には其処に大変な無理が出来なければならない」として、「形式」によってものごとを捉え、また処理する姿勢が批判される。そしてそのような「形式」に対する否定をもとに、後半部分において、日本社会の推移に関して次のような見解を述べる。

そこで現今日本の社会状態と云ふものは何うかと考へて見ると目下非常な勢ひで変化しつつある、それに伴れて我々の内面生活と云ふものも亦、刻々と非常な勢ひで変りつゝある、瞬時の休息なく運転しつゝ進んで居る、だから今日の社会状態と、二十年前、三十年前の社会状態とは、大変趣きが違つて居る、違つて居るからして、我々の内面生活も違つてゐる、既に内面生活が違つてゐるとすれば、それを統一する形式と云ふものも、自然ヅレて来なければならない、若し其形式をヅラさないで、元の儘に据ゑて置いて、さうして何処までも其中に我々の此変化しつゝある生活の内容を押込めやうとするならば失敗するのは眼に見えてゐる、（中略）内容の変化に注意もなく頓着もなく、一定不変の型を立てゝ、さうして其の型は唯だ在来あるからと云ふ意味で、又其型を自分が好いて居ると云ふだけで、さうして傍観者たる学者の様な態度を以て、相手の生活の内容に自分が触れることなしに推して行つたならば危ない。

（「中味と形式」）

当時の日本の社会状況の変化により、人々の内面が変化しているにもかかわらず、従前の人間関係のあり方を「型」として「唯だ在来ある」、「自分が好いて居る」という理由で押しつけることの危険性が述べられている。これは、「内容」、「中味」の変化を「型」や「形式」で押し込もうとすることを批判したものである。この点は、「現代日本の開化」で「急に自己本位の能力を失つて外から無理押しに押されて否応なしに其云ふ通りにしなければ立ち行かないといふ有様になつた」という、自然の変化を無視して西洋の文化を「形式」として受け入れなければならぬ状況への批判と、ベクトルの向きこそは逆であるが同型のものと言える。どちらも自然な発展、変化を「形式」や「型」といったもので制御しようとすることを問題にしたものなのである。

また、「現代日本の開化」では、このような「型」や「形式」の批判と同様の観点から「定義」に対して批判を行っている。「現代日本の開化」では、後半部分で先のような日本の開化の批判が行われるが、前半部分において「開化」の説明がなされ、その前に「定義」することについて述べられる。ここで漱石は、「定義」の問題点として「生きたものをわざと四角四面の棺の中へ入れて特更に融通が利かない様にする」ことを述べるが、これは「中味と形式」の「一種の形式を事実より前に備へて置いて、其形式から我々の生活を割出さうとするならば、ある場合には其処に大変な無理が出来なければならない」とすることと同じ思考である。また、「現代日本の開化」において、「定義」を「変化をするものを捉へて変化を許さぬかの如くピタリと定義を下す」と、変化を捉えられないものとして批判する。これは、「中味と形式」で「内容が変れば外形と云ふものは自然の勢ひで変つて来なければならぬといふ理屈」という言葉に見られるように「内容」の変化にあわせて「外形」が変化せねばならないという考えにつながるものである。

このように「現代日本の開化」における「外発的」という捉え方の根底には、「型」や「形式」などが変化と対立するものという考えがある。なお、「現代日本の開化」で「定義」することについて「其便宜をも受ける事が出来る」とあり、また「中味と形式」で「学者のやる統一、概括と云ふものゝ御蔭で我々は日常どの位便宜を得てゐるか分りません」とあり、「定義」することや「形式」で捉えることによって「便宜」が得られる、つまり役に立つと述べられているように、「定義」や「形式」自体が否定されているのでない。漱石が批判するのは、変化しているにも関わらず「形式」や「定義」を優先する思考方法であり、また変化を「形式」や「型」で抑え込もうとする考え方である。[18]

このような漱石の思考はこの時期の講演だけに見られるものではなく、いくつかの評論を貫く基本的な姿勢と言える。中でも「現代日本の開化」、「中味と形式」との関連で分かりやすい例として、明治四十三年発表の「イズムの功過[19]」が挙げられる。[20]

同時に多くのイズムは、零砕の類例が、比較的緻密な頭脳に濾過されて凝結した時に取る一種の形である。形と云はんよりは寧ろ輪廓である。中味のないものである。中味を棄てゝ輪廓丈を畳込むのは、天保銭を脊負ふ代りに紙幣を懐にすると同じく小さな人間として軽便だからである。（中略）

従つてイズムは既に経過せる事実を土台として成立するものである。過去を総束するものである。（中略）科学者の研究が未来に反射するといふのはこの為である。然し人間精神上の生活に於て、吾人がもし一イズムに支配されんとするとき、吾人は直に与へられたる輪廓の為に生存するの苦痛を感ずる者である。単に与へられたる輪廓の方便として生存するのは、形骸の為に器械の用をなすと一般だからである。其時わが精神の発展が自個天然の法則に遵つて、自己に真実なる輪廓を、自らと自らに付与し得ざる屈辱を憤る事さへある。

（「イズムの功過」）

「自個天然の法則」が「型」や「与えられたる輪廓」によって阻害され、それにより「苦痛を感ずる」という捉え方は、そのまま「現代日本の開化」における「内発的」な発展を阻害され「外発的」な開化を余儀なくされるがゆえに「神経衰弱に罹る」とする考えと同型のものである。また、「この型を以て未来に臨むのは、天の展開する未来の内容を、人の頭で拵えた器に盛終せようと、あらかじめ待ち設けると一般である」という点も、旧来の「型」を押し付けることを批判した「中味と形式」とやはり同型である。そしてこれらは、「イズム」を変化より優先するという意味で、「現代日本の開化」での「変化するものを捉へて変化を許さぬかの如くピタリと定義を下す」という「定義」に対する批判と同根のものと言える。

以上のことから「現代日本の開化」における「内発的」／「外発的」という捉え方は、このような「形式」や

「型」、「定義」への批判を根源にしたものであると言える。また、この時期の漱石が「形式」や「型」、「定義」をもとに現実を見る危険性と、変化を捉えるという考えを強く意識していたことがうかがえる。

四　漱石の「概念」批判とW・ジェイムズ

先に「現代日本の開化」において「定義」が批判されているのを見たが、そこでは具体的な例として次のことが挙げられている。

つまり変化をするものを捉へて変化を許さぬかの如くピタリと定義を下す、巡査と云ふものは白い服を着てサーベルを下げて居るものだ抔と天から極められた日には巡査も遣り切れないでせう、家へ帰つて浴衣も着換へる訳に行かなくなる、此の暑いのに剣ばかり下げて居なければ済まないのは可哀想だ、騎兵とは馬に乗るものである、是も御尤には違ないが、いくら騎兵だつて年が年中馬に乗りつゞけに乗つて居る訳にも行かないぢやありませんか、少しは下りたいでさあ、

（「現代日本の開化」）

ここでは、「巡査」と定義された人間が、仕事以外の家でくつろいでいるときなどの「巡査」以外のあり方を否定されるという例が、「生きたものをわざと四角四面の棺の中へ入れて特更に融通が利かない様にする」ことの説明のために述べられている。この「巡査」の例は別の講演である「教育と文芸」(21)にも見ることができる。

話は余談に入るが、独逸の哲学者が概念を作つて定義を作つたのであります。しかし巡査の概念として白い

服を着てサーベルをさして居るときめると一面には巡査が和服で兵児帯のこともあるから概念できめてしまふと窮屈になる、定義できめてしまつては世の中の事がわからなくなると仏国の学者はいうて居る。

（「教育と文芸」）

やや形は違うが、「定義」が変化を捉えらないという点を批判するという要点は同じである。この「仏国の学者」は『定本　漱石全集』の注ではアンリ・ベルクソン（Henri Bergson）とされている[22]。しかし、この講演が行われた明治四十四年六月十八日の時点ではまだ『時間と自由』（*Time and free will*）をはじめ、ベルクソンの著作を読んでいないものと推測される[23]。ここで参照されたのは、すでに指摘もあるように[24]、ウィリアム・ジェイムズ『多元的宇宙』（William James, *A pluralistic universe*[25]）であると考えられる。

and you will remember Sigwart's epigram that according to it a horseman can never in his life go on foot, or a photographer ever do anything but photograph.

（*A pluralistic universe*）[26]

〔そうして諸君は、こういう考え方にしたがえば、騎手は一生自分の足では歩けないし、写真師は、写真をとる以外のことはできないことになる、というジークヴァルトの警句を思い出すであろう。〕

ここに、「騎手は一生自分の足では歩けない」という例があるが、これは「現代日本の開化」の「いくら騎兵だつて年が年中馬に乗りつゞけに乗つて居る訳にも行かない」という例と同じものである。ここから、この時期のジェイムズに対する関心の高さがうかがえる。先に見たように、「現代日本の開化」における「内発的」／「外発的」にはその根底に「定義」への批判があり、特にこの時期の漱石が、そのような問題に関わることを繰り返し言及していたことを思うと、「現代日本の開化」の「内発的」／「外発的」という捉え方がジェイムズの思想とつながるものであることが推測される。

漱石は『思ひ出すことなど』[27]において、ジェイムズに対して、「自分の平生文学上に抱いてゐる意見」と「教授の哲学に就いて主張する所の考」とが「親しい気脈を通じて彼此相倚る様な心持がした」と述べている[28]。ここでは先に見たような漱石の「定義」や「型」に対する批判と、ジェイムズの「理知主義」（主知主義）批判とのつながりから、漱石が見出したジェイムズとの結びつきを考察していく。

『多元的宇宙』において、先の「騎手」などの例が挙げられるのは、次のことを説明するためである。

The misuse of concepts beings with the habit of employing them privatively as well as positively, using them not merely to assign properties to things, but to deny the very properties with which the things sensibly present themselves. Logic can extract all its possible consequences from any definition, and the logician who is *unerbittlich consequent* is often tempted, when he cannot extract a certain property from a definition, to deny that the concrete object to which the definition applies can possibly possess that property. The definition that fails to yield it must exclude or negate it. This is Hegel's regular method of establishing his system.

（*A pluralistic universe*）[29]

（概念の乱用がはじまるのは、概念を私的のみならず積極的にも用い、単に事物に性質を帰するのみならず、事物が感覚的に示している性質を否定することにまで、用いるという習慣とともにはじまるのである。論理は、どんな定義からもそのあらゆる帰結を引きだすことができる。そうして徹底的に整合的な理論家は、ある定義から一つの性質を引きだすことができない時、この定義が適用される具体的な対象はこの性質をもっているかもしれない、ということまで否定したい誘惑にかられることが多い。ある性質を生みださない定義は、この性質を排除するか否定するかしなくてはならない。これが、ヘーゲルがその体系をうちたてるのに採用した一般的なやり方である。」

「概念」や「定義」の問題点として、その「定義」に入らないものの存在を否定するという点を指摘している。『多元的宇宙』の中心テーマは、「実在を概念的にのみ理解しようとする悪しき知性主義」を批判し、「これに代わるものとして、実在を経験されるがままに理解」するというあり方を提示することにあった。[30] ジェイムズの主知主義批判は、先の例を使うなら、ある人物を「騎手」という「概念」で捉えたら、その人は自分の足で歩くことはできないと考えるような、物事を「概念」をもとに理解する姿勢を批判するものである。このような思考は、『多元的宇宙』を読む前に書かれたと考えられる「イズムの功過」と同じものと言える。

此型を以て未来に臨むのは、天の展開する未来の内容を、人の頭で拵へた器に盛終せやうと、あらかじめ待ち設けると一般である。器械的な自然界の現象のうち、尤も単調な重複を厭はざるものには、すぐ此型を応用して実生活の便宜を計る事が出来るかも知れない。科学者の研究が未来に反射するといふのはこの為である。然し人間精神上の生活に於て、吾人がもし一イズムに支配されんとするとき、吾人は直に与へられたる輪廓の為に生存するの苦痛を感ずる者である。(中略)

一般の世間は自然主義を嫌つてゐる。自然主義者は之を永久の真理の如くに云ひなして吾人生活の全面に渉つて強ひんとしつゝある。

（「イズムの功過」）

「イズム」で物事を捉えるというのは、まだわからない先の内容を、「人の頭で拵へた器に盛終せやう」とすること、つまりある「イズム」の範囲内で捉え、それ以外のものを考慮しないという姿勢のことである。ここでは具体的に、当時の自然主義の文学者や評論家達が自然主義を「永久の真理」とする主張、つまり自然主義という一つの「イズム」、一つの「型」でもって文学を定義し、それ以外のものは文学ではないとして切り捨てる姿勢を批判している。同様の見解は、少し前に書かれた「文芸とヒロイック」[31]にも見ることができる。イギリスの艦船が沈没した際に艇員が争って助かろうとしたため窓の下に折り重なって死んでいた事例をあげ、「本能の権威のみを説かんとする自然派の小説家はこゝに好個の材料を見出すであらう」と述べ、その自然主義の作家達が、「けれども現実はこれ丈である。其他は嘘であると主張する」ことに対して、沈没する船の中で冷静な状況報告と率直な自己表白を書いた「佐久間艇長の遺書」をもとに、「自然派の作家は、一方に於て佐久間艇長と其部下の死と、艇長の遺書を見る必要がある」と主張する。つまり、当時の自然主義が「現実暴露の悲哀を感ずる」ような自らの主張に好むもののみを取り上げ、「佐久間艇長と其部下の死と、艇長の遺書」に見られるような「ヒロイック」な行為を排斥する姿勢を批判しているのである。これらは、『多元的宇宙』の「この定義が適用される具体的な対象はこの性質をもっているかもしれない、ということまで否定したい誘惑にかられること」、つまりある定義から外れるようなものはその存在を否定してしまうということと同じものである。漱石の文学とジェイムズの哲学の親和性はこの辺りに求めることができると思われる。

漱石は、このような「イズム」、「主義」で物事を捉えることに対する批判を以前から繰り返していた。それがもっとも明確に表れるのが講演「創作家の態度」である。[32]

又一例を云ふと、こゝに一人の男がある。此人は学校へ出る。其時には教師の仲間へ入れて見なければなりません。筆を執る。其時には著作家の群に伍するものと認めるのが至当であります。家へ帰る。すると夫とも親ともして種類別をしなければならない。此人は一人であるけれども是程の種類へ編入される資格があるのであります。

（「創作家の態度」(33)）

「教師」とされる人物であっても、その人間は著作を行い、親としても存在する。このように変化し続けるものを、一つの定義で固めるのではなく、様々な形で捉えるべきであることが「是程の種類へ編入される」という言葉で述べられている。そして、先の引用に続けて文学についても同様の発想で捉えることを主張する。

作物も其通りであります。之を分解し、之を綜合して、同一物のある部分を各適当な主義に編入するのが穏当であります。そんな錯雑した作物がないと云ふのは過去の歴史丈を眼中に置いた議論で是から先に作物の性質が、どの位に複雑な性質をかねてくるかを窮めない早計の議論かと思ひます。

（「創作家の態度」）

このように、文学作品についても一つの作品を様々な要素を照らし合わせながら考えていくべきであるということが述べられる。この考えは次のところにも見ることができる。

もう一つ歴史的研究に就ての危険を一言単簡に述べて置きたいと思ひます。主義を本位にして動かすべからざるものと見ますと、前申した通り作家（即ち作物）を取り崩して掛らんと不都合が生ずる如く、作家（即ち作物）を本位として動かすべからざるものとすると、今度は主義の方にもつと融通をつけなければなりますまい。融通をつけると云ふと、一つの作物のうちには同時に色々な主義を含んで居る場合が多い、少なくとも含んで居る場合があり得るのですから、斯様な作物を批評したり分解したり説明したりする際には、一主義のもとに窮窟に律し去る習慣を改めて、歴史的には矛盾する如くに見倣されて居る主義でも構はないから、之を併立せしめて、苟しくも其作物のある部分を説明するに足る以上は之を列挙して憚からん様にしなければ、矢張り前段同様の不都合に陥る訳であります。

（「創作家の態度」）

ここでの「主義を本位」にし、「一主義のもとに窮窟に律し去る」というのは、ある作品を例えば自然主義の作品として定義したならば、その作品の自然主義以外の要素が切り捨てられるという点で、ジェイムズの「概念の乱用」であり、「事物が感覚的に示している性質を否定することにまで、用いるという習慣」と言える。また、「歴史的には矛盾する如くに見倣されて居る主義でも構はないから、之を併立せしめて」「列挙して憚からん様に」するというのは、作品を感じるままに分析し、「事物が感覚的に示している性質」をもとに説明することを勧めるものと言える。

主知主義に対するジェイムズの批判は、このような「概念の乱用」、すなわち「概念」を優先して物事を捉える姿勢に向けられていた。そして漱石の文学についての意見、特に当時の自然主義の姿勢に対して主張するのは、作品を一つの「主義」で裁断することや文学を自然主義のみに限ってしまうことといった、「主義」をもとに文学を捉えることに対する批判であった。こういった「概念」や「主義」の扱い方への批判こそが、『思ひ出す事など』で語られる漱石の「自分の平生文学上に抱いてゐる意見」と『多元的宇宙』において「教授の哲学に就いて主張する所」に共通する点である。漱石が感じた「親しい気脈を通じて彼此相倚る様な心持がした」というのは、この共通性によるものと言える。

「現代日本の開化」における「外発的」な開化が「歪み」をもたらすという主張は、変化を「形式」や「型」で制御することへの批判を根底にしたものであり、それは「定義」や「主義」をもとに物事を見ると変化を捉えることができないという認識とつながるものである。さらにそれは、変化を否定するという点で「概念」を批判するジェイムズ哲学と親和性がある。漱石の日本の開化へのまなざしには、このようなジェイムズ的な問題意識と共鳴するものが底流していると考えられる。

五　「内発的」なものに対する評価の土壌

このような問題意識は、「外発的」な開化と対比的に、「花が開くやうに」「自然に出て発展する」ものとして語られる「内発的」な開化という捉え方にも関わるものである。『多元的宇宙』では、先に見たような概念の批判は次のように展開されていく。

When we conceptualize, we cut out and fix, and exclude everything but what we have fixed. A concept means a *that-and-no-other*. Conceptually, time excludes space; motion and rest exclude each other; (...) whereas in the real concrete sensible flux of life experiences compenetrate each other so that it is not easy to know just what is excluded and what not.

（*A pluralistic universe*）(34)

〔我々は、概念をつかう時、きりだし、定着し、定着した以外のものは、すべて排除してしまう。一つの概念は、一つの、これであってほかのものではないものを意味する。概念的には、時間は空間を排除し、運動と休止とはお互いに排除しあう。（中略）ところが、実際の具体的な、生の感覚的な流れにおいては、もろもろの経験は、お互いにひたしあっているので、何が排除されていて何が排除されていないのかを知ることはむずかしい。〕

これは、『思ひ出す事など』で「坂に車を転がす様な勢で馳け抜けた」と漱石が語ったベルクソンの哲学を紹介した第六講からのものである。ここでは、これまで見たような概念の否定から「実際の具体的な、生の感覚的な流れ」の根源性が語られる。このことはさらに次のようにつなげられる。

What really *exists* is not things made but things in the making. Once made, they are dead, and an infinite number of alternative conceptual decompositions can be used in defining them. But put yourself *in the making* by a stroke of intuitive sympathy with the thing and, the whole range of possible decompositions coming at once into your possession, you are no longer troubled with the question which of them is the more absolutely true. Reality *falls* in passing into conceptual analysis; it *mounts* in living its own undivided life — it buds and bourgeons, changes and creates. Once adopt the movement of this life in any given instance and you know what Bergson calls the *devenir réel* by which the thing evolves and grows.

（*A pluralistic universe*）[35]

〔真に存在するものは、つくられた事物ではなく、つくられている事物である。いったんつくられてしまうとそれらは死んでいる。そうしてそれらを定義するのには、無数の概念的な分解法のどれを使ってもよいのである。しかし、事物を一気に共感的に直感することにより生成の中に身をおいてみるならば、これらさまざまの可能な分解法の全範囲を手にいれることができ、どの分解法が、より絶対的に真なのか、などという問にはわずらわされないでもすむようになる。実在は、すぎゆきながら、概念的な分析の中におちこむ。それは生きながら、それ自身分割できない生をのぼっていく――それは芽をだし生長し、変化し創造する。この生の運動の実例をどれでもいいからとってみると、ベルグソンのいわゆる真の生成《ドヴニール・レエル》を知ることができる。この生成によって、事物は展開し生長するのである。」

ここでは概念の批判をもとに、「芽をだし生長し、変化し創造する」というベルクソンの「真の生成（**devenir réel**）」について語られている。この言葉はベルクソン『創造的進化』（*Creative Evolution*）の第四章に見られるものである。(36) ベルクソンは明治末から大正初期の日本で主要著書の翻訳やそれらを紹介、解説した本が多数出版されるなど流行したことが知られるが、その理由としてこのような概念を否定して「生成」を語る思想が注目されたことが考えられる。例えば日本でベルクソンを初めて本格的に紹介した哲学者西田幾多郎は、次のようにその哲学を解説している。

ベルグソンの思想に於て最も特色のあるもので、かねて氏の哲学の根柢となつて居るものは純粋持続 **durée pure** の考であると思ふ。由来、哲学は理性より出立するものと経験より出立するものとあつて、ベルグソンは後者の方に属するのであるが、普通に経験より出立するといつて居る人々の経験といふものは真の純粋経験ではない、却つて思惟に因つて作為せられたものである。ベルグソンは一切の独断を除き尽して深く経験其者の真相に到達せんとした、かくして補捉し来つたものが純粋持続の考である。（中略）純粋持続即ち我々の内面生活は不断なる内面的進歩発展でなければならぬ、即ち創造的発展 evolution créatrice であるのである。我々の現在は決して過去のない現在ではない、我々の過去が自ら発展して来つた現在である、我々の未来は又此現在が自ら発展して行く未来である。我々の背後にはいつでも我々の過去が圧迫し来るのである、我々はいつでも我々の歴史を負うて立つて居るのである。我々の独創性は実に此処にあるのである。

（「ベルグソンの純粋持続[37]」）

西田はベルクソンの紹介という形で、その中心概念である「純粋持続」について、それが従来「経験」とされていたものを「思惟に因つて作為せられたもの」として否定した上での「経験其者の真相」であり、「不断なる内面的進歩発展」、「創造的発展 evolution créatrice」という言葉で自ら発展（進化）するものであることを語る。この論文の冒頭で、西田はベルクソンの考えに対して「多大の興味を有つて居る」と語り、さらにはこの論文を収録する『思索と体験』の「序」においても、「京都に来たはじめ、余の思想を動かしたものはリッケルトなどの所謂純論理派の主張とベルグソンの純粋持続の説とであつた」と自身に対するその影響の深さを述べている[38]。

また、日本におけるジェイムズとベルクソンの思想の受容は「固定した存在に対する生成と躍動、硬直した形式に対する内的充溢、外面性に対する内的直接性」を特徴とする「生の哲学[39]」を土台とした、大正時代の「生命哲学」、「生命主義」の勃興へとつながっていくものとされる[40]。大正三年に出版された『ベルグソン哲学の神髄』には、ベルクソンの哲学を紹介する上で、「哲学」について「単に知識理性の作用ではなくて、全自我乃至生活全体上の事象となるに至つた」と述べられ、「哲学者」は「生命」を「成長し創造し行くべきもの」とする認識が示されている[41]。他にも、同じく大正三年に出版された『ベルグソンと現代思潮』において、在野の哲学者である野村隈畔は、「現代哲学の特色」として、「一、反理知的であること」、「二、個性の概念を重んずること」「三、活動的創造的であること」と述べ、その流れの中にベルクソンの哲学を位置付けていく[42]。これらに見られるように、明治末、大正初期のジェイムズ、ベルクソン受容の要点として、このような「知性」を批判し「生成」を語ることがあったのであれば、当時の日本にはこのような思想を受容する土壌があったと言える。

漱石のジェイムズ―ベルクソンへの関心はこのような土壌と無関係ではないだろう。漱石の日本の「開化」を見るまなざしには、ジェイムズ―ベルクソン的な「概念」批判と共鳴するものがその根底に存在した。もちろん、このような漱石の認識をジェイムズ―ベルクソンの「外発的」な影響によるものとすべきではない。檜垣立哉は、ベルクソン、ジェイムズと西田の共通性について、「影響関係というよりも、むしろ時代的な共振と呼ぶにふさわしいものがある[43]」と指摘するが、漱石もこの「時代的な共振」を共有していたと見るべきである。ただし、漱石は「内発的」なものを強調するのみではなく、「事実已むを得ない、涙を呑んで上滑りに滑つて行かなければならない」と、当時の日本の置かれた時代状況を離れることはない。漱石の日本の「近代」化への視線を「伝統」との関わりの中で追究するためには、漱石の「伝統」的な素養を明らかにするとともに、同時代の日本や世界の思想状況との「時代的な共振」からも捉えた上で、その独自性を見る必要がある。

【注記】

（1）齋藤希史「漢学」（『漱石辞典』翰林書房、二〇一七（平29）年五月、493頁）。本書序章第二節参照。

（2）渡辺和靖「I　方法論的考察」（『明治思想史』ぺりかん社、一九七八（昭53）年十一月、20頁）。本書第二章第五節参照。

（3）加藤国安「第二章　東海地方の漢学塾」（『漢学と漢学塾』戎光祥出版、二〇二〇（令2）年二月、188頁）。本書第二章第五節参照。

（4）丸山真男「日本の思想」（『日本の思想』〈改版〉、岩波書店、二〇一四（平26）年十一月、7頁）。
（5）『日本の思想』〈改版〉6頁。
（6）レーヴィット「ヨーロッパのニヒリズム 日本の読者に寄せる後記」（『ある反時代的考察――人間・世界・歴史を見つめて――』中村啓・永沼更始郎訳、法政大学出版局、一九九二（平4）年十一月、120～130頁）参照。
（7）『ある反時代的考察――人間・世界・歴史を見つめて――』126頁。
（8）『日本の思想』〈改版〉12頁。
（9）『日本の思想』〈改版〉55頁。
（10）笹倉秀夫「第二章　個人の内面的自立」（『丸山真男論ノート』みすず書房、一九八八（昭和63）年三月、95頁）では、この丸山の指摘は、「伝統」としての「土着的な心情の実感」が、「近代化がもたらす矛盾が深刻化すると、時を得たとばかりに一斉に表に出て自己主張を始め」ることを捉えたものとされている。
（11）大倉書店、一九〇七（明40）年五月。
（12）「新小説」一九〇五（明38）年八月。
（13）明治四十四年八月十五日に和歌山で行われた講演。文章としては、『朝日講演集』（朝日新聞合資会社、一九一一（明44）年十一月）に集録。
（14）「文学界」一九四四（昭19）年一月。引用は『日本文学研究資料叢書　夏目漱石Ⅰ』（有精堂出版、一九七〇（昭45）年一月、59頁）による。
（15）一方で、佐藤泉「「近代」と「日本近代」夏目漱石の／による再検証」（「青山学院女子短期大学紀要」一九九七（平9）年十二月）に漱石の近代批判に見られる「日本の近代化の皮相性と歪みを語る言説の型」について「「はじまり」に関してはさらに遡られていい」として、漱石以前のものとして北村透谷や徳富蘇峰の言説が提示されている。
（16）本書第二章第五節で参照した談話「近作小説二三について」（「新小説」一九〇八（明41）年六月）でも、道徳の情操化の問題について、「道徳といふものは畢竟時世に伴はねばならぬ。だから社会の情況に応じて思索の道徳を情操の道徳と変化する必要がある」と述べられている。
（17）明治四十四年八月十七日に堺で行われた講演。文章としては、『朝日講演集』に集録。
（18）佐藤泉『片付かない〈近代〉』（日本放送出版協会、二〇〇二（平14）年一月、173・175頁）には「中味と形式」について次のような指摘がある。

内容の多様さがある程度を超えて、それまでの概念や名前が有効でなくなったときに、概念に合わせて内容を切り縮めるのは暴力だというのだ。（中略）まとめる、片付けるということこそ、漱石が最も強く批判する思考方法である。

（「第七章　変人漱石」）

（19）「東京朝日新聞」一九一〇（明43）年七月二十三日。

（20）小宮豊隆『漱石の芸術』（一九四二（昭17）年十二月）の「評論・雑篇」で、「イズムの功過」と「中味と形式」の問題意識の相似性が指摘されている。

（21）明治四十四年六月十八日に長野県会議事院において行われた講演。

（22）『定本　漱石全集』第二十五巻、516頁。

（23）漱石の読書時期については本書第五章注記（23）参照。

（24）大久保純一「第七章　ジェイムズの哲学――『門』から『彼岸過迄』、『行人』へ」（『漱石とその思想』荒竹出版、一九七四（昭49）年十月）。

（25）『多元的宇宙』（*A pluralistic universe*）の引用は、William James, *A pluralistic universe*. London: Longmans, Green, and Co. 1909. による。訳文については、本書第五章注記（32）参照。

（26）*A pluralistic universe*, p.220
なお東北大学付属図書館の漱石の蔵書のマイクロフィルムを見ると、この部分は数行にかかる形で余白部分に傍線が引かれている。

（27）「東京朝日新聞」一九一〇（明43）年十月二十九日〜一九一一（明44）年二月二十日。引用は第三回（一九一〇（明43）年十一月八日）。

（28）ここでの漱石の共感について、従来の研究では、『多元的宇宙』で示された世界観と『彼岸過迄』の構成の関連を指摘した小倉脩三「『彼岸過迄』論の手がかりとして」（『夏目漱石　ウィリアム・ジェームズ受容の周辺』有精堂、一九八九（平1）年二月）に見られるように、『多元的宇宙』で示された世界観に対する漱石の共感が論じられてきた（本書第五章注記（31）参照）。この点は重松泰雄「漱石晩年の思想――ジェイムズその他の学説を手がかりとして――」（『漱石　その新たなる地平』おうふう、平成五（一九九七）年五月、314頁）でも同様に、「漱石はジェイムズの結論・仮説にはげしく反撥しながら、しかも実際は、一方でそのような考えに惹かれていたのではないか、少なくとも深い関心を寄せていたのではないか」と述べられている。この「ジェイムズの結論・仮説」とは『思ひ出す事など』の第十七回で語られる「大いなるものは小さいものを含んで、其小さいものに気が付いてゐるが、含まれたる小さいものは自分の存在を知るばかりで、己等の寄り集つて拵らえてゐる全部に対しては風馬牛の如く無頓着である」という世界観のことであるが、『思ひ出す事など』の同じ回で「然したゞ仮定だけでは、如何に臆病の結果幽霊を見やうとする、又迷信の極不可思議を夢みんとする余も、信力を以て彼等の説を奉ずる事が出来ない」と述べ否定している。

なお、近年出版された岩下弘史『ふわふわする漱石　その哲学的基礎とウィリアム・ジェイムズ』(東京大学出版会、二〇二一(令3)年三月)の「第五章　『多元的宇宙』と漱石晩年の思想」でも、この問題に触れられ、漱石に対する影響が論じられている。

(29) *A pluralistic universe*, p.218 - 220

(30) W・ジェイムズ著、伊藤邦武編訳『純粋経験の哲学』(岩波書店、二〇〇四(平16)年七月)の「第七章　経験の連続性」訳注(1)(255頁)参照。

(31) 「東京朝日新聞」一九一〇(明43)年七月十九日。

(32) 「創作家の態度」における「意識」観がジェイムズの心理学をもとにしたものであることは本書第五章第三節参照。

(33) もとは明治四十一年二月十五日の第一回「朝日講演会」で行われた講演であり、文章としては同年四月「ホトトギス」に発表された。

(34) *A pluralistic universe*, p.253 - 254
なお、東北大学付属図書館の漱石の蔵書のマイクロフィルムを見ると、この部分の一部は数行にかかる形で余白部分に傍線が引かれている。

(35) *A pluralistic universe*, p.263 - 264
なお、東北大学付属図書館の漱石の蔵書のマイクロフィルムを見ると、この部分の後半は数行にかかる形で余白部分に傍線が引かれている。

(36) ベルクソン『創造的進化』の第四章は、「あらゆる実在、あらゆる知識が完成した形で含まれる無時間的な概念や原理を想定して、そこからすべての存在を演繹することによって存在の問題に答えようとする」(503頁)思考を退け、「あらゆる実在が生成であるという結論」(505頁)を述べるものである。(合田正人、松井久訳『創造的進化』(筑摩書房、二〇一〇(平22)年九月)の「解説」(松井久執筆)参照。)

(37) 「芸文」一九一〇(明43)年八月。引用は『西田幾多郎全集』(第一巻、岩波書店、一九四七(昭22)年七月、327・329頁)

による。

（38）『思索と体験』（千章館、一九一四（大3）年三月）は、西田が明治四十三年に京都に来て以降の、京都時代初期に書かれた論文・評論を主にまとめたものである。「序」の引用は『西田幾多郎全集』（第一巻、203頁）による。

（39）『哲学・思想事典』（岩波書店、一九九八（平10）年三月）の「生の哲学」（丸山高司執筆、926頁）の項参照。

（40）船山信一『大正哲学史研究』（法律文化社、一九六五（昭40）年十一月）の「Ⅲ　大正哲学における生命哲学の理解」に「大正時代のアカデミーにおいてはそれと同時に生命哲学の大きな流れがある。そしてそれは最も多くベルグソンに結びつくが、しかしまたジェームズなどのプラグマティズムとも関連している」（150頁）とある。また「生命主義」については、鈴木貞美編『大正生命主義と現代』（河出書房新社、一九九五（平7）年三月）の「「大正生命主義」とは何か」（鈴木貞美執筆）参照。

（41）稲毛詛風「上編　緒論　第一章　思想界の新傾向」（稲毛詛風、市川虚山『ベルグソン哲学の神髄』大同館書店、一九一四（大3）年三月、6～7頁）。

（42）野村隈畔「第二編　ベルグソンと現代思想　第一章　現代哲学の特色」（『ベルグソンと現代思潮』大同館書店、一九一四（大3）年五月、95～105頁）。

（43）檜垣立哉「ベルクソン」（鷲田清一編『哲学の歴史12　実在・構造・他者』中央公論新社、二〇〇八（平成20）年四月、66頁）。

初出一覧

※本書に収録するにあたって、大幅に加筆・修正している。

序章

・「夏目漱石と漢学——談話「落第」の「漢学者になつた処が仕方なし」をめぐって——」(「近代文学論集」二〇二二(令4)年三月)の一部。

第一章

・「「野分」成立の一側面——漱石の「イブセン流」をめぐって——」(「近代文学論集」二〇〇九(平21)年十一月)。

・学会発表「夏目漱石と漢学——『野分』を中心にして——」(二〇二一年度　日本近代文学会九州支部秋季大会、二〇二一(令3)年十一月二十日、オンライン開催)の一部。

第二章

・「『それから』における「誠」——夏目漱石と日本近世儒学の伝統——」(「九大日文」二〇一五(平27)年三月)。

第三章

・「夏目漱石の禅認識と『禅門法語集』——「虚子著『鶏頭』序」・『夢十夜』「第二夜」・『行人』「塵労」を中心にして——」（山口直孝編『漢文脈の漱石』翰林書房、二〇一八（平30）年三月）。

第四章

・「『行人』における禅——公案との関わりから——」（「九大日文」二〇一六（平28）年三月）。

第五章

・「『行人』一郎の「実行的な僕」をめぐって——講演「中味と形式」との関わりから——」（「近代文学論集」二〇一七（平29）年二月）。

・「漱石の文学観とイプセン——「文芸の哲学的基礎」「創作家の態度」を中心にして——」（「九大日文」二〇一六（平28）年十月）の一部。

終章

・「講演「現代日本の開化」における「内発的」、「外発的」について——W・ジェイムズとの関わり——」（「九大日文」二〇一九（令1）年十月）。

あとがき

本書は二〇一八年度に九州大学大学院比較社会文化学府に提出した博士論文『夏目漱石における「伝統」と「近代」――儒学・禅と西洋思想の交わり――』を加筆修正したものである。博士論文の審査を担当して下さった、主査の九州大学松本常彦先生、副査の九州大学波潟剛先生・西野常夫先生、福岡女子大学石井和夫先生、熊本大学坂元昌樹先生からは、審査の過程で数多くのご指摘やご助言をいただいた。今回、著書としてまとめる上で、先生方のお言葉が大きな力となった。心より御礼申し上げたい。

修士課程の頃から漱石の研究をしていたが、先行研究の蓄積の前でただたじろぐだけで、何を研究したいのか、どのように研究するのか、五里霧中のまま時間を浪費している自分がいた。研究対象を変えることはもちろん、研究そのものをやめることを何度も考え、遠ざかったこともあったが、不思議と漱石研究をやめてしまうことはなかった。明確に何かをつかんだわけでもなく、かといえ何かをせねばならない。結局、膨大な漱石研究の山に分け入るには自分に出来ることを探すしかなく、気づけば儒学や禅の問題を考えるにいたっていた。博士論文提出までの過程を今思い返してみても、不思議な偶然が何度もあり、茫然とした気持ちになる。

元となった論文はこのような形で書き継いできたものであるため、松本先生より比較社会文化叢書での出版のお話をいただいた際、このようなものをまとめて出版していいものかと思った。だが、修士課程に入って以来、成長も研究の進展も遅い自分を温かく励まし続けた下さった松本先生の学恩に報いていくためには、研究成果を示し続けるしかなく、これも一つの形ではないかと考えた。博士論文のために一度つけたまとまりをほぐし、再びどうにかまとめ直して本書の形に落ち着いた。ただ、蓄積の厚い漱石研究の先人の論を十分におさえられていないところや、異分野の知見を活用しているので、基本的な認識の誤りなどがあることを危惧している。また、まだ論じるべき作品も数多く残されている。お読みいただけるだけでもありがたいが、ご指摘やご意見を賜れるならば幸甚である。

ポストモダンの思想も視野に入れた清新な漱石論が数多く発表されている時代に、本書の問題の立て方は自分としても古臭い感じがしないでもない。しかし、日本の中で「伝統」的なものに対する関心は、近代以降から現在に至るまで一貫して途切れることなく継続してきた。(実際に近年では、近代以降における漢学や仏教に注目する機運が高まっている。) 研究を進めていく中でそのような近代日本における「伝統」的なものに対する関心、特に中国に由来する「伝統」的なものへの関心にこそ、私自身の関心があることを感じるようになってきた。そのことは、私が中国的なものと切っても切り離せないこれまでを歩んできたことと関わるものなのかもしれない。

私は大学に入って以来、相当にふらふらした道を歩んできた。意志薄弱で才能もない自分が、まがりなりにも博士論文を提出し、著書を出版することができたのは、これまで出会ってきた多くの人達の支えのおかげである。この場をかりて、深く感謝申し上げたい。本当にありがとうございました。

お世話になった全ての人の名前を書いていきたい思いはあるが、ここでは三名の方だけ、名前を書かせていただきたい。まず、指導教員として修士課程以来、一貫して指導して下さった松本常彦先生。一面識もない頃、突然メールを送り、研究室にうかがい指導をお願いしたときも、親切に対応して下さった。そのおかげで私は文学研究を始めることができ、先生からは何よりも研究の楽しさ、おもしろさを教えていただいた。次に、学部時代に指導して下さった川本芳昭先生。研究分野はすでに異なるものとなってしまったが、私は先生のもとで研究という営みを始められたことを、人生における最高の幸運の一つであると考えている。そして最後に、妻である劉耕毓に感謝の気持ちを伝えたい。

今、自分は元気である。だから、がんばっていきたいと思う。

二〇二一年十二月

藤本　晃嗣

■**著者略歴**

藤本 晃嗣（ふじもと あきつぐ）
1983年愛媛県生まれ。九州大学文学部人文学科卒業。
九州大学大学院比較社会文化学府修士課程修了。
同博士後期課程修了。博士（比較社会文化）。
現在、米子工業高等専門学校講師。

比較社会文化叢書 Vol.47

漱石と儒学・禅
―西洋思想との交わり―

2022年 3 月25日　第 1 刷発行

著　者 ―― 藤本晃嗣
発行者 ―― 仲西佳文
発行所 ―― 有限会社 花 書 院
〒810-0012 福岡市中央区白金2-9-2
電　話（092）526-0287
ＦＡＸ（092）524-4411
振　替 ―― 01750-6-35885
印刷・製本―城島印刷株式会社